博 斯 系 列

错误的
告别

The Wrong Side of
Goodbye

[美] **迈克尔·康奈利**（Michael Connelly） 著

陈杰 译

湖南文艺出版社
HUNAN LITERATURE AND ART PUBLISHING HOUSE

博集天卷
CS-BOOKY

献给文·斯考利
无限感激

序

　　五位士兵摆脱象草的掩护，向直升机的着陆点飞奔。他们从直升机两边蜂拥而上。其中一人大喊："快上，快上，快上啊！"——好像其他人还需要被催促，还需要被提醒这是生命中最危险的时刻似的。

　　直升机旋翼的下冲气流压弯了青草，发动机向四周散发着浓烟。涡轮加速运转准备起飞时，直升机发出震耳欲聋的声响。机枪手扯着同伴们的背包带，把所有人拉上直升机，飞机像蜻蜓点水一般，很快就重新起飞了。

　　直升机上升开始朝岸边飞去以后，战士们通过两侧的舱门看到了树林的边际线。很快榕树林里发出开火的亮光。有人大喊："我们被狙击了！"直升机上的机枪手像是必须被提醒才知道外部有威胁似的。

　　他们遇到伏击了。三个明确无误的闪光点，三位狙击手。狙击手等飞机起飞后才猛烈开火，六百英尺[1]的距离对狙击来说非常合适。

　　机枪手用 M60 机枪开火，把一连串子弹射向榕树林。但狙击手还是持续

---

[1] 1 英尺约合 30.48 厘米。——编者注，下同

不断地向直升机射击。直升机机身没装甲板，这是九千多英里[1]外的设计人员为了在载重和掩护的同时维持直升机的速度和灵活性做出的决定。

一发子弹射中涡轮的整流罩，在机舱里一位无助的士兵听来，那仿佛是投偏的棒球砸到停车场一辆车的护罩上。后一发子弹打穿驾驶舱，传出玻璃破碎的声音。这发子弹非常神奇，同时击中驾驶舱里两位飞行员。机长被子弹击中后当即死亡，副驾驶本能地用双手抱住脖子，却无法止住鲜血往外流。直升机开始呈顺时针方向旋转，并很快失去控制。飞机旋转着离开树林，倾斜着落向稻田。后舱的士兵们开始绝望地大喊。刚才想到棒球的那位士兵试着把身体坐直。但机舱外的世界却在快速地旋转着。他的双眼一直盯着机舱和驾驶舱之间那堵金属墙上仅有的那个单词。这个词是"Advance"（先行者）——字母"A"上画着一个指向前方的箭头。

即便尖叫声在不断加剧，那位士兵也没挪开视线，可他知道直升机还在不断下坠。在侦察营的七个月就这样到头了。他知道一切都已结束，再也回不去了。

最后他听见有人在喊："抱紧！抱紧！抱紧！"——好像尽管马上会火势滚滚，尽管越共的人会拿着砍刀到直升机坠地处查看，后舱的人依然可能在坠地的撞击中活下来似的。

别人恐惧地尖叫时，他却在自言自语地轻声喊着一个名字。

"维比亚娜……"

他知道再也见不到她了。

"维比亚娜……"

直升机撞进一块稻田，炸裂成无数块金属。没一会儿，外溢的油起火了，火势贯穿飞机残骸，蔓延到稻田上。黑色的烟柱直冲云霄，像着陆点标志物一样标出飞机残骸的位置。

狙击手重新上膛，等待着接踵而至的急救直升机。

---

[1] 1 英里约合 1.6 公里。

1

博斯不在乎等待。这里的景致很壮观。他没有在待客室的沙发上坐下，而是站在离玻璃一英尺的地方，饱览着从市区的一幢幢楼房绵延到太平洋沿岸的景色。这里是联邦银行大厦的第五十九层，克莱顿和以前在帕克中心 [1] 一样，让博斯在外面等，只是帕克中心的待客室只能看见市政厅背面的小块区域。结束了在洛杉矶警察局效命的日子以后，克莱顿仅仅往西搬了五个街区，但上升势头却远大于此，在这幢被视为"洛杉矶金融之神"的摩天大楼办公。

无论大楼外是否有景观，博斯仍然不明白为何有人会想在联邦银行大厦弄间办公室。这幢密西西比州西部的最高建筑曾是两次恐怖袭击的目标，尽管都失败了。博斯觉得，每天清晨进入这里的玻璃门之后，人们除了要面临巨大的工作压力，还会非常不自在。几个街区之外在建的威尔希尔大厦也许会让联邦银行大厦减轻点压力，那幢玻璃幕墙的摩天大楼建成后将取代联邦银行大厦，成为密西西比州西部最高的建筑，或许会把恐怖袭击者的目光吸引过去。

---

[1] 洛杉矶警察总署所在地。

博斯很喜欢从高处俯瞰这座城市。年轻的时候，他经常在完成正常值班任务后以观察员的身份登上局里的一艘飞艇——只是为了在洛杉矶上空兜兜风，重温这座城市无垠的天际。

他俯视着110号高速公路，发现它一直延伸到洛杉矶南区。他还看到了脚下一些大楼楼顶的直升机停机坪。直升机渐渐成为洛杉矶精英阶层的通勤工具。听说洛杉矶湖人队和洛杉矶快船队[1]的高薪球员现在都会乘直升机去斯泰普斯中心训练比赛。

玻璃厚得足以遮挡一切声音。脚下的城市很安静，博斯听见身后的接待员用相同的问候语一遍遍地接电话："这里是三叉戟安保公司，有什么能帮忙的吗？"

博斯注视着一辆在菲格罗亚路上向南朝洛杉矶生活区方向快速驶去的巡逻车。博斯看见巡逻车的车厢上漆着"01"两个数字，知道这辆车隶属于中央分局。很快一艘飞艇跟上了那辆巡逻车，飞行在比博斯站着的楼层略低的高度。观察飞艇行进时，博斯被身后的人声拉回了现实。

"是博斯先生吗？"

博斯转过身，看见一位女人站在待客室中间。她不是接待员。

"我是格洛丽亚，我们在电话上聊过。"

"是的，没错，"博斯说，"你是克莱顿先生的助理。"

"是的，很高兴见到你。我们进去吧。"

"太好了。再等下去我就要跳楼了。"

格洛丽亚没有笑。她领博斯穿过一道门，走进一条两边墙上完美排列着带框水彩画的走廊。

"这是耐冲击玻璃，"她说，"可以扛得住五级飓风。"

"能知道这个太好了，"博斯说，"开个玩笑，你上司有让人等的传统——他在警察局当副局长的时候就这样。"

---

[1] NBA 的两支职业篮球队。

"哦，真的吗？在这里我倒没注意到。"

这话无法让博斯信服，格洛丽亚到接待室接他的时候已经比约定的会面时间迟了十五分钟。

"往上爬的时候他一定在管理手册中读到过，"博斯说，"即便对方守时也要让他们等一会儿。这样带人进入会议室的时候，你就占得先手，让对方知道你很忙。"

"我对管理理念不是很了解。"

"也许更像是当警察的理念。"

他们走入一个大办公区。外面的办公区放着两张隔开的办公桌，一张办公桌的后面坐着个穿西服的二十来岁的男人，另一张旁边没人，博斯心想这肯定是格洛丽亚的办公桌。他们从两张桌子中间的通道走到一扇门前。格洛丽亚打开门，然后退到一边。

"进去吧，"她说，"要给你送瓶水吗？"

"不用，"博斯说，"谢谢你。"

博斯走入一个比外面办公区更大的房间。这间大办公室左边放着办公桌，右边是进行非正式会谈的区域，右边区域里放着两张沙发，中间隔着玻璃台面的茶几。克莱顿坐在办公桌后面，这说明和博斯的见面将是正式的。

博斯已经有十多年没见过克莱顿了。他不记得上次见是因为什么事，只知道那是克莱顿主持的一次小组会，克莱顿在会上做了有关加班经费和警局差旅条例的报告。那时克莱顿在局里主管统计，在履行多项管理职能的同时，还要主管各个部门的预算。他以实行严格的加班制度而闻名，警察加班需要在绿色的加班申请条上逐条说明原因，并报请主管批准。因为主管通常在加班结束后才能决定是否批准，因此新的加班制度被看作不让警察加班的举措。但警察常常加班却不被批准，或仅仅以调休相抵冲。正是在担任那个职位期间，克莱顿以"克莱蠢"[1]的名号被警察局上下所熟知。

---

[1] 原文为 Cretin，意为"白痴"，同克莱顿（Creighton）谐音，故译为"克莱蠢"。

虽然在那之后不久克莱顿就离开警局，加入私营企业，但"小绿条"仍然在用。克莱顿在警察局留下的印记不是大无畏的营救，不是枪战，也不是抓获哪个穷凶极恶的歹徒，而是那一张张小小的绿色加班申请条。

"进来，哈里，"克莱顿说，"快坐下。"

博斯向办公桌走过去。克莱顿比博斯大几岁，但体形保持得不错。克莱顿坐在办公桌后面，向博斯伸出手。他身上穿着件根据他精干体形定制、看上去像张纸币的西服。博斯和他握手，然后坐在办公桌前。博斯没有为这次约见精心打扮。他穿着蓝色的牛仔裤和蓝色的牛仔衬衫，衬衫的外面套了件至少穿了十一二年的深褐色灯芯绒夹克。博斯已经把局里的制服用塑料袋装好了。他不想为了和"克莱蠢"见面把制服拿出来穿。

"头儿，你好。"博斯说。

"我不是什么'头儿'了，"克莱顿笑着说，"叫我约翰好了。"

"那就叫你约翰吧。"

"抱歉让你久等了。我刚才在和一位客户打电话，客户总得放在第一位，你说是吗？"

"是的，没问题。我刚刚在欣赏这里的景致。"

克莱顿身后的窗户对着大楼的另一个方向，从市政中心向东北方向延伸到圣贝纳迪诺被白雪覆盖的群山。但博斯觉得克莱顿之所以选择这里不是为了看山，而是为了身下的市政中心。从克莱顿的办公桌可以看到市政厅、警政大楼和洛杉矶时报大厦的尖顶。克莱顿居高临下。

"从这个角度看世界真是蔚为壮观。"克莱顿说。

博斯点点头，询问克莱顿让他来这儿的目的。

"约翰，"他说，"要我做点什么？"

"首先，很感谢你在不清楚我为何见你的情况下拨冗来此。格洛丽亚说她费了好大的劲才说动你。"

"我对此感到抱歉。但正如我对她说的那样，如果你要给我份活干，那大可不必。我现在手里有活。"

"我知道你在圣贝纳迪诺找了份工作。但那是兼职，不是吗？"

他的话带着点嘲弄的意味，博斯想起他看过的一部电影里的一句台词："如果你不是个警察，那你就是个小人物。"如果你在哪个微不足道的部门工作，那你还是个小人物。

"这份工作已经够我忙的了，"博斯说，"我还有份私活，时不时得干上一票。"

"都是别人转给你的活，对吗？"

博斯看了克莱顿一会儿。

"我应该为你对我的彻查感动吗？"怔了半晌之后他才说，"我对在这里工作不感兴趣。无论付我多少钱，叫我跟什么案子，我都不会来这里。"

"哈里，问你件事，"克莱顿说，"你知道这是干什么的吗？"

回话之前，博斯看了看克莱顿背后的群山。

"我知道你们在为阔绰的家伙提供高级安保服务。"他说。

"说得没错。"克莱顿说。

克莱顿竖起右手的三根手指，摆出博斯觉得应该是三叉戟的形状来。

"我们三叉戟安保公司，"克莱顿说，"提供专业的财务安全、技术安全和人身安全服务。十年前，我设立了三叉戟安保公司的加利福尼亚分部，现在我们在纽约、波士顿、芝加哥、迈阿密、伦敦、法兰克福和这里都有分部。我们正准备在伊斯坦布尔再开一家。三叉戟安保公司是一家拥有几千名员工、在业界具有丰富经验的超大型公司。"

"真了不起。"博斯说。

来这里之前，博斯花十分钟用手提电脑大致了解了三叉戟公司的信息。这家迎合高层次消费者的安保公司由一位名叫丹尼斯·劳顿的运输业大亨于一九九六年在纽约创立。劳顿曾经在菲律宾被匪徒绑架，在交了赎金后才得以释放。公司设立伊始，劳顿雇纽约市警察局的前局长为他站台，然后每到一地都照样学样，从当地警察局雇局长或高警阶警官后向媒体推出，并利用他们同警方进行必需的合作。据说劳顿十年前想雇这里的警察局局长为洛杉矶分部的主事人，但被拒绝了，只能找来备选的克莱顿作为替补。

"我告诉过你的助理，我不想在三叉戟公司供职，"博斯说，"她说不是为了任职的事情。那能不能告诉我你为何要叫我来，说清楚后我们就能各干各的了。"

"我可以向你保证，我并不是要在三叉戟公司给你提供一个职位，"克莱顿说，"老实说，在处理涉及公司员工和警方的问题上，我们对洛杉矶警察局必须表现出全力合作和充分尊敬的态度，做事千万得小心一点。招你做三叉戟员工的话，反倒会给公司惹来麻烦。"

"你是说我身上还有官司没有了结吗？"

"是的。"

过去一年的大部分时间，博斯都在和工作了三十多年的单位打一场旷日持久的官司。博斯之所以起诉是因为他觉得自己被非法强令退休了。这场官司使警局内部对博斯产生了恨意。博斯在效命期间破了一百多件谋杀案的功绩似乎根本无关紧要。官司虽然结了，但警局内部的一些人仍然对博斯怨恨满满，尤其是警局的上层人士。

"把我引入三叉戟内部的话，会影响你们和洛杉矶警察局之间的关系，"博斯说，"我理解这点。但你要我来究竟是为什么呢？"

克莱顿点点头。该讨论正题了。

"你知道惠特尼·万斯这个名字吗？"

博斯点点头。

"我当然知道。"他说。

"万斯是我们的一位客户，"克莱顿说，"他开办的工程公司也是。"

"惠特尼·万斯应该有八十多岁了。"

"八十五岁。他……"

克莱顿打开办公桌上层中间的抽屉，拿出一份文件。他把文件放在两人之间的桌子上。博斯发现这是张附有存根的打印支票。他没戴眼镜，看不出支票的数额和其他细节。

"他想找你谈谈。"克莱顿结束了陈述。

"想找我谈什么？"博斯问。

"我不知道。他说这是件私事，并特别点名要你。他说他只愿意和你谈这件事。这是张面额为一万美元的保付支票。只要和他见上一面，无论见面之后是否会有进一步的工作，你都能得到这张支票。"

博斯不知道该说什么好。此时因为官司的判决他不缺钱用，但他把大多数钱投入一个长期投资账户，让他可以安然进入晚年并给女儿留下固定份额。可女儿还有两年多的大学要读，之后还要付研究生的学费。博斯的女儿申请了几笔丰厚的奖学金，但余下的部分短期内还是由他负担。在他看来，一万美元无疑会派上很大用场。

"什么时候在哪儿见面？"考虑了一会儿，博斯问。

"明天早上九点在万斯先生帕萨迪纳的家里，"克莱顿说，"地址在支票收据上，你或许应该穿得更好些。"

博斯没有理会克莱顿对他穿着的讽刺。他从内衣口袋里掏出眼镜，一边戴上眼镜，一边把手伸过桌子拿起支票。支票上写了他的全名——希罗尼穆斯·博斯。

支票底部横贯着一道打孔线。打孔线下面写着万斯家的地址、会面时间和"别带武器"的警告。博斯沿着打孔线折叠起支票，看着克莱顿，把支票放进外套。

"我这就去银行，"他说，"把支票存了。支票没问题的话，明天我就去。"

克莱顿狡黠地笑了。

"不会有问题的。"

博斯点点头。

"我想应该没什么问题。"他说。

说完他转身要走。

"博斯，还有件事。"克莱顿说。

博斯注意到仅仅十分钟之隔，克莱顿已经从叫他的名字改口叫起他的姓氏了。

"还有什么事要谈？"博斯问。

"我完全不知道老人想要你干什么，但我想尽量保护他，"克莱顿说，"他不仅仅是我的客户，我不想看到他在人生的这个阶段受骗。无论他想要你干什么，我都得知情。"

"受骗？克莱顿，没搞错吧？是你打电话找我的！如果有人受骗的话，那也只会是我。付多少钱是他的选择，谈不上受不受骗。"

"我保证不是这个意思。我只想说刚刚给你的一万美元得确保你会去帕萨迪纳。"

博斯点点头。

"这点我可以保证，"他说，"明天我会去见老人，看看他想找我谈什么事。但如果他真成了我的客户，那无论谈的是什么事，都只会局限于他和我之间。除非万斯先生说要把你包含在内，否则我不会告诉你任何事情。无论和哪个客户，我都是这么工作的。"

博斯转身向门口走去。到门口时他回头看了眼克莱顿。

"为这么好的景致谢谢你。"

他转身关上门。

出去的时候，他去前台验证了停车收据。博斯要确保克莱顿支付停车的二十美元和侍者代他泊车的费用。

2

万斯家的大宅在安嫩代尔高尔夫球俱乐部边的圣拉斐尔路上。很多祖上有钱的名门都居住在此。附近的住宅和不动产大多传了好几代，坐落在石墙和黑色的铁栏杆后面。在暴富的新贵们蜂拥而至的好莱坞山庄，富人随意把垃圾扔在路上，这里完全不一样。这里看不见写着"待售"的标牌，要在附近买房子，你得认识这里的居民，甚至必须有他们的血统才行。

博斯把车停在离万斯家宅邸大门一百多码[1]的路边。门上是装饰成鲜花形状的尖刺。博斯打量了一会儿门后的车道，车道蜿蜒上升到两座起伏的小山中的裂缝后便消失了。门外看不到庄园里的任何建筑物，连个车库都看不到。庄园里的建筑被地势、铁栏杆和安全系统阻隔，离街面非常远。可博斯知道八十五岁的惠特尼·万斯正待在这些青翠小山上的某处，一边思考着什么事，一边等待着他的到来。惠特尼·万斯有件事需要来自上方有尖刺的大门外的人帮忙解决。

博斯早到了二十分钟，决定利用这段时间重温早上在网络上找到并打印出来的几则逸事。

---

[1] 1 码约合 0.9144 米。

就博斯所知，惠特尼·万斯人生的大致经历被大多数加利福尼亚人所熟知。但惠特尼是少有的能将家族的巨额遗产扩大的继承人，博斯对其中的细节很感兴趣，甚至对惠特尼产生了几分钦佩。惠特尼是帕萨迪纳矿业世家万斯家族的第四代传人，家族的兴盛可以追溯到一百多年前的加利福尼亚淘金热时期。寻找黄金使惠特尼的曾祖父西迁，但家族的原始财富并不是靠淘金积累起来的。淘金受挫的万斯家族的曾祖建立了加利福尼亚第一座露天矿，从圣贝纳迪诺县挖掘了大量的铁矿石。惠特尼的祖父继承家业，在更南边的因皮里尔县建立了第二座露天矿。惠特尼的父亲在父亲和祖父成功的基础上建立了炼钢厂、钢铁加工厂，并发展新兴的航天工业。当时，霍华德·休斯是航空工业的门面人物，起初纳尔逊·万斯只是他的一个承包商，后来在多项航空项目中成为他的合伙人。另外，休斯还将成为纳尔逊独子的教父。

惠特尼·万斯生于一九三一年，年轻时便打算闯出一条特立独行的路来。他先是离开家去南加州大学学习电影制片，却中途退学，为了继承祖业转至"霍华德叔叔"上过的加州理工学院深造。敦促年轻的惠特尼前往加州理工学院学习航空工程学的正是他的霍华德叔叔。

和前几代人一样，惠特尼接手后把家族生意引向了更为成功的新方向，他的新事业同样和家族的元产品钢铁有关。惠特尼签下很多制造飞机零部件的政府项目，建立先行者工程公司，这家公司拥有许多飞机零部件的专利。用于飞机安全添加燃料的离合器在万斯家族的钢厂得以完善，至今世界上的每个机场仍在使用。从万斯家露天矿开采的铁矿石分离出的铁酸盐曾被用于研发躲避雷达侦测的飞机的最初实验。这些研发进程都被惠特尼认真地申请了专利保护，确保公司能参与这几十年飞机隐身技术的发展进程。惠特尼和他的公司是所谓的军工联合体的一部分，从越南战争便能看出他们的价值在成倍地增长。在越南战争的整个过程中，越南国境内外的各项军事行动都有先行者工程公司的参与。博斯记得自己见过公司的徽标——字母"A"中有一个箭头——印在每架出征到越南的直升机的铁皮上。

博斯被身旁车窗的猛烈敲击声吓了一大跳。他抬起头，看见一个穿着制服的帕萨迪纳巡警，从后视镜里可以看见一辆黑白条纹的警车停在他车后。博斯读得太投入，连警车的刹车声都没听到。

博斯发动了切诺基，放下车窗。博斯知道巡警为什么找他。一辆有二十年车龄、需要喷漆的切诺基停在对加利福尼亚州的建设有卓著功劳的家族的住宅外面，这足以构成受到怀疑的理由。他身上的干净外套、从塑料收纳盒里拿出来的领带和刚洗过的车子也无法使他脱嫌。在博斯到达这里的十五分钟后，警察对他的闯入做出了反应。

"警官，我明白这辆车出现在这里不太合适，"博斯说，"但我和马路对面的宅子里的人约了五分钟后见面，我正准备——"

"很好，"警察说，"但能请你先下车吗？"

博斯看了警察一会儿，注意到他胸袋上的姓名牌上写着"库珀"这个名字。

"你没在开玩笑吧？"博斯问他。

"先生，我没在开玩笑，"库珀说，"请你下车。"

博斯做了个深呼吸，打开车门，照吩咐下了车。他把双手举到肩膀的高度说："我也是警察。"

和博斯预料的一样，库珀一下子紧张起来。

"我没带武器，"博斯飞快地说，"我把枪放在了车上的储物箱里。"

这时博斯开始庆幸起支票存根上让他赴约时别带武器的警告来。

"拿证件给我看看。"库珀提出。

博斯小心翼翼地把手伸进西装内袋，取出自己的证件套。库珀审视着博斯的警徽和身份证件。

"证件上说你是个预备警官。"库珀说。

"没错，"博斯答道，"兼职做做。"

"这里和你的值勤地点相隔十五英里，不是吗？博斯警官，我想问，你来这做什么？"

他把证件套还给博斯，博斯把证件套收回口袋。

"我正想告诉你呢，"博斯说，"我有个和万斯先生的约会——你这样我会迟到的，我想你应该很清楚，万斯先生就住在这里。"

博斯指了指黑色的铁门。

"这个约会和警方有关系吗？"库珀问。

"事实上，和你完全没关系。"博斯答道。

博斯和库珀冷冰冰地对视了很长一段时间，两人都没眨眼。最终博斯发话了。

"万斯先生正在等我，"博斯说，"他那样的人很可能会问我为什么会迟到，也许还会对此做点什么？库珀，能告诉我你姓什么吗？"

库珀眨了眨眼。

"我姓去你妈的，"他说，"祝你过得愉快。"

他转过身，开始向巡逻车走去。

博斯坐进车，立即把车开离路边。如果这辆旧车在发动时能在路面上留下一些胎痕，他很愿意这样去做。但博斯能留给路边警车里的库珀的，只是老旧的排气管释放的几股烟而已。

他把车开上入口的车道，驶到监视探头和通话器前。很快他就听到有人在跟他打招呼。

"有什么事吗？"

说话的是个年轻男人，语气里有几分疲倦，又有几分傲慢。博斯把头伸出车窗，以自己知道本可不必的音量对着通话器大声说：

"我是来见万斯先生的哈里·博斯，他约我有事。"

过了一会儿，博斯面前的铁门开始慢慢地滑动开了。

"沿着车道开到保安亭边的停车坪，"那个男声说，"斯隆先生会在金属探测器前迎候你。把所有武器和录音设备放在你车上的储物箱里。"

"明白。"博斯说。

"把车开过来吧。"男声说。

铁门这时已经全开了，博斯把车开过门。他把车沿着鹅卵石的车道开过几座修饰整齐的翠绿小山，开到第二道警戒线和警卫室前。这里的两重警戒措施同博斯拜访过的大多数监狱非常相似——意图自然是不同的，监狱是为了防止人逃出去，万斯家的宅子是为了避免坏人混进来。

第二道门滑开了，一个穿着制服的警卫走出岗亭，示意博斯把车开过门去，引导他把车开上停车坪。开车经过警卫时，博斯举起一只手朝他挥了挥，注意到警卫天蓝色制服的肩膀上有块三叉戟安保公司的徽章。

停好车以后，博斯依令把钥匙、手机、手表和腰带放进一个塑料盆，然后在另外两位三叉戟安保公司警卫的注视下走过一台机场用的金属探测器。他们把钥匙、手表和腰带还给博斯，唯独扣下了手机，他们说会把手机放在车上的储物箱里。

"还有人觉得这很讽刺吗？"博斯一边把腰带穿过裤子上的裤袢一边问，"我是说，这个家族就是以金属起家的——现在想进这家的门却要通过金属探测器，真是太讽刺了。"

警卫们都没说话。

"好吧，我想大概只有我发现了。"博斯说。

扣好裤子上的腰带以后，博斯被带到下一个安全检查点，一个穿着西装、戴着警卫必需的耳塞和手腕麦克风的特勤目光阴冷地跟了上来。他剃的光头使整个人的形象更显冷酷。他没报上名字，但博斯猜测他多半是方才对讲机中提到过的斯隆。他一声不吭地护送着博斯进入一幢足以媲美杜邦家族和范德比尔特家族豪宅的灰石建筑的送货入口。博斯查过维基百科，知道自己正在拜访一位身家六十亿美元的富翁的宅邸。走进宅子时博斯不禁在想，这无疑是他到过的国内最高贵的地方了。

他被带进一个四面镶着暗黑色隔板、一面墙上挂着四排带相框的长方形照片的房间。房间里放着一对沙发，最里面有个吧台。护送的西装男指着一张沙发让博斯坐下。

"先生，坐下吧，万斯先生的秘书准备好以后会过来见你。"

博斯在对着挂有照片的那面墙的沙发上坐下了。

"需要喝点水吗？"西装男问。

"谢谢你，不用了。"博斯说。

西装男在他们刚才走过的那道门旁边找了个地方立定，用一只手扣住另一只手的手腕，摆出一副准备好应付任何局面的警觉架势来。

博斯利用等待的时间审视着墙上的照片。这些照片记录了惠特尼·万斯的人生和他在生活中遇到的各种人。第一张照片拍摄的是霍华德·休斯和一个少年，博斯猜测是年少时的惠特尼。两人靠在一架飞机没上油漆的金属表皮上。从第一张照片开始，这些照片由左至右似乎是按照年代排列的。其中有许多是惠特尼同工商界、政界、媒体界名人的合照。博斯不能认出所有和惠特尼合照的人，但其中有林登·约翰逊和拉里·金[1]，他便知道大多数人应该都是什么身份。在所有的照片中，惠特尼都露着似笑非笑的表情，他的左侧嘴角微微提起，似乎想告诉照相机镜头，他并不想为拍照特地摆姿势。在一张张照片中，他的脸越来越老，眼袋越来越重，但似笑非笑的表情却从未改变。

墙上有两张惠特尼同美国有线电视新闻网长期负责采访名流的记者兼制片人拉里·金的合照。在第一张照片中，惠特尼和金面对面坐着，可以看出是在金的演播室里，因为演播室的陈设二十多年来都是如此。两人之间竖着一本书。在第二张照片上，惠特尼正拿着一支金笔在一本书上为金签名。博斯起身走到墙壁前面审视着这些照片。他戴上眼镜，凑到第一张照片前，看清了惠特尼在节目里展示的那本书的书名。

《隐身：隐形飞机的制造》惠特尼·P.万斯著

书名唤起了博斯尘封已久的一段记忆，他回想起惠特尼·万斯曾经写过一本家族史，评论家批评此书不是因为内容本身，而是因为书中删略了太多内容。惠特尼的父亲纳尔逊·万斯是个冷酷的商人，当年也是个颇具争议的政治人物。据说他是支持优生学——号称通过控制交配消除人身上不可取的属性从而提高人种素质的学科——的富有实业家集团的一员，但这个说法从未被验证

---

[1]两人分别为美国第三十六任总统和著名电视主持人。

过。在二战中纳粹采用类似的变态学说实施种族灭绝之后，纳尔逊·万斯这类人纷纷隐藏起他们的信条以及同那个小团体之间的关系。

纳尔逊儿子写的家族史满是英雄崇拜，几乎没有负面内容，俨然是一项形象工程。惠特尼·万斯晚年几乎成了个隐士，于是这部书自然就把他带回公众视野，人们都想知道书中省略了些什么。

"博斯先生吗？"

博斯从照片前转过身，看见有个女人站在走廊那头房间的门边。她看上去七十岁左右，银灰色的头发被一丝不苟地在头顶束成一个发髻。

"我是万斯先生的秘书艾达，"她说，"他现在想见你。"

博斯跟着艾达进入走廊。他们走了似乎有一个街区那么长的距离，登上几级台阶，走进另一条走廊。这段走廊穿过建在山坡上更高处的厢房。

"抱歉让您久等。"艾达说。

"没事，"博斯说，"我很喜欢看那些照片。"

"里面有不少故事。"

"是啊。"

"万斯先生很期待与您见面。"

"太好了，我还没见过亿万富翁呢！"

博斯失态的评论结束了两人间的谈话，好像在这幢用大量金钱打造的宅子里讨论钱十分粗鲁愚钝似的。

两人最终走到一扇双开门前，艾达带博斯走进了惠特尼·万斯的家庭办公室。

博斯要见的人坐在一张办公桌后面，他后面是一个空着的人壁炉，飓风来临时都可以躲在里面。惠特尼用他那清瘦的手示意博斯上前来，他的手十分苍白，仿佛戴着橡胶手套似的。

博斯走近桌子，惠特尼指着办公桌前唯一的一把皮椅示意博斯坐下。他没有做出要和博斯握手的姿态。坐下的时候，博斯注意到惠特尼坐的轮椅上左侧扶手上有电动控制装置。接着他发现办公桌的桌面上没有什么办公用品，抛光的乌木桌面上只放了张或许空白、或许反面写着什么的白纸。

"万斯先生,"博斯说,"您近来可好?"

"我老了——这就是我的现状,"惠特尼说,"我奋力想打败时间,可有些东西我们是无法打败的。我这个地位的人很难接受被打败的事实,但博斯先生,现在我已经听天由命了。"

他用瘦骨嶙峋、苍白的手做了个横扫房间的手势。

"这里的一切都快没有意义了。"他说。

博斯环顾了下周围,以免忽略了惠特尼想让他看见的东西。他的右边是休息区,休息区里放着一张白色的长沙发和几把配对的椅子。办公室里还有张主人在需要时可以使用的吧台。两面墙上还挂着些画,不过这些画上只有些泼上去的水彩而已。

博斯回头看着惠特尼,老人对博斯露出他在等候室的照片上看到的倾斜一边的微笑,左边的嘴角微微向上提起。惠特尼无法露出畅快的笑容。就博斯见过的照片来看,惠特尼从没舒心地笑过。

博斯不知该如何回应老人有关死亡和这里一切都将没有意义的言语,只能把关注点集中在同克莱顿见面后就反复打腹稿的开场白上。

"万斯先生,有人说您想见我,为了让我过来您付了我一大笔钱。也许这笔钱对您来说微不足道,但对我却已经算很多了。先生,您想让我为你做什么?"

惠特尼收起笑容点了点头。

"我喜欢单刀直入的人。"他说。

他把手伸向轮椅的控制板,把轮椅移向办公桌。

"我在报纸上看过你的报道,"他说,"我想应该是去年那个医生卷入枪战的案子。博斯先生,在我看来,你是个能坚守自己立场的人。那些人向你施加了很大的压力,你却始终坚守自己的立场。我喜欢这点并需要这种精神。现在能坚守立场的人已经不多了。"

"您想让我为您做什么?"博斯又问了一遍。

"我想让你为我找个人,"惠特尼说,"一个也许从没存在过的人。"

3

用自己的请求激起了博斯的好奇心以后，惠特尼用颤抖着的左手把办公桌上的纸翻转过来。他告诉博斯，在进一步讨论之前，博斯需要在这份文书上签名。

"这是份保密文书，"惠特尼说，"我的律师说文书上的规定很严密。一旦签名，除我以外，你要确保你不能向任何人透露我们之间的讨论及接下来要调查的内容。你不能向我的任何一个雇员透露内情，甚至连以我的名义去找你的人也不行。博斯先生，你只能向我一个人汇报。如果签了这份文书，你就只能向我一个人汇报。你只能把调查中的任何发现汇报给我。听明白了吗？"

"我明白，"博斯说，"对此我没有异议，我愿意签下这份保密文书。"

"很好。我这里有笔。"

惠特尼把文书推过办公桌面，然后从桌上华丽的金质笔筒里拿了支笔。博斯觉得这支钢笔沉甸甸的，他猜这可能是钢笔是由纯金打造的缘故。博斯回想起照片中惠特尼为拉里·金在书上签名时用的笔。

他飞快地浏览了文书的内容，然后便签上了自己的名字。签完名以后，他把笔放在文书上，将笔和文书推到惠特尼那边。老人把文书放进办公桌抽屉里，关上抽屉，然后举起笔给博斯看。

"这支笔是用我的曾祖父于一八五二年在内华达山脉采金点挖到的黄金制成的，"他说，"之后，掘金者蜂拥而至，他不得不继续向南，他意识到，靠钢铁赚到的远比靠黄金赚到的多。"

惠特尼在手中把玩着金笔。

"这支笔代代相传，"他说，"我离家上大学的时候这支笔就传给我了。"

惠特尼像第一次见似的打量着这支笔。博斯安静地等待着。他心想惠特尼是不是智力有所退化了，一心要他去找个也许从没存在过的人是不是心智退化的体现。

"万斯先生。"博斯唤了一声。

惠特尼把笔放回笔筒，打量着博斯。

"这支笔我没人可给，"他说，"这里的一切我都没人可给。"

这话倒是真的。博斯查询到的个人资料显示，惠特尼一直未婚，也没有子嗣。博斯看过的几份摘要隐晦地暗示惠特尼是个同性恋者，但这种暗指从未得到过证实。另一些传记的片段说他只是因为工作太忙而无法维护一段关系，更别说建立家庭了。媒体报道过他几段短暂的恋情，女方基本上都是好莱坞的女明星——或许是为了引起媒体的注意，打消有关同性恋的怀疑。但在惠特尼过去四十多年的履历中，博斯实在查不到更多他个人方面的信息了。

"博斯先生，你有孩子吗？"惠特尼问。

"有个女儿。"博斯答道。

"她在哪儿？"

"还在念书，在奥兰治的查普曼大学。"

"不错的学校。她在那儿学电影吗？"

"学心理学。"

惠特尼靠在椅子上，凝视远方，开始回忆从前。

"年轻时我想学电影，"他说，"年轻时的梦想……"

惠特尼没有继续回忆下去。博斯意识到他也许得把钱还回去。这只是种精神错乱而已，惠特尼没有活给他干。即便这只是惠特尼巨额财富中的一点小钱，他也拿不到手。再怎么富裕，博斯都不会从心智受损的人手里拿钱。

惠特尼挣脱着不再凝视回忆的深渊，看着博斯。他点点头，似乎知道博斯在想什么，然后用左手抓住轮椅扶手，身体前倾。

"我想我得告诉你这是怎么回事。"他说。

博斯点点头。

"没错，能说给我听就最好不过了。"

惠特尼朝博斯点了下头，又一次露出了撇嘴的笑容。他低头沉思了一会儿，然后抬起头看着博斯，无框眼镜后面深陷的双眼闪闪发亮。

"很久以前我犯了个错，"他说，"我一直没纠正这个错误，也一直没回头去想这件事。可现在，我却在想，如果我有过一个孩子，我很想找到他，我很想把我的金笔传给这个孩子。"

博斯久久地盯着惠特尼，心想惠特尼也许会继续这个话题。但惠特尼重新开腔以后，却拾起了自己的另一段记忆。

"十八岁时我一点都不想继承父亲的生意，"惠特尼说，"那时，我更想成为下一个奥森·威尔斯[1]。我想拍电影，而不是制造飞机零部件。和那个年纪的年轻人一样，我心里只想着自己。"

博斯想到了自己的十八岁。那时，他也想着要开辟自己的道路，却把路开到了越南的山洞和坑道里。

"我坚持要上电影学校，"惠特尼说，"一九四九年我进入南加州大学学习电影。"

博斯点了点头。他先前从资料中知道，惠特尼在南加州大学只待了一年，之后就转到加州理工学院并开始进一步扩展家族事业。博斯在网络上没有查找到对这件事的合理解释。他心想现在自己终于可以知道原因了。

"我遇见了个女孩，"惠特尼说，"一个墨西哥女孩。我们俩相遇后不久，

---

[1] 美国著名电影导演、演员。

她就怀孕了。这对我来说是第二糟的事情，最糟的是把这件事告诉我的父亲。"

惠特尼安静下来，垂下眼看着面前的桌面。博斯可以说些什么缓和气氛，但他需要从惠特尼嘴里听到尽可能多的信息。

"那时发生了什么事？"他只是简单地问。

"他派了些人过来，"惠特尼说，"派人过来劝她别把孩子生下。那些人会把她送到墨西哥把孩子处理掉。"

"她回墨西哥了吗？"

"如果她回去了，那也不是和我父亲的人一起回去的。她从我的生活中消失了，我再也没见过她。我太懦弱了，没勇气去找她。我让父亲抓住了控制我的弱点：这件事可能带来的尴尬和羞耻。我甚至还担心因为她年龄太小而被人告。我只能照父亲说的去做，转学到加州理工学院，默默地把这件事给了结了。"

惠特尼像是对自己确认似的点了点头。

"那是个完全不同的时代……对我和她来说都是。"

在继续讲述之前，惠特尼抬起头，盯了博斯的眼睛很长一会儿。

"可我现在想知道。当一切都快结束的时候，你就会想回顾……"

重新开口说话前，惠特尼稍稍喘了几口气。

"博斯先生，你能帮我的忙吗？"惠特尼问。

博斯点点头。他相信惠特尼目光中的痛苦是真实的。

"那是很久以前的事了，但我可以一试，"博斯说，"介意我问你几个问题并做些笔记吗？"

"尽管记吧，"惠特尼说，"但我得再次提醒你，关于这件事的一切必须完全保密。不然有些人的性命可能会有危险。你采取的每一步行动，都得多加小心。我相信一定会有人想法子弄清楚我为何要见你、你又会为我做些什么事。我找了个借口，之后会把这个借口告诉你。现在开始提问吧。"

有些人的性命可能会有危险。当博斯从西装内袋掏出一本小笔记本时，这句话在他的胸膛里跃动起来。他拿出一支笔。这支笔是塑料的，不是一支金笔。这支笔是他从药妆店买来的。

"你说有些人的性命可能会有危险。哪些人的生命会有危险？为何会有危险？"

"博斯先生，别这么幼稚。我想你在见我前必定做过一些调查。我没有继承人——至少没有众所周知的指定继承人。我死后，先行者工程公司的控制权就会被移交到董事会手里，董事会的成员会继续做政府项目，把几百万美元塞入自己的腰包。有一个合法的继承人可以改变这一切。这可事关几十亿美元的财产。你觉得各方不会争得你死我活吗？"

"以我的经验来看，人会因为各种各样的原因争得你死我活，也会无缘无故地争得你死我活，"博斯说，"如果帮你找到了继承人，你确定你想将矛头对准他们吗？"

"我会让他们选，"惠特尼说，"这是我欠他们的，但我也会尽可能地保护好他们。"

"她叫什么？因为你怀孕的女孩叫什么？"

"维比亚娜·杜阿尔特。"

博斯把名字记录在笔记本上。

"你是否碰巧还记得她的生日。"

"我记不清了。"

"她是南加州大学的学生吗？"

"不，我是在 EVK 遇见她的。她在那儿上班。"

"EVK 是什么？"

"是大学学生食堂的缩写，我们把那儿称为'大众食堂'[1]，EVK 是简称。"

博斯立刻知道，这排除了从学生档案找人的可能性，因为大多数学校很关注毕业生的动向，因此学生档案对找人很有帮助。这意味着寻找那个女人会很困难，甚至连成功的可能性都不大。

"你说她是个墨西哥人，"他说，"你想说她是个拉丁裔对吗？她是美国公

---

[1] 英文 "Everybody's Kitchen"。

民吗？"

"我不知道。我想她应该不是。我父亲——"

他没把话说完。

"你父亲怎么了？"博斯问。

"我不知道是不是真的，但父亲说她别有所图，"惠特尼说，"怀上我的孩子，让我娶她，这样她就可以成为美国公民了。但父亲跟我说了许多不实的东西，他对许多事情的理解都是……有问题的。所以我不知道他说的是不是真的。"

博斯想到他读到的关于纳尔逊·万斯倡导优生学的事情，于是便转到下一个问题。

"你这里有维比亚娜的照片吗？"他问。

"我这儿没有，"惠特尼说，"我有很多次想着能有她的一张照片。那样我就能再多看她一眼了。"

"她住在哪儿？"

"住在学校附近。离学校只有几个街区远。她是走路上班的。"

"还记得她的地址吗？也许还记得她住的那条街的名字吧？"

"不，我不记得。那是很久以前的事了。这些年我一直试着尘封对这件事的记忆。但事实上，在那以后我从没爱过任何人。"

这是惠特尼第一次提到爱，第一次让博斯意识到惠特尼与那女人之间的关系有多么深厚。博斯有过这样的体验，回首往事时，你就像手里拿着个放大镜似的。所有东西都在放大镜下被放大了。在记忆中，普通的校园约会也许会成为一生之爱。在惠特尼描述的事情过了几十年以后，他的痛苦看上去还那么真实。博斯相信他说的是实话。

"这些事发生以前，你们一起待了多久？"博斯问。

"我第一次见她和最后一次见她之间相隔了八个月，"惠特尼说，"只有八个月。"

"你记得她是何时告诉你怀孕的吗？"惠特尼说，"哪一年的几月？"

"是在暑期课程结束以后。我报名参加那个暑期课程，就是因为我知道上课能见到她。因此那应该是一九五○年六月末的事情。也许是在七月初。"

"你说你是在那之前的八个月与她相遇的是吗？"

"我是在前一年的九月入学的。入学以后，我马上注意到了在学生食堂工作的她。但开始一两个月。我不敢去找她说话。"

老人低头看着办公桌。

"你还记得别的什么吗？"博斯提示着，"你见过她的家人吗？你记得他们中任何一位的名字吗？"

"我不记得了，"惠特尼说，"她说她爸爸的家教很严，她家人又都是天主教徒，可我不是信徒。我们就像是罗密欧和朱丽叶。我从没见过她的家人，她也没见过我的家人。"

博斯抓住惠特尼回答中也许能推进调查的零星信息。

"你知道她平时去哪座教堂吗？"

惠特尼抬起头，目光炯炯有神。

"她告诉我她的名字就来自她受洗时所在的那座教堂。那座教堂名叫圣维比亚娜教堂。"

博斯点了点头。圣维比亚娜教堂原址在市中心，和博斯原先工作的洛杉矶警察局只隔了一个街区。这座教堂有一百多年的历史，在一九九四年的地震中遭到严重毁损。新教堂在附近建成后，老教堂被捐给了市里保留下来，博斯记得老教堂现在被用作活动中心和图书馆，但并不是很确定。但能找到教堂和维比亚娜·杜阿尔特之间的联系总归是件好事。天主教堂会保留教徒出生和受洗的记录。博斯认为这个好消息完全能够冲抵维比亚娜不是南加州大学学生的不利一面。同时这也说明，抛开父母的身份不谈，维比亚娜本人很可能是个美国公民。如果维比亚娜是美国公民，博斯就很容易从公共档案中查找到她的信息。

"如果怀孕足月，她应该在什么时候生孩子？"博斯问。

这是个敏感问题，但要翻查档案的话，博斯需要把时间范围缩短些。

"我想她告诉我的时候应该已经有两个月的身孕了，"惠特尼说，"因此我觉得孩子应该在第二年的一月出生。也许会在二月。"

博斯把惠特尼说的时间点记录下来。

"你认识她的时候她多大了？"博斯问。

"我们相遇时她十六岁，"惠特尼说，"我十八岁。"

这是惠特尼父亲为何会有那种反应的另一个理由。当时维比亚娜尚未成年。在一九五〇年让一个十六岁的少女怀孕会给惠特尼招来法律上的麻烦。麻烦尽管不大，但会让万斯家族很难堪。

"那时她在念高中吗？"博斯问。

博斯对南加州大学附近的区域很了解。南加州大学附近有个手工艺术高中——那里的档案也应该很好找。

"她辍学上的班，"惠特尼说，"她家急需用钱。"

"她说过她爸爸是干什么工作的吗？"博斯问。

"我不记得了。"

"好，我们再回到生日的问题上，你说不记得她的生日了，但你是否记得在那八个月中和她一起庆祝过生日呢？"

惠特尼想了想，然后摇了摇头。

"没有帮她庆生的记忆。"他说。

"如果我理解没错的话，你们从十月底开始交往，一直到第二年六月或是七月初。因此她的生日大约在七月到十月末之间。"

惠特尼点点头。查资料时，把时间范围缩小至四个月也许对博斯会有帮助。给维比亚娜·杜阿尔特这个名字加上出生日期也许会是展开调查的关键出发点。博斯把四个月的时间范围和大约的出生年份一九三三年记下来，然后抬头看着惠特尼。

他问："你知道你父亲给了她或她家人钱，让他们一家保持沉默，让女孩离开你，是吗？"

"即使这么干了，他也不会对我说的，"惠特尼说，"再说，离开的人是我。

这种懦弱行为让我终身抱憾。"

"在此之前你找过她吗？在此之前你有没有雇人找过她？"

"很遗憾，我没去找过她。但别人有没有找过就不好说了。"

"你这是什么意思？"

"我是想说，别人有可能会去找，别人去找是为了准备让我死而预先布局。"

博斯对惠特尼的话考虑了很长一会儿。然后他看了看记录下来的几条笔记。这些内容已经足以让他开启调查了。

"你说你为我准备了个托词，是吗？"

"是的，詹姆斯·富兰克林·奥尔德里奇。记下这个名字。"

"这人是谁？"

"我在南加州大学的第一任室友。他在第一个学期被学校开除了。"

"开除是因为学业上的原因吗？"

"不，他是因为其他事被开除的。你就说我想让你帮我找到大学室友，因为我想对他因为我们共同犯的错而被开除做弥补。这样的话，你去查找那个时代的档案看上去就合理了。"

博斯点点头。

"也许能说得过去。这是真事吗？"

"是真的。"

"我也许应该知道你们都干了些什么。"

"即便真要去找他，你也用不着知道我们干了什么。"

博斯等了一会儿，但看样子惠特尼不想在这个话题上继续下去了。博斯写下惠特尼提供的这个名字，在和惠特尼确认了"奥尔德里奇"的拼法以后，他合上了笔记本。

"最后我再提一个问题。维比亚娜·杜阿尔特现在很可能已经死了。但如果我发现她有孩子或是还活着的后代，该怎么办？你想要我做什么？要我和他们取得联系吗？"

"别，别联系他们。向我汇报之前，别去接触他们。接触他们之前，我得做出完全的确认。"

"DNA 确认吗？"

惠特尼点点头，看了博斯一会儿，然后再次把手伸向办公桌抽屉。这次他从抽屉里拿出了一个没写字的白色厚信封，然后把信封推过办公桌。

"博斯先生，我信任你。如果你想戏弄一个老人，我已经把需要的资料全提供给你了。相信你不会戏弄我。"

博斯拿起信封。信封没封上。他往信封里看了看。看见信封里放着根干净的玻璃试管，试管里有根收集唾液用的棉签。这是惠特尼的 DNA 样本。

"万斯先生，被戏弄的人是我。"

"此话怎讲？"

"让我用棉签来刮你的唾液会更好些。"

"我向你保证这是我的唾液。"

"我向你保证我会替你认真查。"

惠特尼点点头。两人间似乎没什么要多讲的了。

"我想我已经有了开始调查的线索。"

"博斯先生，我还有最后一个问题要问你。"

"你问吧。"

"我很好奇，在报纸上读到的关于你的事情中，你从没提到过参加越南战争的经历。但你好像应该是这个年纪。越南战争时你的状况怎么样？"

博斯在答复前停顿了一会儿。

"我就在越南，"半晌后他回答说，"去过那儿两次。在你们制造的直升机上我飞的次数也许比你还多。"

惠特尼点点头。

"也许吧。"他说。

博斯站起身。

"如果我想问你更多的问题，或是把我的发现报告给你，该怎样联系你？"

"的确有这个问题。"

惠特尼打开办公桌抽屉，拿出一张名片。他用一只颤抖的手把名片交给博斯。名片上只印着一个手机号码，其他什么也没有。

"打这个号码就能找到我。如果接手机的人不是我，那就一定出事了。任何其他人接你的电话你都别信。"

博斯的视线从名片上的号码转移到坐轮椅的惠特尼身上，他那白纸一样的皮肤和稀少的头发像干树叶一样脆弱。博斯不知惠特尼的谨慎是出于妄想，还是出于他想找寻的信息的确存在着真正的危险。

"惠特尼先生，你是不是面临着某种危险？"

"处在我这个位置的人总会有危险。"惠特尼说。

博斯用拇指抚摩着名片的卷曲边缘。

"我很快会给你信儿的。"他说。

"我们还没讨论给你的费用呢。"惠特尼说。

"你给我的启动经费已经足够了。看看进展再说。"

"给你的支票只是让你来这儿的费用。"

"惠特尼先生，我就是因为这笔钱过来的，但这笔钱还是太多了。现在我自己出去没问题吧？还是这样做会惊动安全警报器？"

"你一离开这个房间他们就会知道，并马上过来接你。"

惠特尼发现博斯的眼神很惶惑。

"这是宅子里唯一没被摄像头监控的房间，"他解释说，"即便在卧室里，我也被摄像头监视着。但我坚持这里一定要保有隐私。你一离开这个房间，他们就会过来。"

博斯点点头。

"我明白了，"他说，"下次再聊。"

博斯穿过门，沿着过道朝前走。穿着西装的男人很快迎上来，默默无语地带着博斯穿过宅子，把他送上了车。

4

经常办理悬案使得博斯十分擅长时光之旅。他知道该如何回到过去找人。博斯之前从没办过追溯到一九五一年的案子，这也许是他所办理的最为困难的一件悬案，但他觉得自己已经准备好了，并为即将到来的挑战感到兴奋。

调查要从找到维比亚娜·杜阿尔特的出生日期开始，博斯相信自己已经掌握了找到这个日期的最佳方案。因此与惠特尼见面后博斯没有马上回家，而是把车开上 210 号高速公路，经过圣费尔南多谷的北部边缘，朝圣费尔南多市驶去。

圣费尔南多市方圆几乎不超过两平方英里，是洛杉矶大都市带内的一座卫星城市。一百多年前，圣费尔南多谷包含的所有城镇都被并入了洛杉矶，因为新建的洛杉矶高架渠可以为这些小城的农田保持充足的水源，使它们不致干涸荒芜。这些小镇一个接一个并入洛杉矶以后，洛杉矶不断向北扩展，最后把除了以圣费尔南多谷命名的 2.3 平方英里的圣费尔南多之外的所有区域全都吞并了。只有圣费尔南多不需要洛杉矶的水源。小城的水存储已经够自给自足了。圣费尔南多避免了现在已经包围着它的超大型城市的吞噬，维持着独立。

一百多年之后，行政区划仍然保持原样。在都市扩张及其带来的种种弊病的影响下，圣费尔南多谷的农业传统已经消失殆尽，但圣费尔南多却离奇地焕发出一股复古的风味。城市化带来的种种问题和犯罪自然无法避免，但小城的警察局都应付得了。

那是二〇〇八年金融危机之前的情况了。那一年，全球范围内发生了银行业的危机，经济萎缩，形势急剧恶化。没过几年，圣费尔南多就受到了经济危机余波的影响。小城一次次面临大额预算裁减。局长安东尼·瓦尔德斯目睹着二〇一〇年警察宣誓时的四十名警官裁减到了二〇一六年的三十名警官。安东尼手下的侦查处从五人缩减到两人——一个警探负责财产案件，另一个警探负责针对人身的案件。瓦尔德斯看着没解决的案子越积越多，有些案子甚至从一开始就没得到妥善的处理。

瓦尔德斯在圣费尔南多出生并长大，在洛杉矶警察局历练二十余年，升迁到管区警监的职位，拿到养老金退职，然后空降到家乡警察局担任局长。瓦尔德斯在周围的上级警察部门有很深的交情，他也解决了预算危机，这有利于扩大圣费尔南多警察局的预备警官队伍，招来了更多无偿工作的兼职警察。

正是因为这种队伍扩大，瓦尔德斯局长找到了哈里·博斯。在洛杉矶警察局工作的早期，瓦尔德斯曾经被分配在好莱坞分局的反黑部门。瓦尔德斯在那儿和一个名叫庞兹的警督产生了冲突，庞兹对瓦尔德斯进行了内部投诉，想让瓦尔德斯降职甚至被解雇，但没有成功。

瓦尔德斯既没有降职也没有被解雇。几个月后，他听说一个叫博斯的警察和庞兹发生口角，最后博斯把庞兹从好莱坞分局的平板玻璃窗扔了出去。瓦尔德斯一直记得博斯这个名字，多年后当他从报纸上读到退休的哈里·博斯因为被从悬案组赶走而起诉洛杉矶警察局的时候，瓦尔德斯便拿起了电话。

瓦尔德斯没办法给博斯开薪水，但可以提供他更为在乎的东西：不但可以给博斯警察徽章，还能让他接触到小城监狱里储存的所有悬案卷宗。圣费尔南多警察局的预备警官只需满足三个条件：和执法人员一样达到身体训练的标准，每月通过一次警局组织的射击考核，每月至少值两次班。

博斯轻松地达到了预备警官的标准，并且超过了很多。他每周的值勤次数都超过两次，远超警察局要求的每月两次的标准。因为经常去圣费尔南多警察局值勤的缘故，警局方面给他分配了一个由于资金不足裁员而空出的小隔间。

大多数时间博斯都在小隔间以及和警察局隔着第一街、现在被当作储藏室的老监狱上班。原先关醉汉的禁闭室现在竖立着三排文件架，文件架上的案件卷宗最早能追溯到几十年之前。

因为除了谋杀以外所有案子都有诉讼时效，储藏室里的大多数案子博斯是永远不能解决，甚至不能调查的。小城没有太多谋杀案，但博斯认真查阅了这些案子的线索，运用新的技术手段调查原先的证据。他还核查了所有时效期内的性侵案件、不致命的枪击案和导致重伤的伤人案。

这份工作有很大的自由度。博斯可以自由分配时间，如果私下有案子需要调查，他也可以空出时间去调查自己的案子。瓦尔德斯局长知道，能有博斯这样经验丰富的警探为圣费尔南多警察局工作，这很幸运，因此从不对博斯接其他带薪的工作说三道四。他只是向博斯强调，不要把两边的工作混在一起。哈里不能用警徽以及用圣费尔南多警察的身份为私下调查创造便利。要是犯下这种错误，博斯便会被解雇。

5

凶杀没有地域限制。博斯复查的大部分悬案都会把他卷入洛杉矶警察局管辖的地界。这是可以料想的。洛杉矶有两个分局和圣费尔南多接壤：西部接壤的米森分局和东部接壤的山麓分局。四个月内博斯解决了两起黑帮团伙的凶杀悬案——通过弹道学分析把这两起案子与发生在洛杉矶的类似谋杀案联系在一起，发现行凶者已经被捕入狱；把另一起案子的凶手锁定在因为谋杀被比圣费尔南多警察局大的分局通缉的两个嫌疑人身上。

另外，博斯通过辨别作案手法和检验 DNA 把四年间发生在圣费尔南多的四起性侵案联系在一起，正在查证罪犯是否在洛杉矶犯过强奸案。

博斯把车开上 210 号高速公路驶离帕萨迪纳，这样他可以查验是否有人在跟踪他。他先以低于最高时速限制的速度开了五英里，然后把车速提升到了限速之上，通过后视镜查看有没有以相同速度行车的车辆。博斯不确定惠特尼·万斯对调查保密的担心有没有根据，但提防有人跟着总是不会错的。他没有发现身后的公路上有人尾随。他知道，在宅子里和惠特尼会面，甚至前一天和克莱顿先生在联邦银行大厦碰头时，都可能有人在车上安装了 GPS 跟踪器。博斯之后会检查车上有没有被人安装跟踪器。

沿着高速公路再开十五分钟，博斯将把车开过圣费尔南多谷的顶部，回到洛杉矶。他没有沿着高速公路继续开，而是在麦克莱街出口下了高速公路，开进圣费尔南多，并很快拐上了第一街。圣费尔南多警察局坐落在一幢白色水泥墙和红色拱顶的平房里。小城百分之九十的人口都是拉丁裔，因此政府部门的建筑都贴近于墨西哥文化。

　　博斯把车停在员工停车位，使用电子钥匙进入警察局的侧门。博斯经过报案室的窗户时向两个值班的警察点点头，然后沿着后侧走廊经过局长室朝侦查处办公室走去。

　　"是哈里吗？"

　　博斯转过身，通过局长办公室的门往里看。瓦尔德斯正坐在办公桌后面向他招手。

　　博斯走进办公室。这里没有洛杉矶警察局的局长办公室那么舒适，但有一块非正式会谈的休息区。局长办公室的天花板上悬挂着机身上漆着"SFPD[1]"四个字母的黑白玩具直升机。第一次走进这个办公室的时候，瓦尔德斯曾告诉他这是局里的公用直升机——这显然是为局里没有自己的直升机，需要时必须向洛杉矶警察局寻求空中支援而发的牢骚。

　　"感觉怎么样？"瓦尔德斯问。

　　"没什么可抱怨的。"博斯说。

　　"我们很感谢你在这里所做的一切。'割纱工'的事处理得怎么样？"

　　瓦尔德斯指的是博斯正在查的系列强奸案。

　　"我正想去查回复的邮件。之后再去找贝拉商量下一步的行动。"

　　"批准付款的时候，我读了侧写报告。报告里的一些东西很有趣。我相信会抓住那家伙的。"

　　"我在跟这个案子。"

　　"那我就不耽搁你了。"

---

[1]圣费尔南多警察局的首字母缩写。

"好，局长。"

博斯盯着直升机看了一会儿，然后离开了局长办公室。从局长办公室沿着走廊再走几步就是侦查处办公室。无论是以洛杉矶警察局的标准还是别的标准来看，这个办公室都太小了。侦查处办公室曾经包含两个房间，但一个房间曾经转租给县法医处，作为他们派驻在这里的两位法医的办公室。现在三个警探的工位挤在一个房间里，毗邻的是督察那衣柜般大的办公室。

博斯工位三面都装有五英尺高的墙，使他具有足够的隐私，但唯一没有墙的那面却正对督察办公室的门。督察本应由全职警督担任，但因为经费裁减造成的警督职位的空缺，督察只能由警察局唯一的警监来担任。他的名字叫特雷维里奥，迄今为止，他一直不觉得吸纳博斯处理案子是件好事。他似乎对博斯不拿薪酬却乐意长时间在这里工作的动机很是怀疑，一直在监视着博斯。对博斯来说，唯一缓和了这种不必要关注的是特雷维里奥在警局内身兼多职，没有精力对他关注过多，这在小警察局是常有的事情。尽管特雷维里奥主管侦查处，但也掌管内务部门，包括调度中心、室内靶场和代替对街年久失修的老监狱的十六个铺位的拘留所。繁忙的工作使特雷维里奥经常不在侦查处办公室，博斯因而不必受到他的烦扰。

博斯看了看自己的邮件槽，发现里面有份告知他本月射击还未达标的通知书。博斯走进自己的小隔间，坐在办公桌前。

过来的时候，他看见特雷维里奥办公室的门关着，门上的玻璃气窗后面黑灯瞎火的。警监多半在警察局的另半边办理别的公务。博斯觉得自己能理解特雷维里奥的疑惑以及不欢迎他的原因。他在解决悬案上取得的任何成功都可以被看作特雷维里奥的失职。毕竟，侦查处现在归他管。博斯曾经把洛杉矶警察局督察从平板玻璃窗扔出去的传言更会增加特雷维里奥对他的敌意。

但这没什么大不了的。特雷维里奥无法威胁到博斯在警察局的地位，毕竟，博斯的到来是局长克服人员缩减困难所做努力的一个组成部分。

博斯打开电脑，等待它启动。他上次来这儿已经是四天前了。办公桌上放着一张局里保龄球之夜的传单。博斯立刻把传单扔进了办公桌下面的垃圾桶。

博斯喜欢局里认识的同事，但他的保龄球实在打得不太好。

他用钥匙打开书桌里放文件的那只抽屉，拿出几个存放着他正在处理的案子的卷宗文件夹。他把卷宗摊开在桌面上，让别人看上去觉得他正在研究圣费尔南多警察局的案子。伸手去拿"割纱工"案的文件夹时，博斯发现文件夹不在原来的地方。他在抽屉里的另一个地方找到了那个文件夹。"割纱工"案的文件夹被归错了位，是按第一受害人名字的首字母归位的，而没有按未知嫌疑人的绰号——"割纱工"归位。博斯立刻警觉起来，并感到十分懊恼。他不信自己会归错文件。做警察以来他一直把文件整理得很认真。只要是和案子有关的文件——无论是厚厚的谋杀案卷宗，还是轻薄的牛皮纸文件夹——都会成为案子的核心，需要整洁完整地放在一起，妥妥帖帖地保存起来。

他把文件夹放在办公桌上，心想持有备用钥匙的人兴许看过他的文件，检查了他的工作。他很清楚这会是谁。他往后退了退，把所有文件放回抽屉，然后合上并用钥匙锁上了抽屉。他想出一个找到入侵者的办法。

他直起身子，往隔断那边看过去，发现另外两位警探的工位上都没人。调查入侵案件的贝拉·卢尔德警探和处理不动产纠纷的丹尼·西斯托警探兴许都接到报案出现场了。两人经常联手办案。

登录局里的计算机系统以后，博斯便打开了执法数据库。他拿出笔记本，开始在数据库里查找维比亚娜·杜阿尔特的记录。他知道自己违反了局长给他定的规则，借圣费尔南多警察局职务之便进行私人调查。利用执法数据库的信息进行非警务调查不但会被圣费尔南多警察局开除，还违反了加利福尼亚的法律。如果特雷维里奥打算检查这台计算机的使用记录，那博斯就麻烦大了。但博斯觉得这种事不会发生。特雷维里奥知道如果采取对博斯不利的行动，就相当于和局长作对，那无异于白毁前程。

博斯找到的维比亚娜·杜阿尔特的记录非常短。没有记录表明维比亚娜在加利福尼亚州拥有驾驶执照，没有记录表明她犯过罪，甚至没有记录表明她违章停车吃过罚单。当然，时间过得越久，数据库里的信息就越不全，但博斯凭经验知道，输入名字后找不到任何参考信息的情况也是很少有的。这支持了他的推测：维比亚娜是非法移民，在一九五〇年怀孕后回到墨西哥了。那时，堕胎在加利福尼亚是违法的。越过边境以后，她可能把孩子生了下来，也可能在蒂华纳[1]某间诊所的密室内堕了胎。

博斯知道那时的法律禁止堕胎是因为他本人就是一九五〇年被一个未婚妈妈生下的，当上警察后不久，为了更好地理解母亲面对和做出的选择，博斯还特意去查了当时的法律条文。

但博斯不是很熟悉一九五〇年时的刑法。他找到那时的刑法，查询刑法中有关性侵的条文。博斯很快发现，根据一九五〇年刑法的第二百六十一条，与十八岁以下的女性性交被认定为强奸。即便两相情愿也无法脱罪。除非女方是犯人的妻子才可以免于刑罚。

博斯心想，惠特尼的父亲一定觉得怀孕是维比亚娜给儿子下的套，目的是拿到钱和美国的公民身份。如果真像他想的那样，刑法将给维比亚娜提供有力的支撑。但数据库中的信息匮乏却否定了这种可能性。维比亚娜没有利用法律作为武器，而是消失得无影无踪，很可能回墨西哥了。

博斯把屏幕切换到机动车辆管理局的人机交互界面，把惠特尼给他的"詹姆斯·富兰克林·奥尔德里奇"这个用作托词的名字输了进去。

结果出来之前，博斯看见特雷维里奥警监拿着杯从星巴克买的咖啡走进侦查处办公室。博斯知道几个街区以外的杜鲁门街有家星巴克。在计算机前工作的时候，特雷维里奥经常会小歇一会儿，步行到星巴克买咖啡。特雷维里奥最近爱上了冰拿铁，定期和女儿在校园周围的不同咖啡店会面使他养成了这个嗜好。同时，买咖啡还能让他的眼睛休息一会儿。

"哈里，今天你怎么来了？"特雷维里奥问。

警监总是这样亲切地叫他的名字。

"我在附近办事，"博斯说，"顺便过来看邮件，再发几份有关'割纱工'的警告。"

---

[1] 墨西哥边境城市。

他一边说话，一边关掉机动车辆管理局的界面，调出局里给他配的邮箱。特雷维里奥走到小办公室门前开门时，博斯并没有转过身去看他。

博斯听到门开了，很快便感觉到特雷维里奥站在了他的小隔间后面。

"走这么远的路来附近吗？"特雷维里奥问，"还穿着这么正式的西装！"

"事实上，我今天去帕萨迪纳见了个人，正巧途经山上的高速公路，"博斯说，"我想可以顺便来发几封邮件，然后再离开。"

"哈里，你的名字不在值勤表上。你应该把名字写在白板上，以便记录值勤的小时数。"

"对不起，我就是来几分钟而已。这个月我的值勤小时数已经够了。单单上一周，我就值勤了二十四小时。"

侦查处办公室门口有块记录出勤时间的白板，特雷维里奥要求博斯在白板上记下上下班时间，以便统计出勤时数，确保达到最小出勤时数。

"我还是希望你每次来都能记下出入的时间。"特雷维里奥说。

"没问题。"博斯说。

"很好。"

"顺便问一句……"

博斯把手伸到抽屉前，用指节敲了几下放文件的抽屉。

"我忘带钥匙了，"他说，"你有能帮我开抽屉的钥匙吗？我有几份文件要用。"

"我没开你抽屉的钥匙。加西亚就上交了一把。他说他从多克韦勒手里就拿到这一把。"

博斯知道加西亚是在自己之前用这个办公桌的警探，多克韦勒是再之前的一位。两人都是预算裁减的牺牲品。博斯听同事们说这两人在被裁后都离开了执法岗位，加西亚成了一位教员，多克韦勒离职时公用事业局正巧有空缺，他就继续在政府部门吃公粮。

"这里谁还有办公桌的钥匙？"博斯问。

"我觉得应该没人有了，"特雷维里奥说，"哈里，干脆把锁撬开吧！据说你撬锁很在行。"

特雷维里奥说话的语气很暧昧，好像博斯熟通的是门坑蒙拐骗的艺术似的。

"我也许会撬的，"博斯说，"谢谢你的建议。"

特雷维里奥走进自己的办公室，博斯听见门被关上了。他提醒自己要和多克韦勒核实一下丢钥匙的事情。博斯想在采取针对措施之前，确定多克韦勒没有他的办公桌钥匙，证明偷看他抽屉里文件的是特雷维里奥。

博斯重新打开机动车辆管理局的界面，输入奥尔德里奇的名字。他很快找到了奥尔德里奇的记录，奥尔德里奇在一九四八年到二〇〇二年之间拥有加利福尼亚州的驾照。二〇〇二年，驾照持有人搬到了佛罗里达州，并上交了他在加州的驾照。他记下奥尔德里奇的出生日期，然后把出生日期和姓名一起输入了佛罗里达州机动车辆管理局的数据库。数据库里的记录表明，奥尔德里奇在八十岁时上交了他的驾照。他在记录上登记的最后一个住址是休闲村落。

记下这些信息以后，博斯上网查询，发现休闲村落是佛罗里达州萨姆特县一个大型养老社区。进一步搜索后，他找到了奥尔德里奇的具体地址，但是没有找到奥尔德里奇的死亡记录或讣告。詹姆斯·富兰克林·奥尔德里奇多半是因为不能或不需要开车而上交了驾照的，但他似乎仍然活着。

博斯对奥尔德里奇被开除出南加州大学的原因很好奇，把他的名字和犯错被开除作为双重搜索条件查找了犯罪数据库。但博斯只找到了奥尔德里奇一九八六年的一条酒后驾车记录。奥尔德里奇在大学入学那年究竟做了些什么，这对博斯来说依然是个未解之谜。

博斯觉得已经搜索了够多可以用作托词的信息，于是便开始查看这几天有关"割纱工"案的邮件。自加入圣费尔南多警察局以来，这个案子耗用了他的大半调查时间。以前在洛杉矶警察局工作时，博斯侦办过好几起连环杀人案，这些案子多半都含有"性"的因素，因此"割纱工"案对博斯来说并不是一个全新的领域。但无论从哪方面来说，都是博斯见过的最令人费解的案子。

6

"割纱工"案是博斯在圣费尔南多警察局公开的性侵案记录中找到的一起系列强奸案。在老监狱里梳理文件时，博斯发现自二〇一二年开始的四起案件在作案手法上是相关的，但此前似乎没人把它们联系起来。

这些案子有五处相似的嫌疑人行为，每一个单看起来都并不罕见，但如果把它们作为一个整体看起来，会发现很有可能是同一个强奸犯所为。这些案件中，强奸犯通过后门或后窗进入受害人的家，他不是移去纱门或是纱窗，而是把它们割开。四起案件都是在正午前后的五十分钟内发生的。强奸犯没有命令受害人脱去衣服，而是用刀划开受害人的衣服。强奸犯在四起案子里都戴上了面具——在两起中用了滑雪面具，第三起戴上了万圣节的猛鬼面具，第四起戴的是墨西哥职业摔跤手的比赛面具。另外，强奸犯没有用避孕套或别的方法避免留下 DNA 证据。

找到这些共性以后，博斯便致力于对这四起案件的调查，他很快发现，尽管四起案件中有三起收集到了嫌疑人的精液，但洛杉矶县法医处只分析了其中一起的证据，提交给州里的和全美的 DNA 数据库做比对。最近两起强奸案的 DNA 鉴定因为上交的证据积压太多而被推迟了。还有一起案件是受害人第一次主动报案，尽管警方在接到报案后便到现场收集证据，但在阴道擦拭时没有收集到 DNA。受害人在报案前洗了澡，把阴道里里外外清洗了一遍。

洛杉矶县法医处和洛杉矶警察局的法医处在加利福尼亚大学洛杉矶分校的同一幢楼内，博斯利用以前处理悬案时的关系加速了最近两起案件的鉴证进程。在等待他认为能直接将几起案件关联起来的鉴证结果时，他要求对受害人进行问询。四个受害人——三个二十来岁的女士和一个刚到十八岁的女孩——都同意和警探见面。两起案件的问询工作博斯不得不交给贝拉·卢尔德警探来做，因为这两个受害人更愿意用西班牙语进行交流。在九成人口是拉丁裔的城市，市民的英语程度区别很大，这对博斯的办案是很不利的一点。博斯的西班牙语口语还过得去，但在和受害人交流时，言语间的细微差别都可能很重要，因此博斯需要把西班牙语当成第一语言的贝拉到场帮忙。

每次和受害人会面时，博斯都会带上一份洛杉矶警探处理暴力案件时用到的受害人调查问卷。这份九页的调查问卷旨在帮助辨别罪犯注意受害人的趋向。这份问卷对系列犯罪的调查很有用，尤其在对犯人做侧写上非常有用。博斯从好莱坞分局调查性犯罪的友人那儿要来了这份调查问卷。

这份文件成了新一轮调查的中心，调查到的内容同样地悲伤和可怕。四起案件的受害人都是被陌生人强奸，尽管案发已经四年，但四起案件的受害人无论在身体还是心理上尚处于恢复过程。她们生活在罪犯的阴影下，生怕他哪天会突然回来，没有一个恢复了以往的自信。其中一个结婚了，正试着怀上孩子。但施暴者的罪行改变了这段婚姻，在博斯展开问询时，那对夫妇正在闹离婚。

每次问询完以后，博斯都会感到很压抑并联想起自己的女儿。他忍不住会去想，性侵会给女儿造成怎样的影响。每次结束以后，他都会在一小时之内给女儿打电话，确保女儿安然无恙，可在电话中却无法对女儿说出打这通电话的真正理由。

但进一步的问询除了会揭开受害人心中的伤口，还有助于找到调查的重点，突出确认"割纱工"身份并将其逮捕的迫切性。

博斯和贝拉在开启和每个受害人的对话时，都会首先向她们保证这个案子的调查仍然在进行，而且是圣费尔南多警察局调查的重点。

他们按性侵发生的先后时间安排问询。第一个受害人的案子没有收集到DNA证据。最初的调查报告解释说，受害人害怕怀孕，因此在被强奸后马上就洗了澡，并清洗了阴道。受害人和丈夫此时正想要个孩子，受害人知道当天正巧是她排卵最活跃的日子。

受害人仍然因为四年前的性侵无法过上正常的生活，尽管心理创伤还在，她已经能让自己更坦然地讲述生命中最糟的一小时了。

她详细地描述了罪犯的性侵过程，她告诉博斯和贝拉，她本想通过谎称自己正在经期以劝阻对方。对方却回答道："你没在经期，你和你丈夫想要个孩子，你丈夫会早早回家和你做爱。"

这是条新线索，新线索的出现让博斯和贝拉怔了一会儿。这个受害人证实，她丈夫那天的确想早点从银行回家，带着想能让她怀上孩子的愿望和她共度一个浪漫之夜。随之而来的问题便是，"割纱工"是怎么知道这个信息的？

在贝拉的问询下，受害人告诉他们，她的手机上装了一款手机应用，这款应用能跟踪她的生理周期，算出每月最容易受孕的那天。知道哪天最容易排卵以后，受害人会把具体日期记在冰箱门的日历上。每个月受害人都会在那个日期的上面标上一颗红心或"宝宝时间"这样的记号。这样丈夫就能了解到这个日期的重要性。

遇袭那天受害人出门在附近遛狗，但离家没超过十五分钟。出门时她一直带着手机。遛狗回家的时候，"割纱工"已经潜入她家在等着了。在刀锋的逼迫下，受害人把狗锁在浴室，被带进卧室遭到性侵。

博斯不知道遛狗的十五分钟是否足够让"割纱工"闯入房子，看到冰箱上的日历理解其含义，从而能说出那句关于受害人和丈夫晚上计划的话。

博斯和贝拉讨论了一番，两人都觉得强奸犯之前应该去过受害人家里，可能偷偷跟踪过受害人，也可能是受害人的亲戚朋友、修理工或其他人。

对其他受害人进行问询以后，他们发现"割纱工"的行为模式中又有了新的诡异之处，博斯和贝拉的理论被证实了。在每起案件中，受害人家里都有揭示女主人月经周期的标志。而且，性侵往往都发生在女人生理周期的排卵阶段。

第二位和第三位受害人在接受问询时表明，她们都服用过挤压式数药盘分装的避孕药，其中一个女人把装药板放在药柜里，另一个把装药板放在床头柜里。避孕药可以控制排卵期，数药盘和药片的不同色标经常被用来记录这五到七天的日子。

最后一个受害人是前一年的二月遭到性侵的。当时她十六岁，总统日放假独自待在家里。女孩说十四岁时她被诊断出患有幼年型糖尿病，她的月经周期会对胰岛素的需求量有所影响。她在卧室门上挂了一本日历，她和她妈妈可以通过日历上标注的月经周期准备需要服用的胰岛素剂量。

性侵在时机上的相似性非常明显。所有受害人都是在其排卵期遭到性侵的——女人们最容易受精的时段。在博斯和贝拉看来，这一点可以表明，这四起案子情况都是如此，这绝非巧合。他们的脑海中慢慢浮现出了强奸犯的身影。罪犯显然仔细挑选了实施犯罪的具体日期。既然有关受害人生理周期的信息都能在家里找到，强奸犯想必已经提前知道了具体的信息。这意味着作案人偷偷跟踪过受害人，很可能事先潜入过受害人家中。

另外，从对强奸犯的描述来看，很容易看出强奸犯不是个西班牙裔。两个不说英语的受害人说，强奸犯用西班牙语对她们下命令，但西班牙语显然不是他的母语。

案子之间的联系令人震惊，这就引出了一个令人深省的问题，在博斯作为志愿警探到圣费尔南多警察局工作之前，这里的警察为何没有把几起案件关联起来。问题根源于警察局的预算缩减。性侵案正巧发生在警察局规模缩减的时候，侦查处剩下的人有更多案子要查，处理每起案子的时间就变少。四起强奸案最初由不同的警探接手。后两起发生时，调查前两起案件的警探都已经离职了。没有人对发生的这四起案件具有宏观的理解，侦查处也缺乏持续的监督。因为没有警督，督察的工作只能由特雷维里奥警监负责，但特雷维里奥还要负责局里其他部门的工作，不可能知晓每起案件的情况，更别说了如指掌了。

三起收集到精液的案件的 DNA 鉴证结果显示，作案的是同一个人。博斯找到的案件关联被证实了。毫无疑问，有个系列强奸犯四年内在圣费尔南多小城至少犯下了四起案子。

博斯相信受害人还不止这些。单单在圣费尔南多的人口中，估计就有五千个非法移民，非法移民中有一半是女人，其中许多人在遭到侵犯后不会打电话找警察。另外，这个以强奸为乐的家伙似乎也不可能单单在圣费尔南多这个小城里作案。四个已知的受害人都是拉丁裔，外形都很相似：棕色的长发，黑亮的眼睛，苗条的身材——所有受害人的体重都没超过一百一十磅。毗邻的两个洛杉矶警察局的分局拥有更多的拉丁裔人口，博斯相信，在那两个分局的辖区一定能找到更多的受害人。

发现案子间的关联以后，博斯在圣费尔南多警察局的时间基本都花费在了与圣费尔南多谷周边芝加哥警察总局各个分局抢劫和性侵调查组的警探联络上。与此同时，博斯也和附近伯班克、格伦代尔和帕萨迪纳的警察局一直保持联络。他对割破纱窗或纱门以及用到面具的悬案都非常感兴趣。迄今为止，博斯还没得到任何反馈，但他知道必须让警探们关注这个案子并进行调查，也许要让记事的合适警探知道。

得到局长的同意，博斯还联系了在联邦调查局行为分析处担任资深侧写师的朋友。博斯在洛杉矶警察局工作、梅根·希尔在联邦调查局工作的时候，两人一起合作过好几件案子。梅根现在已经从联邦调查局退休，在纽约约翰杰伊刑事司法学院担任法医学教授。梅根同时还做私人侧写顾问业务。梅根同意研究一下博斯的案子，收费优惠，博斯把"割纱工"案子的资料打包寄给梅根。博斯特别想知道强奸犯的动机和心理。"割纱工"进行跟踪时为何要考虑潜在受害人的排卵期？如果想让受害人怀孕，他为何会选两个服用避孕药的女人？博斯感觉对嫌疑人的推断有所缺失，得找个专业侧写师帮忙分析才行。

梅根过了两周才回复博斯。梅根对案件的评估表明，作案人并不是想让受害人受孕而挑选的性侵日期。事实恰恰相反，他追踪受害人及之后性侵的细节表明，他对女性怀有根深蒂固的恶意，对女性经期流血的身体特征非常厌恶。他之所以选择受害人排卵的日子性侵是因为他觉得这天在女性生理周期中是最为干净的一天。从心理上而言，这是性侵最为安全的一刻。梅根在侧写上补充道，强奸犯是个自恋的捕食者，智商比一般人要高。另外，强奸犯很可能拥有一份对智商要求不高的工作，使雇主和同事都觉得他行事低调。

罪犯对规避警察识别身份和追捕的能力有着相当的自信。在发生的这几起案件中，其在做计划和等待时都小心翼翼，但每次都会在受害人身上留下精液，似乎又犯下了一个严重的错误。梅根认为作案人不是想让受害人怀孕，而是意图奚落对方。罪犯向博斯提供了所有给他定罪的证据，博斯的任务就是要抓住他。

梅根同样注意到罪犯在现场留下可供检验的证据，觉得这有些突兀——为何用面具隐藏住自己的脸部特征，却要留下精液呢？她觉得罪犯也许是受害人以前见过的人，或性侵后会以某种方式与她们发生联系，也许他想通过再次接近受害人得到些满足。

梅根·希尔的侧写报告以一个不祥的警告结束：

> 如果摒弃罪犯的动机是生孩子（使受害人受孕）的想法，认定性侵是受仇恨所驱动，那么作为一个捕食者，他的作案方式显然还会发生演变。从强奸变成杀人仅仅是个时间问题。

梅根的警告使博斯和贝拉加快了办案节奏。他们向地方和国家的执法机构又发了另一组邮件，在邮件里附上梅根的侧写报告。在圣费尔南多当地，博斯和贝拉打了很多电话，试图在有很多案子要查、时间却相对很少的情况下，打破警探身上典型的执法惰性。

可他们得到的反馈却很少。洛杉矶警察局北好莱坞分局一个办理抢劫案的警探报告说，他碰到的一起悬案发生过割开纱窗的情况，但并没有出现强奸。警探说受害人是个二十六岁的西班牙裔男子。博斯让警探找到这位男子，问对方有没有女友或妻子，询问她是否因为害怕或不好意思没有报告被性侵的事情。一周后，洛杉矶警察局的警探来了回复，他说公寓里当时没有住着女人。这显然是个无关的案子。

博斯只能继续干等着。强奸犯的 DNA 不在罪犯的 DNA 数据库里。罪犯从没被提取过 DNA。除了精液以外，他没有留下指纹和其他证据。博斯在圣费尔南多和其他地方没有找到另一件相关的案子。关于是否要向公众披露案情、向市民求助的讨论被局长暂时搁置了。这是执法上的一个老问题了：向公众披露案情能获得破案的突破性线索，从而抓到罪犯，还是会打草惊蛇，令罪犯改变作案模式，将恐怖的魔爪伸向其他地方毫无戒备的社区？

对于"割纱工"的案子，博斯和贝拉在这个问题上意见相左。贝拉希望对公众披露，她认为即便找不到线索，能把强奸犯赶出圣费尔南多也好。博斯希望有更多的时间暗中调查。他觉得向公众披露的确能把作案者赶出圣费尔南多，却无法制止受害人增多的势头。捕猎者在被抓前不会收手。他们会调整作案模式后继续犯罪，像鲨鱼一样扑向下一个受害人。博斯不愿把威胁转到另一个社区。他觉得应该趁作案人活动频繁的时候在圣费尔南多把他抓住。

可两者之中谈不上哪个是正确的，局长似乎还在等待，希望博斯在下一位受害人被性侵前取得进展破案。博斯很庆幸不必由自己来做决定。他想这就是局长能挣到大钱，而自己只能义务劳动的原因所在。

博斯检查了邮箱，发现"割纱工"的主题栏下面没有新的邮件。失望中他关上电脑。博斯把笔记本放回口袋，思忖着特雷维里奥在隔间里闲荡时是否看到了他在笔记本上记下的内容。特雷维里奥过来的时候，笔记本正翻开在记着詹姆斯·富兰克林·奥尔德里奇的名字的那一页。

他既没劳神对特雷维里奥说再见，也没有在门边的公示板上写下离开的时间，便离开了侦查处办公室。

7

　　离开警察局后，博斯把车开上 5 号高速公路，继续惠特尼·万斯交代他办的事情。尽管没查到维比亚娜·杜阿尔特的出生日期及其他信息挺让人失望的，但他知道这只是暂时的挫折。博斯开车往南，向这个藏着许多往事的宝库之地——诺沃克驶去：那里现在是洛杉矶县公共卫生局的所在地。为了调查悬案，他经常去公共卫生局的人口登记办公室，很清楚那里的办事员很喜欢一边喝咖啡一边和他闲聊。博斯有信心在那儿找到关于维比亚娜·杜阿尔特的一些答案。

　　博斯把一张音乐光盘放进车上的卡槽，开始聆听年轻圆号演奏家克里斯蒂安·斯科特吹奏的音乐。第一首响起的是《抵御恐惧的总祷文》，这首曲子含着某种坚持和决心，博斯觉得这正是他现在所需要的。缓慢驶过市区的东部边缘以后，博斯花了一个多小时才把车开到了诺沃克。他把车停进七层大楼前的停车位，在斯科特演奏的《奈马》的乐声中关掉发动机。博斯觉得斯科特的演奏完全可以和约翰·汉迪五十年前的经典版本相媲美。

　　下车时，博斯的手机响了。博斯看了看手机屏幕，屏幕显示"未知来电人"，但他还是接了手机。来电的是约翰·克莱顿，博斯对克莱顿打来电话并不惊讶。

　　"见到万斯先生了是吧？"克莱顿问。

"没错，我见到他了。"博斯答道。

"谈得怎么样？"

"谈得不错。"

博斯想让克莱顿一点点挖出实情。这虽然可能会让博斯显得被动，却能把局面掌握在自己手中。另外，他还必须满足客户不对外透露隐情的要求。

"有什么我们可以帮上忙的吗？"

"哦，不用帮忙，我想我能处理好的。万斯先生希望这件事对外保密，因此我们的对话就到此为止吧。"

克莱顿怔了半晌后才说出话来。

"哈里，"克莱顿说，"我和你的交情在警察局上班的时候就开始了，我和万斯先生的交情也已经很久了。正如昨天雇你之前说的那样，他是我们公司的一个重要客户，有事关他舒适和安全的情况发生，你得让我知道。我想作为当警察时的兄弟，你也许会与我分享事情的进展。万斯先生已经老了，我不希望他被人利用。"

"你是不是想说他会被我'利用'啊？"博斯问。

"哈里，我肯定没这个意思，只是用错了词罢了。我想说的是，如果老头遇到敲诈或是其他需要请私人侦探的情形，那他完全可以用到我们和我们手头的庞大资源。我们需要被引入进来。"

博斯点点头。惠特尼警告他以后，他早料到克莱顿会玩出这样的戏码了。

"我能告诉你的是，"博斯说，"首先，你并没有雇我。在这件事中，你只是个中间人。你把万斯先生开的支票带给我。雇我的是惠特尼，我在为他干活。惠特尼的要求很明确，甚至让我签署了一份法律文书，要我同意完全遵照他的指令行事。他告诫我不要告诉任何人我在做什么，以及这么做的原因。这自然也包括你。如果要我违背这个约定，我必须打电话给他，征得他的同——"

"不必那么麻烦，"克莱顿飞快地说，"万斯先生真是这么要求的话，那就照他说的去办。我只是想让你知道，需要的话我们随时可以帮上忙。"

"当然，"博斯用矫饰的乐观语气说，"约翰，需要你帮忙时我会给你打电话，谢谢你的关心。"

没等克莱顿回话，博斯便挂断了手机。挂断手机以后，博斯便从停车位朝保存着洛杉矶县人口的出生和死亡记录的巨大长方体建筑走去。洛杉矶县所有的结婚、离婚记录同样保存在此。这幢大楼总会让博斯觉得是只巨大的财宝箱。只要找对地方，或者认识能找对地方的人，你总能在这儿找到想要的信息。那些无法找到想要信息的人就只能找站在门前台阶旁招徕生意的人帮忙了，他们随时准备向不会填申请书的门外汉提供建议——仅仅为了几个小钱。一些人已经在公文包里把申请书带来了。这是一桩基于天真和众多害怕自己被政府官僚作风吞噬的客户的作坊式生意。

博斯慢慢跑上台阶，没理睬那些跑来问他是否来办理公司执照或结婚证的人。他进入楼内，经过问询处窗口，向楼梯走去。经验告诉博斯，等待楼里的电梯会让他生无可恋，他走下楼梯前往档案登记办公室的出生、死亡和结婚档案区。

推开玻璃门的时候，屋子另一面墙边申请出生、死亡和结婚登记的公共柜台旁的一张办公桌后面传来尖叫。一个女人了站起来，向博斯展开了笑颜。她是个亚洲人，名叫弗洛拉。博斯带着警徽来这里查找资料时，弗洛拉一向对他多有关照。

"哈里·博斯！"弗洛拉放声大叫。

"弗洛拉！"博斯高声给予回应。

柜台边上有扇为执法机构服务的窗口，到那儿办理业务的执法人员能够优先得到接待。另两扇窗口负责办理普通市民的请求。有位市民正站在一扇窗口前查看文件记录。博斯便向另一扇市民窗口走去。这时，弗洛拉已经在朝执法机构服务窗口走过去了。

"到这里来办。"弗洛拉高声嚷道。

博斯照弗洛拉的吩咐走到执法机构服务窗口，把身子探过柜台，腼腆地和弗洛拉拥抱了一下。

"我知道你会来找我们的。"弗洛拉说。

"迟早都会来的，"博斯说，"但这次我是以市民的身份来的，我不想给你招惹麻烦。"

博斯知道可以拿出圣费尔南多警察局的警徽，但他不希望这样的举动被追查到瓦尔德斯或特雷维里奥那里。这会招来他不希望惹上的麻烦。他走回市民窗口前，决定把私人和为警察局进行的调查业务分开。

"没关系，"弗洛拉说，"对你没有公私之分。"

博斯终止了这番你来我往的推脱，留在市民窗口前。

"这次查档可能要花上点时间，"他说，"我手头没有查档用的所有信息，我要查的是很久、很久以前的文件登记。"

"我试试。你想查什么？"

博斯一直避免像弗洛拉那样随意打断对方的话。但和她说话时，他总是会没等对方说完就接话。过去他发现自己这样做过，这次他想尽力避免。

他拿出笔记本，看着那天早晨在万斯先生办公室写下的一个日期。

"查找一份出生记录，"博斯一边看着笔记本上记下的日期一边告诉弗洛拉，"我说的是一九三三年或一九三四年的事情。那么久远的记录你们这儿还有吗？"

"数据库里肯定没有，"弗洛拉说，"这里只存有当时记录的胶片，没有硬盘记录。把名字给我。"

博斯知道弗洛拉说的是七十年代转存到胶片上的记录，这些记录一直都没有被更新到计算机的数据库。他把笔记本翻转过去，让弗洛拉看并拼出维比亚娜·杜阿尔特这个名字。博斯希望自己能因为这个名字的不同寻常而交上好运。至少维比亚娜不是加西亚或者费尔南德斯这种拉丁裔的常见名字。记录上的维比亚娜也许不会很多。

"那个年份出生的人大多已经离世了，"弗洛拉说，"你还想找她的死亡记录吗？"

"是的。但我不知道她是不是已经死了，死了的话，又是什么时候死的。我只知道她在一九五〇年六月时还活着。"

弗洛拉皱起眉头。

"哦，哈里，的确会有点难度。"

"弗洛拉，谢谢你。对了，宝拉在哪儿？她还在这儿上班吗？"

宝拉是博斯在警探时代频繁来这里的地下室时认识的另一位职员。查找目击证人和受害人的家属是调查悬案的一个关键，经常会成为侦破一起案件的基础。你要做的第一件事是告诉受害人家属我们又在积极地调查这起案子。但悬案留下的调查报告很少更新死亡、结婚、搬家信息。最终，博斯只能在图书馆和这里的记录大厅做些基本的查证。

"宝拉今天出去了，"弗洛拉说，"这里只有我。我把名字记下来，你过去取咖啡。这可能要花些时间。"

弗洛拉把需要的信息抄录下来。

"弗洛拉，要帮你带杯咖啡吗？"博斯问。

"不用，"弗洛拉说，"你去拿杯咖啡，在这儿等一会儿吧。"

"我想在这里四处转转。我早上已经吃饱了，还有些事情要办。"

他掏出手机，举起手机做出有事要忙的样子。弗洛拉走进微缩胶片档案室去查找。博斯走进一个没人占用的胶片查看机隔间。

博斯考虑着接下来要采取的行动。根据他在这里查找到的资料，他应该去圣维比亚娜教堂查找受洗的记录，或者去城里的图书馆查找保存了几十年的电话目录。

博斯调出手机上的一个搜索引擎，输入"USC EVK"这几个字母，想知道会跳出什么结果。引擎很快便为博斯找到了地图。南加州大学的大学食堂仍然开着，位于第三十四街的布林克兰特住宿学院楼内。他把地址输入另一款地图软件，很快便看到中心城区南边朝四周不规则延伸的校园概貌。惠特尼说维比亚娜住的地方离食堂只隔了几个街区，每天步行去上班。校园傍着菲格罗亚街和港口高速公路通道，直接通往大学食堂的居民区道路非常少。博斯把这些路的名字以及地址范围写在笔记本上，这样他在图书馆的老电话簿上找到杜阿尔特家地址时就能马上定位了。

他很快意识到自己看的是二〇一六版的校园和周边地图，港口高速公路在一九五〇年也许都不存在呢！那时南加州大学的周边应该完全是另一番情形。他切回搜索引擎，调出港口高速公路通道，也就是从帕萨迪纳斜插至港口的八车道 110 号高速公路的历史。他很快发现，这条高速公路是二十世纪四十年代和五十年代间分段建成的。那时是洛杉矶建设高速公路的初始期，那是洛杉矶的第一条高速公路。南加州大学旁的那段始建于一九五二年，并在两年之后建成，这两个时间点都在惠特尼·万斯在南加州大学入学并遇见维比亚娜·杜阿尔特之后。

博斯切回地图软件，开始统计一九四九年到一九五〇年间能进入食堂所在的校园西北角的街道。他很快列出了十四条街道上四个街区内的住户地址。到了图书馆以后，他首先会在老电话簿上找到杜阿尔特这个名字，看看其中哪家住在他所记下的街区。那时，有电话的家庭几乎都会登记在电话簿上。

博斯凑近手机的小屏幕，检查可能看漏的小巷，这时弗洛拉从档案中心交错的走廊里走了出来。她扬扬得意地举起用胶片查看机看的一卷卷轴，博斯为之一振。弗洛拉找到维比亚娜的线索了！

"她不是在这里出生的，"弗洛拉说，"而是在墨西哥。"

弗洛拉的话让博斯感到很困惑。他起身朝柜台走去。

"你怎么知道的？"博斯问弗洛拉。

"死亡证明上写的，"弗洛拉说，"她出生在墨西哥的诺雷托。"

弗洛拉的发音错了，但博斯知道她说的是洛雷托。博斯曾经去下加利福尼亚半岛腹地的洛雷托追踪过谋杀案嫌疑人。博斯猜测，现在去洛雷托的话，也许会在那儿找到一座名为圣维比亚娜的天主教或基督教教堂。

"已经找到她的死亡证明了吗？"博斯问。

"没花太长时间，"弗洛拉说，"查到一九五一年的记录时就找到了。"

弗洛拉的话让博斯倒吸了口冷气。维比亚娜不仅死了，而且和惠特尼分手没多久后就死了。得知维比亚娜·杜阿尔特这个名字还不到六小时，博斯已经找到了她的线索——却是她早早死亡的消息。博斯不知道惠特尼听到这个会怎么想。

他伸出手去接胶片卷轴。弗洛拉把卷轴递给博斯时，把要看的胶片编号告诉他——维比亚娜的信息登记在 51-459 号胶片上。博斯发现这个编号数字还比较小，就算在一九五一年也已经很早了。这是洛杉矶县当年第四百五十九份死亡记录？新年刚过了多久？一个月？还是两个月？

博斯突然闪过一个念头。他看着弗洛拉。找到死亡证明以后，她看过死亡原因了吗？

"她是难产而死的吗？"他问。

弗洛拉一脸惶惑。

"哦，不是的，"她说，"你自己去确认下吧。"

博斯拿过卷轴，回到查看机旁。他飞快地把卷轴卷进查看机，打开投射光。查看机上有个自动送片按钮。他快速浏览档案，每隔一段时间停下片刻，查看顶角边的记录编号。二月查过一半时，博斯看到了第四百五十九号记录。博斯发现，几十年前的加利福尼亚州死亡证明和现在并没有太大的不同。这也许是他见到的年代最为久远的死亡证明，但博斯却产生了一种亲近感。他的目光落在死亡证明上验尸官或主治医师填写的部分。死因是手写的：（被晾衣绳）勒死，自杀。

博斯屏着呼吸没有动，久久地看着死亡证明上的这行字。维比亚娜勒死了自己。除了这行死因外，死亡证明上没有提到其他细节。只是在"验尸官"几个打印的字后面有个难以辨认的签名。

博斯把背往后靠，吸了一大口气。他感到无比悲哀。博斯不知道这件事的全部细节。只听了惠特尼的一面之词——八十五岁的老人口中经过脆弱而愧疚的记忆过滤后的十八岁经历。但博斯心里很清楚，维比亚娜有这样的遭遇是不对的。惠特尼以错误的方式与维比亚娜告别，六月的相逢导致了翌年二月的这场悲剧。博斯的直觉告诉他，维比亚娜的生命早在她把晾衣绳套在脖子上很长时间之前就已经结束了。

博斯把死亡证明上的内容记录下来。维比亚娜是在一九五一年二月十二日自杀的，自杀的时候她只有十七岁，她的近亲那一栏写着维克托·杜阿尔特的名字。维克托的居住地址是霍普街,博斯研究了南加州大学周边地图后记下过这个名字。街道名这时在博斯看来有几分悲凉,又有几分讽刺。[1]文件上让博斯唯一好奇的是死亡地。文件上只写了西方大街北街的一处地址。博斯知道西方大街在市中心以西回声公园附近,距离维比亚娜家非常远。他打开手机,把地址输入搜索引擎,发现这个地址对应的是收容未婚母亲的圣海伦收容院。博斯搜索到了几个和圣海伦收容院相关的网站和《洛杉矶时报》二〇〇八年一篇有关圣海伦收容院百年庆典的报道链接。

博斯飞快打开链接,阅读这篇报道。

产妇收容院百年庆典

本报记者:斯科特·B.安德森

为未婚母亲开办的圣海伦收容院本周将迎来一百周年庆典,以纪念收容院从藏匿家庭秘密的场所到家庭活动中心的演变。

这个临近回声公园、占地三公顷的收容院将进行为期一周的纪念活动,包括家庭野餐会和一个五十多年前在家人的逼迫下把新生儿交给收容院收养的老太太的演讲。

在过去的几十年中,社会发生了深刻而广泛的变化,圣海伦收容院也是一样。曾经需要把未婚先孕的产妇藏起来,让她们偷偷生下孩子,生下孩子后马上交人领养……

博斯渐渐明白了维比亚娜·杜阿尔特的遭遇,没再把报道继续往下看。

"她生了个孩子,"博斯轻声说,"他们把孩子夺走了。"

---

[1] 街道名的英语单词又有"希望"之意。

8

博斯看着柜台后面，发现弗洛拉正大惊小怪地打量着他。

"哈里，你还好吗？"弗洛拉问。

博斯默默地站起身，向柜台走了过去。

"弗洛拉，我需要一九五一年头两个月的出生记录。"他说。

"没问题，"弗洛拉说，"小家伙姓什么？"

"我不是很确定。杜阿尔特或是万斯。我不知道登记的是哪个姓。把你的笔给我，我把这两个姓给你写下来。"

"好的。"

"是在一家名叫圣海伦的机构出生的。事实上，我想查看那里一九五〇年头两个月的所有——"

"洛杉矶县没有圣海伦医院。"

"不是什么医院。是家为未婚母亲开的收容院。"

"那这里就不会有记录。"

"怎么会这样？新生儿出生后一定会——"

"记录保密。婴儿出生马上被领养后，往往会提交一份不提及圣海伦收容院的全新出生证明。明白是怎么回事了吗？"

博斯不知道自己是否领会了弗洛拉想表达的意思，但他知道加利福尼亚州存在各类保护收养记录的隐私法。

"你是说他们在办了收养手续后才会提交出生证明吗？"博斯问。

"是的。"弗洛拉说。

"出生证明上只有领养父母的姓名吗？"

"呃，是的。"

"还有孩子的新名字，是吗？"

弗洛拉点点头。

"那医院怎么填呢？他们在出生证明上撒谎吗？"

"写着是在家生的。"

博斯双手丧气地猛拍了一下柜台。

"那我们就没法找到她的孩子了吗？"

"很抱歉，哈里。别发火！"

"弗洛拉，我没发火。至少没对你发火。"

"哈里·博斯，你是个出色的警探，一定能揭开谜底。"

"是的，弗洛拉，我会找到他的。"

博斯用双手把自己撑在柜台上，试着把事情想清楚。一定有法子找到维比亚娜生下的孩子。他琢磨着是否要到圣海伦收容院去一次。那也许是他唯一的机会。接着他想到了别的什么，抬头回望着弗洛拉。

"哈里，我从没见你这样过。"弗洛拉说。

"弗洛拉，我知道我错了，"博斯说，"我很抱歉。但我不喜欢走进死胡同。对了，你能把包含一九五一年一、二月份的胶片卷轴给我带过来吗？"

"你确定要我拿过来吗？两个月里会有很多出生记录啊！"

"是的，我很确定。"

"好吧，我去帮你拿。"

弗洛拉再次在博斯眼前消失。博斯回到放着胶片查看机的小隔间等弗洛拉回来。他看着表，意识到直到五点下班前都要在这里看胶片了。他要面临市中心上下班高峰时间，会堵车很久才能途经好莱坞回到家，堵车也许会耗上他两小时。这里离奥兰治县比家更近，他决定发条短信给女儿，看看她是否有空和他在查普曼大学的学生餐厅吃顿晚饭。

麦迪，我在诺沃克处理一个案子。如果你有空的话，我可以过来和你一起吃晚餐。

女儿马上回短信给他。

诺沃克在哪儿？

她回复：

离你很近。我可以五点半过来接你。七点送你回去做作业。你看怎么样？

女儿没有马上把决定告诉他。博斯知道女儿很可能在斟酌。麦迪正在上大学二年级。社交和学业上耗用的时间相比于大学一年级都有成倍的增长，这使得博斯能见到她的时间越来越少。博斯常常为此感到悲伤和孤独，但其他大多数时间都会为女儿感到骄傲和喜悦。博斯知道，如果见不到女儿，这将又是个沮丧的夜晚。他对维比亚娜·杜阿尔特的事情知之甚少，会因此而感到沮丧。事情发生时，维比亚娜只比博斯女儿现在小几岁，发生在维比亚娜身上的事情让博斯知道，世界上的事不总是那么公平的——甚至对无辜的人来说也是如此。

博斯等待女儿决定的时候，弗洛拉带着两个胶片卷轴过来了。博斯把手机放在查看机旁边的桌子上，把写着一九五一年的胶片卷入机器。他开始逐一查阅数百张出生记录，检查上面的医院栏位，遇到记录着"在家生产"的，就把出生证明复印下来。

九十分钟以后，博斯在维比亚娜死亡后一周的一九五一年二月二十日这个日期停下来，延迟一周是因为博斯觉得新父母给孩子办出生证明可能会拖上一段时间。他复印了六十七份"在家生产"、种族标注为"拉丁裔"或"白人"的出生证明。博斯没有维比亚娜·杜阿尔特的照片，不知道她的皮肤是深是浅，不能排除孩子被作为白人收养的可能，也许收养孩子的父母会因为自己的种族而把孩子登记为白人。

　　把复印件码齐整的时候，博斯意识到自己把和女儿共进晚餐的事忘到一边了。他拿起手机，发现没读女儿的最后一条短信。这条短信是一小时以前发来的，女儿接受了他的邀约，但要求在七点半前送她回去复习功课。大二这年女儿和三个女孩在校园几个街区外合租了一套公寓。博斯看了看表，发现自己的预估没错，他的确在记录登记办公室逗留到了下班。博斯飞快地给女儿发了条短信，告诉她自己会马上过来。

　　博斯把胶片卷轴带到柜台前，告诉弗洛拉他复印了六十七份出生证明。

　　"执法人员不用付钱。"弗洛拉说。

　　"弗洛拉，这次我不是以执法人员的身份过来的，"他说，"这是私事。"

　　博斯不想在不必要的场合出示圣费尔南多警察局的警徽。他是没办法才用执法数据库的，但当下的情况不同。如果靠虚假借口得到免费的复印件，查账时可能会发现他坏了规矩，后果将极其严重。他打开皮夹。"那就得五美元一份了。"弗洛拉说。

　　即便这天早晨收到了一张一万美元的支票，弗洛拉报出的价格还是让他吃了一惊。看到博斯一脸惊讶，弗洛拉笑了。

　　"明白了吗？"她说，"还是以执法人员的身份来调取资料会比较好。"

　　"弗洛拉，我不是以执法人员的身份过来的，"博斯说，"能用信用卡付账吗？"

　　"不行，这里得付现钱。"

　　博斯皱起眉，看着皮夹里备用的几百美元。他把皮夹里的钱和口袋里的钱拿出来，凑出三百三十五美元，身上只剩下六美元零钱。虽然觉得不会向惠特尼报销，但博斯还是问弗洛拉要了张发票。

博斯挥了挥复印的出生证明向弗洛拉表示感谢，然后离开了登记办公室。几分钟之后他上了车，和政府大楼五点下班的人们一起列队驶离停车场。他打开音乐播放器，聆听萨克斯管艺术家格蕾斯·凯莉[1]新出的专辑。格蕾斯·凯莉是女儿喜爱和欣赏的少有的几个爵士乐手之一。如果麦迪选了家必须开车去的餐馆，博斯觉得放这张专辑会比较好。

但女儿选的却是老城一带的一家餐馆，从她住的棕榈树大街只要走几分钟路就可以到了。麦迪说和三个女孩合租比大一时住学校两室一卫的公寓要开心得多。租房也离心理学系所在的卫星校区比较近。总而言之，女儿的生活似乎过得很不错，但博斯担心私人房子的安全，那里不像校园有保安看守。四个女孩只能把自己的平安交到奥兰治县警察局手里了。执法部门和校方做出反应往往要耽搁好几分钟，可不是几秒，这也让博斯非常担心。

父女俩去的是家比萨连锁店，两人各要了一个标准尺寸的比萨，拿着刚出炉热气腾腾的比萨走到桌前。博斯坐在女儿面前，粉红色的霓虹灯把女儿的头发照亮，他看得出神。终于，博斯开口问麦迪为何要把头发染成粉红色。

"为了表现出团结一致，"麦迪说，"我有个朋友的妈妈得了乳腺癌。"

博斯看不出两者之间的联系，女儿很快意识到了他的困惑。

"你连这个都不知道吗？"麦迪说，"爸爸，十月是乳腺癌宣传月啊！你应该知道的。"

"哦，是的，我完全给忘了。"

博斯最近在电视上看到洛杉矶公羊队[2]有个队员穿戴着全套的粉红色装备。他这才明白是怎么回事。尽管他为女儿有正当的理由把头发染成粉红色而感到高兴，但私下里又为这可能只是一时之举而感到释怀。再过两周十月就要过去了。

麦迪吃了半个比萨，把另外半个放在打包盒里，留作明天当早饭吃。

---

[1]美国歌手，萨克斯管手。

[2]美国大联盟橄榄球队。

"你在忙什么案子？"当父女俩沿着棕榈树大街往麦迪的公寓走时麦迪问父亲。

"你怎么知道我在办案子？"博斯问。

"你在短信里说了，另外你还穿着西服。别大惊小怪。你搞得跟个秘密特工似的。"

"我忘了。但这只不过是个寻找继承人的案子。"

"寻找计程人？寻找计程人干什么？"[1]

"我指的是王位继承人那样的继承人。"

"哦，我明白了。"

"我正在替帕萨迪纳一个很有钱的老头干活，查他是不是有过一个孩子，这样他死后就能把遗产留给那个孩子了。"

"哇，太酷了。你找到什么人没有？"

"我找到了六十七个可能的对象。刚才我就是在诺沃克查找出生证明来着。"

"这种事的确很酷。"

博斯不想把维比亚娜·杜阿尔特的遭遇告诉麦迪。

"麦迪，别把这件事告诉其他人，不论我是不是秘密特工，这件事都是绝对机密。"

"我又能告诉谁呢？"

"我不知道，我只是不想让你把这件事拿到'我的脸'或'快照'[2]上爆料。"

"爸爸，我们这代人都很自我。我们不会四处跟人说别人在干什么，我们只想把自己的动态展示给别人看。因此您大可不必担心。"

"那就好。"

回到出租房以后，博斯问麦迪他能否进去检查锁和其他安全措施。得到房东的允许以后，他给所有的门窗都加了道锁。在屋里走动检查的时候，他不禁

---

[1] 此处原文是 heir（继承人）和 air（空气），二者读音相同。
[2] 均为手机图片分享软件。

想起了"割纱工"的案子。检查完屋子里以后，他走进屋子后面的小花园，检查花园的木栅是否从里面锁上了。他发现尽管女孩们没有养狗，房东也不允许养狗，但麦迪还是按他的建议在后台阶上放了个给狗喂食用的碗。

确认完毕以后，他再次提醒女儿千万别开窗睡觉。离开前，他拥抱了麦迪并亲吻了她的头顶。

"别忘了在碗里放水，"博斯说，"现在碗是干的。"

"好的，爸爸。"麦迪又用了以往不耐烦的语气。

"不然坏人不会买账的。"

"好的，我知道了。"

"很好，我会到'家得宝'[1]买几个'提防有狗'的警告牌，下次给你带过来。"

"爸爸——"

"好，我这就走。"

他再次拥抱了女儿，向自己的车走去。短暂逗留期间，博斯没有看到女儿的任何一位室友。他感到很好奇，但生怕麦迪会说他打探其他女孩的隐私，因而没有问她。麦迪抱怨过一次，她说父亲对她们的打探简直恐怖。

上车以后，博斯提醒自己，别忘了买"提防有狗"的牌子，然后把钥匙插进点火开关。

朝北开车回家时，公路上的车明显少多了。博斯对这一天感到满意，他甚至还和女儿吃了顿晚饭呢！接下来的一天他将缩小调查范围，致力于找到维比亚娜·杜阿尔特和惠特尼·万斯的孩子。孩子的名字想必在身边副驾驶座上的这堆复印件中。

惠特尼案子上取得的进展让博斯很欣慰，但"割纱工"一案悬而未决又让他略感担心。经验告诉他，追踪强奸犯等同于坐视下一个受害人遭到侵害。圣费尔南多很快就会发生另一起案子。博斯对这点相当确定。

---

[1] 美国家居连锁店。

9

　　早晨博斯做了咖啡,他把做好的咖啡带到屋后的露天平台,手里拿着前一天复印的出生证明坐在野餐桌旁。他看着文件上的名字和日期,很快就发现自己很难缩小搜索范围。在这些出生证明中,没有一张是及时递交的。这些证明至少是在出生日期的三天之后递交的,他本以为可以把发放日期的延迟作为调查收养之事的线索,希望因此落空了。博斯觉得还是去圣海伦收容院仔细查找一番会比较好。

　　他知道这将是一条艰难之路。即便是戴着警徽的执法人员,也很难突破有关收养的隐私法。博斯盘算,是否要打个电话给惠特尼,让他找个律师申请开启维比亚娜·杜阿尔特生下的孩子的收养记录,但他明白惠特尼不会这么干。找律师相当于把寻亲计划公之于众,想保密的惠特尼绝不会这么干。

　　想到《洛杉矶时报》上有关圣海伦收容院的报道还没看完,博斯回到屋里,走到手提电脑旁继续看那篇文章。担心出生证明会被风吹走,落到露天平台下面,他把那沓出生证明也一起带回屋。

　　《时报》上的文章回顾了圣海伦收容院的历史演变,在圣海伦收容院,本来孩子出生后即被收养,母子再难见面。最近几十年,随着社会的进步,收容院里的母亲们可以留住她们的孩子，并接受相关辅导，和孩子一起回归社会。到二十世纪九十年代，四十年前被视为社会污点的未婚母亲已经完全被人们接纳了。圣海伦收容院办了几个项目，成功地使单亲家庭能够在社会上立足。

接着报道偏离主题，引用了一些因未婚先孕被逐出家门后在圣海伦收容院的产妇中心得到救助的女人们的叙述。叙述中没有负面的声音。没有哪个女人因为孩子被夺走并送给陌生人而感觉被出卖了。

报道最后提到的一件逸事引起了博斯的强烈兴趣，他意识到这给调查提供了一个新视角。这件事引用了一个七十二岁的老妇的叙述，老人一九五〇年到圣海伦收容院生孩子，在收容院待了五十多年。

阿比盖尔·特恩布尔只提着一只手提箱，被遗弃在圣海伦收容院的前门台阶时只有十四岁。当时阿比盖尔已有三个月的身孕，这让她笃信宗教的父母深感耻辱。父母遗弃了阿比盖尔。男朋友遗弃了阿比盖尔。阿比盖尔没有别的地方可去。

在圣海伦收容院生下孩子以后，阿比盖尔便和孩子分离，孩子被人收养了。她只抱了女婴不到一小时。可生下女婴后她还是无处可去。她被允许待在圣海伦收容院，干些诸如拖地板和洗衣服这样的零碎活。她一边在收容院干活，一边上夜校，获得了高中和大学的学历。大学毕业后，她成了圣海伦收容院的社工，向那些和她境遇相似的女人提供咨询，并在圣海伦收容院工作了整整半个世纪直到退休。

阿比盖尔在圣海伦收容院的百年庆典上做了主题演讲，在演讲中她诉说了自己的故事，她说她的付出获得了无可估量的回报。

"一天我在职员休息室，院里有个女孩过来告诉我，门口来了个追寻收养经历的女人，她想知道自己是如何被收养的，自己的亲生父母何在。她的养父母告诉她，她出生在圣海伦收容院。于是我去见了她，见到她以后，我马上产生了一种奇怪的感觉。这种感觉来自她的眼睛，来自她的声音——仿佛我早就和她认识一样。我问她在哪天出生，她说她是在一九五〇年的四月九日出生的，这下我知道了，我知道她就是我的女儿。我用双臂搂住她，这些年所有的伤痛、所有的遗憾顷刻之间都消失了。我知道这是个奇迹，上帝让我待在圣海伦收容院就是为了这一刻的到来。"

《洛杉矶时报》的报道以特恩布尔介绍同样参加庆典的女儿做结尾，报道说，听了特恩布尔的演讲，参加百年庆典的所有人都不禁为之动容。

"我中大奖了。"看完报道后博斯轻声说。

博斯知道必须去和特恩布尔见一面。记下这个名字的时候，博斯希望特恩布尔在报道发表的八年后依然活着。在世的话，特恩布尔应该有八十多岁了。

博斯思索着和老人见面的最佳办法，他把特恩布尔的名字输入手提电脑的搜索引擎。搜索引擎指向几个付费才能进入的网站，但他知道这些大多都是钓鱼网站。博斯在商务社交网站领英上找到一个阿比盖尔·特恩布尔，但他觉得那不会是个八十多岁的老太太。博斯决定离开网络世界，试试女儿口中的"社会工程"。他打开圣海伦收容院的网址，找到收容院的电话打了过去。三声铃响之后有个女人接了电话。

"这里是圣海伦收容院，有什么能帮你的吗？"

"呃，是的，你好，"博斯想让对方觉得自己很紧张，"能让我和阿比盖尔·特恩布尔说话吗？我是说，如果她还在的话。"

"哦，亲爱的，她已经好几年不来这儿了。"

"哦，不！我想问，她——你知道她是否还在世吗？我想她年纪一定很大了。"

"我想她还在世。她很久前就退休了，但她没有去世，我想阿比会比我们活得都长。"

博斯燃起了找到特恩布尔的一丝希望。他进一步追问对方。

"我在百年庆典时见了她。我和我妈妈与她聊过。"

"那是八年前的事了？能问下您是哪位，打电话来又是为了什么事吗？"

"呃，我叫戴尔，出生在圣海伦收容院。我妈妈总是念叨着，在圣海伦收容院时，阿比盖尔·特恩布尔对她最好，一直无微不至地照顾着她，我刚才说了，在参加收容院百年庆典的时候，我终于见了她一面。"

"戴尔，有什么可以帮忙的吗？"

"事实上，这是件悲伤的事情。我妈妈刚刚过世，临终前她想让我给阿比盖尔传个信。我想她或许会希望能参加葬礼，也想把葬礼时间告诉她。我为她准备了张卡片。您知道怎样才能最好最快地把卡片送交给她吗？"

"你可以寄到这儿，在卡片上注明由圣海伦收容院转交。我们会确保她一定能收到那张卡片。"

"我知道可以这么做，但我担心这样可能耗时过长。我是说，通过第三方转交可能会费上一定的时间。周日葬礼前她未必能收到这张卡片。"

女人停顿了一会儿以后说：

"别挂电话，看看我们能做点什么。"

线路里没了声音。博斯安静地等待着。他觉得自己的表现刚刚好。两分钟以后女人回到线上。

"你在吗？"

"是的，我还在。"

"很好。先生，我们通常不这么做，但我可以给你个地址，你可以把卡片寄给阿比盖尔。没有她的允许，我无法把她的电话号码告诉你。我试着打了她的电话，但没能找到她。"

"有地址就好。如果今天就把卡片寄出去，她准能在葬礼前收到。"

接着女人把影视城瓦恩兰大道的一个地址告诉了博斯。博斯记下地址，向女人表达谢意，然后便挂断了电话。

博斯看着写下的地址。从博斯家开车去圣费尔南多谷中的影视城并不远。特恩布尔的地址包含一个单元号，考虑到阿比盖尔的年纪，博斯觉得那里应该是个养老院。除了洛杉矶公寓通常所具备的门和按钮之外，那里还配备了实打实的安防系统。

博斯从厨房抽屉里拿出一根橡皮筋，用橡皮筋绑住那沓出生证明。见面时也许这些会有用，因此他想随身带着。他抓起钥匙，向边门走去，这时正门传来一声沉重的敲门声。博斯随即改变路线，朝正门走去。

前一天护送博斯走过万斯家宅子的不知名保安站在博斯家门前的台阶上。

"博斯，很高兴能截住你。"

他的目光落在博斯手里的一沓出生证明上。博斯不由自主地放下拿着出生证明的那只手，把出生证明放在左侧大腿后面。他对这个明显的遮掩动作感到又羞又恼，唐突地向来人开口发问。

"需要帮什么忙吗？"他问，"我正要出门呢！"

"万斯先生派我来的，"来人说，"他想知道你有没有取得进展。"

博斯久久地打量了他一会儿。

"你叫什么名字？"过了半晌之后他问，"昨天你一直没告诉我。"

"我叫斯隆。在帕萨迪纳万斯家主管安保。"

"你怎么知道我住这里？"

"我查到的。"

"你在哪儿查的？我没在任何地方登记过住址，这幢房子也不在我的名下。"

"博斯先生，我们有许多办法找人。"

博斯看了对方一会儿才答上话。

"斯隆，万斯先生交代过我，采取什么行动只能跟他汇报。所以我只能跟你说声对不起了。"

博斯想关门，斯隆连忙伸出手拦住他。

"你真的不会想这么做的。"博斯说。

斯隆退了几步，举起双手。

"我道歉，"他说，"但我必须告诉你，万斯先生昨天跟你谈过话以后就病了。今早他派我过来找你，看看你有没有取得什么进展。"

"在哪方面有进展？"博斯问他。

"雇你干的活。"

博斯竖起根手指。

"能等我一会儿吗？"

没等斯隆来得及回话，博斯便关上门，把出生证明夹在胳膊肘下面。他走到餐厅的桌子旁，拿起桌上惠特尼交给他的那张印着手机号的名片。他在手机上输入惠特尼给他的手机号，然后听着手机里的铃响回到门旁打开门。

"你在给谁打电话？"

"你老大，"博斯说，"想确认一下他是否同意让我和你讨论这件事。"

"他不会接你的电话。"

"我们先等等——"

长长的嘟嘟声过后，手机在没有万斯先生接听的情况下嘀的一声转到语音信箱。

"万斯先生，我是哈里·博斯，请给我回电。"

博斯复述了一遍自己的电话号码，挂断手机，然后和斯隆攀谈起来。

"知道我不明白的地方在哪儿吗？我不明白万斯先生为何没告诉你雇我干吗，就派你来问我进展怎么样。"

"我已经告诉过你，他突然生病了。"

"那好，我会等他身体好点以后让他给我打电话。"

博斯看出斯隆的表情很犹豫。他一定有什么难言之隐。等了一会儿以后，斯隆终于开口。

"万斯先生有理由相信，他给你的电话号码被人泄露了。他希望你通过我对他进行汇报。我负责他的安全警卫已经二十五年了。"

"他得把这事亲口告诉我。等他身体好点以后，你跟我说一声，我再去那儿找他。"

博斯砰的一下把门关上，斯隆猝不及防，很是吃惊。门楣砰的一声发出巨响。斯隆连忙敲门，但此时博斯已经悄悄地打开了前往路边车棚的边门。博斯离开屋子，偷偷打开切诺基的车门坐进去。发动汽车以后，他把车倒了一段距离，悄悄地开上了路。博斯看见一辆赤褐色的汽车停在路对面，车头冲着下山的方向。斯隆正走向那辆汽车。博斯打过方向盘，把车转到路的右边，然后从切诺基车门旁的斯隆身边加速经过，朝山上开过去。因为路很窄的缘故，斯隆必须开到停车棚里掉头，出其不意的策略让他争取到时间摆脱了斯隆。

博斯在这儿住了二十五年，开过弯曲的伍德罗·威尔逊道对他来说已经算种本能了。他飞快地开到穆赫兰道的禁行标志处，直接在标志下向右拐。接着他沿沥青的羊肠小路往前开，一直开到前方与莱特伍德道的交叉口。博斯查看了下后视镜，没看到斯隆的车或其他车辆跟踪的踪迹。他右拐进入莱特伍德道，飞快地开下山地北坡进入影视城，并在文图拉大道进入谷底。

几分钟后他把车拐进了瓦恩兰大道，把车停在一幢名叫"山风"的公寓大楼前。公寓建在 101 号高速公路高架桥旁，看上去又老又破。公寓楼靠高速公路的一侧建了一面二十英尺高的水泥隔音墙，但博斯觉得即便有面墙，公路上的噪声也会像山风一样卷入这幢两层高的公寓大楼。

如果特恩布尔没住在退休中心，博斯找到她家就不会费太大力气。这是个很好的突破口。

10

博斯佯装打电话，在公寓大楼锁着的入口处徘徊。实际上他在听女儿自一年前进入查普曼大学以来给他发的语音信息。

"爸爸，今天真是太激动人心了，我想谢谢你在升学路上为我提供的帮助。我很高兴这里离你不远，一小时就能见上面。不过路堵的时候也许得花上两小时。"

博斯笑了。他不知道这些语音信息能在手机上保留多久，但他希望一直能听见女儿声音中的这份愉悦。

看见门内有个男人正要出来，博斯算准时间，几乎和对方同时到达门口。他假装一边打电话一边从口袋里取钥匙。

"很好，"他对着手机说，"我一样有这个感觉。"

门内的男人开门出来。博斯嘟哝了声"谢谢"走进门。他再一次保存下女儿发来的语音信息，把手机放回口袋里。

石头小道上的指路标志指引他走到要去的那幢楼，他在一楼找到了阿比盖尔·特恩布尔的公寓。走到门口时，博斯发现纱门后面的门开着。他听见公寓里传来人声。

"阿比盖尔，都好了吗？"

博斯没敲门，直接走到门边透过纱门往里瞧。顺着短短的一条走廊，他看见一个老太太正坐在客厅折叠桌后面的沙发上。老人一头棕色的头发，戴着镜片很厚的眼镜，看上去年老虚弱。一个年纪轻点的女人正一边收拾餐具，一边拿起桌上的一个盘子。博斯猜测是阿比盖尔要么早饭吃得晚了，要么早早地吃了午饭。

博斯决定等等，看看护理员打扫完以后是否会离开。公寓正对着一个小院子，院子里有个三层的喷泉，水落下的声音几乎完全盖住了公路上的车流声。特恩布尔多半是因为这个敞开着门。博斯坐在喷泉前面预制水泥砌的石凳上，把那沓出生证明放在身边。他一边等，一边查看手机里的信息。没到五分钟，公寓里又传来人声。

"阿比盖尔，要我把门留着吗？"

博斯听见一声含混不清的答复，看着护理员走出公寓，手里拿着隔热袋，里面还有更多的饭要去送。博斯认出这是个送餐服务慈善组织用的隔热袋，女儿高三时参加过那里的志愿服务。博斯心想，女儿也许还给特恩布尔老太太送过餐呢！

护理员沿着小道走向前门。博斯等待了一会儿，然后走到纱门边上往里看。阿比盖尔·特恩布尔仍旧坐在沙发上。折叠桌已经被搬走了，刚才放折叠桌的地方放着一架两轮助步车。特恩布尔正瞪眼看着客厅对面某样东西，博斯看不见她在看什么，但似乎听见了电视里发出的窃窃私语声。

"特恩布尔女士？"

博斯生怕老人失聪，所以嚷得非常响。他的声音显然让特恩布尔吃了一惊，老人满脸害怕地看着纱门。

"对不起，"博斯飞快地说，"我没想吓你。我只是想知道能否问你几个问题。"

特恩布尔朝四周看了看，像是想知道需要时有没有人能帮上忙。

"你想干什么？"老太太问他。

"我是个警探，"博斯说，"我想就一个案子问你几个问题。"

"我不明白，我不认识什么警探。"

博斯推了推纱门。门没锁。他把纱门打开一半，让老太太能清楚地看见他。他举起圣费尔南多警察局的警徽，对老人笑了笑。

"阿比盖尔，我正在进行一项调查，我想你能帮我。"他说。

刚刚送饭的护理员直接叫了她的名字，博斯觉得自己也可以试一试。特恩布尔没有回复，博斯看见她两只手紧张地握成了拳头。

"能让我进来吗？"博斯问，"几分钟就好。"

"没有谁会来看我，"她说，"我也没钱买什么东西。"

博斯慢慢走进过道。尽管他因为惊吓了老妇人感觉很糟糕，但还是一直保持着脸上的笑容。

"阿比盖尔，我向你保证，我不会向你兜售任何东西。"

博斯从过道走进狭小的客厅。电视开着，屏幕上播放着艾伦·德杰尼勒斯的脱口秀节目。客厅里只有沙发和角落里的一把厨房椅。客厅后面是个小厨房，厨房里放着台小冰箱。博斯把出生证明夹在胳膊底下，从证件包里拿出圣费尔南多警察局的警官证。老太不情愿地接过警官证审视起来。

"圣费尔南多吗？"她问，"是在哪儿？"

"离这儿不是很远，"博斯说，"我——"

"你在调查什么？"

"我在找一个很久以前的人。"

"我不知道你为什么会想和我谈。我从未去过圣费尔南多。"

博斯指着墙边的那把椅子。

"能让我坐下吗？"

"坐下吧。我仍然不知道能从我这里问出些什么。"

博斯拿起椅子，坐在老人面前，两人之间隔着助步车。老太穿了件宽松的便服，上面绣了几朵褪色的花。特恩布尔仍然在打量着他的警官证。

"这个名字怎么念？"她问。

"希罗尼穆斯，"博斯说，"我是以一位画家的名字命名的。"

"我从没听说过那位画家。"

"没听说过这个名字的人很多。我在报纸上读到几年前一篇有关圣海伦收容院的报道。报道提到你在庆典上所做的演讲，就是你女儿去收容院寻亲，结果找到了你的那次演讲。"

"那次演讲怎么了？"

"我为一个男人工作——一个年纪很大的男人——他目前也在寻亲。他的孩子出生在圣海伦收容院，我希望你能帮我找到当时出生的男孩或女孩。"

特恩布尔像是不想再谈似的把身子靠回去，然后对博斯摇了摇脑袋。

"那里出生了好些孩子，"她说，"我前后在那里待了五十年，不可能记得所有的孩子。大多数孩子离开后都有了新的名字。"

博斯点点头。

"我知道。但我觉得这个案子有点特别。我想你多半还记得那位母亲。她叫维比亚娜。维比亚娜·杜阿尔特。我说的是发生在你进入圣海伦收容院一年之后的事情。"

特恩布尔像是要避开痛苦似的合上眼睛。博斯立刻意识到老人认识并记得维比亚娜，他的时光之旅找到了终点。

"你一定认识她吧？"博斯问。

特恩布尔点了下头。

"我当时在场，"她说，"那是可怕的一天。"

"能告诉我当时的情况吗？"

"你为何想知道？那是很久以前的事了。"

博斯点点头。老人的问题很合理。

"记得你女儿到圣海伦收容院找到你的事情吗？你把它称为奇迹。我的这次调查也是如此。我为一个想找到自己孩子的男人工作，那个男人想找到他和维比亚娜生的孩子。"

博斯发现特恩布尔脸上腾起一股怒气，马上为自己的用词不慎后悔起来。

"那是两码事，"她说，"他不是被迫放弃孩子的。他遗弃了维比亚娜，遗弃了他的儿子。"

博斯想马上弥补自己的话所造成的伤害，但他注意到特恩布尔无意中透露生的是个男孩。

"阿比盖尔，我明白你的意思，"他说，"两者完全不是一回事。我知道这个。但他同样是位想找到孩子的父亲。他老了，很快就将死去。他有许多遗产要留给后人。这弥补不了什么，当然弥补不了。但这个答复应该由我们来给，还是他儿子来给？我们难道连他儿子选择的权利都要剥夺掉吗？"

特恩布尔安静地寻思着博斯的话。

"我帮不了你，"想了一会儿以后她说，"我不知道被收养后那孩子究竟怎样了。"

"可以的话，把你知道的告诉我就行，"博斯说，"我知道这件事很可怕，但我还是想请你把当时发生的事情告诉我。如果可以的话，跟我说说维比儿子的事情。"

特恩布尔低头看着地板。博斯知道她在找寻记忆，准备告诉他当时发生的事。她伸出两只手抓住助步车，似乎在寻求某种支持。

"他生下来很纤弱，我是说那孩子，"特恩布尔开始讲述当时的情况，"出生时体重不足。收容院有条规定，五磅以下的孩子不能送出去。"

"那他怎么样了？"博斯问。

"收养他的夫妻无法接他出去。体重不足的婴儿不给办理收养手续。他必须更重、更健康才能被收养。"

"收养被延迟了吗？"

"有时的确会发生延迟。他们告诉维比必须让婴儿增加些体重。她必须把婴儿留在房里，用她的奶来喂他。在婴儿变得重些、健康些之前持续给他喂奶。"

"她喂了多久？"

"一周。也许还要多几天。我知道维比获得了和孩子待在一起的时间，我们其他人都没这个待遇。但那周过后，孩子就得交出去。那对夫妻再次过来，办完了收养手续。他们把维比的孩子带走了。"

博斯点点头。事情从每个角度都开始变得更糟了。

"维比怎么样了？"他问。

"我当时在洗衣房工作，"她说，"那里工资不高，也没有干洗机。我们把所有洗好的衣服挂在厨房后面院子里的晾衣绳上，后来那里盖了附楼。"

"孩子被收养后的那天早晨，我拿床单到外面晾，看见有根晾衣绳不见了。"

"维比亚娜。"

"接着我就听说了。有个女孩告诉我的。维比上吊自杀了。她走进浴室，在一根淋浴管道上用晾衣绳自杀了。有人发现了她，但已经太迟了。她就这么死了。"

特恩布尔低头看着地板。讲述了这么可怕的故事以后，她似乎不愿和博斯有眼神交流。

博斯被这个故事弄得很不愉快，他感到一阵恶心。但他还需要更多信息。他要找到维比亚娜的儿子。

"没有后续了吗？"博斯问，"那个男孩就没回来过吗？"

"走了以后，他们就再也不会回来。"

"你还记得他的名字吗？收养他的父母给他起的名字。"

"维比亚娜叫他多米尼克。我不知道他还叫不叫这个名字。他们通常不会沿用以前的名字。我叫我女儿萨拉。回到我身边时她叫凯瑟琳。"

博斯拿出那沓出生证明。他确信早晨在屋后平台翻看出生证明时见过这个名字。他快速翻看这沓证明，查找多米尼克这个名字。找到那张出生证明以后，他看着证明上的婴儿全名和颁发日期。多米尼克·圣阿内洛出生于一九五一年一月三十一日，可十五天后才在记录办公室登记了。他知道这个延迟也许是婴儿体重不足继而收养被推后造成的。

博斯把出生证明拿给特恩布尔看。

"是他吗？"博斯问，"是这个多米尼克·圣阿内洛吗？"

"我告诉过你，"特恩布尔说，"我只知道维比叫他的名字。"

"这是唯一一张那个时段出生的名叫多米尼克的婴儿出生证明。维比生的孩子应该就是他。上面写着在家出生，在收容院生的孩子都是这么写的。"

　　"我猜你找到想要找的了。"

　　博斯瞥了眼出生证明，在证明上种族的格子里写着"西班牙裔"。圣阿内洛家住在文图拉县的奥克斯纳德。收养多米尼克的父母名叫卢卡·圣阿内洛和奥德蕾·圣阿内洛，当时都是二十六岁。卢卡·圣阿内洛的职业被标注为设备销售员。

　　博斯注意到阿比盖尔·特恩布尔用双手紧握住助步车上的铝管。多亏她的帮忙，博斯相信自己找到了惠特尼·万斯失散已久的孩子，但付出的代价实在太高。博斯知道维比亚娜·杜阿尔特的事将在他心头压上很长时间。

11

　　博斯把车从山风公寓大楼往西开，开到月桂谷大道又折转向北。上高速公路会开得快一些，但博斯并不着急，他想把阿比盖尔·特恩布尔告诉他的事好好琢磨琢磨。这时他也饿了，于是把车开进了一家汽车餐厅。

　　在路边吃完东西以后，他拿出手机，重拨了刚刚那个手机号码——惠特尼·万斯给他的那个。手机还是没人接，博斯又一次给惠特尼留了言。

　　"万斯先生，又是我。我要您回电给我。我想我已经查到你要的信息了。"

　　他挂断手机，把手机放进中间控制板的杯托，然后重新汇入车流。

　　博斯又用了二十分钟才从南至北穿过月桂谷。到了麦克莱街他往右拐进入圣费尔南多。侦查处办公室还是没人，博斯直接走向了自己的小隔间。

　　博斯首先检查了发到他圣费尔南多警察局邮箱的邮件。收件箱里有两封新邮件，从标题可知，两封邮件都是针对"割纱工"一案问询的回复，第一封来自洛杉矶警察局谷西分局的警探。

　　亲爱的哈里·博斯，如果你是那个控告了自己服务了三十多年的警察局的家伙，我想说我希望你患上癌症，缓慢而痛苦地死去。如果你只是和他同名，那我错了，并祝你过得愉快。

博斯看了两遍邮件，感觉火都快冒上来了。发火不是因为对方表现的敌意，他不在乎这个。他按下邮件上的回复按钮，很快打了封回信。

马特森警探，很高兴得知谷西分局的警探们的职业水准完全符合洛杉矶市民的期望。你们没有把请求者的请求视为有助于警局服务和保护市民，而是极尽能事加以侮辱。有你这种态度，我就放心了，看来谷西分局的性罪犯已经生活在极大的恐惧之中。

博斯正要按下发送按钮时，突然觉得还是删掉为好。他试着把恼怒抛到一边。对方不在博斯觉得"割纱工"活动频繁的米森分局和山麓分局工作，没必要和这种人动气。

他继续打开第二封邮件。邮件发自格伦代尔的一位警探。这是封确认收到博斯互通信息请求的确认函。这位警探说，他会在局里四处问问，之后会尽快给博斯回复。

博斯漫无目的的询问获得了几封类似的回复。幸好，没几封像马特森那样。大多数博斯联系的警探都很职业，在处理成堆经手案件的同时，他们答应一有消息会尽快给博斯回复。

他关上邮箱页面，登录机动车辆管理局的平台。该找找多米尼克·圣阿内洛的信息了。博斯用出生日期算了一下，多米尼克应该六十五岁了。也许刚退休，靠退休金过活，完全不知道自己是笔丰厚遗产的继承人。博斯不知道他是否离开过收养地奥克斯纳德。他是否知道自己是领养的以及刚出生不久母亲就死了呢？

博斯输入出生证明上的姓名和出生日期，数据库马上给出了匹配信息，但内容非常短。多米尼克·圣阿内洛在一九六七年一月三十一日十六岁生日那天拿到了驾驶执照，但驾照既没有换代也没有上交。记录的最后一行简单地写着"已故"两个字。

博斯靠在椅子上，感觉肚子上像被人踢了似的。刚接手案子三十六小时，博斯却感觉耗尽了精力。维比亚娜的事、阿比盖尔的事，还有惠特尼几十年后依然无法走出当年行径所带来的负疚感，现在又来了这个。照机动车辆管理局的记录来看，惠特尼的儿子在第一张驾驶执照过期前就已经死了。

"哈里，你还好吗？"

博斯往左看了看，发现贝拉·卢尔德警探正在向隔断墙另一边自己的小隔间走去。

"我很好，"博斯说，"只是……又走进了一条死胡同。"

"我知道那种感觉。"贝拉说。

贝拉坐下来，从他的视线里消失了。贝拉身高还不到一米六，隔断完全遮没了她。博斯只能干瞪着眼看着电脑屏幕。记录上没有提到死亡的细节，只知道死亡发生在第一张驾驶执照的有效时间内。博斯比多米尼克早一年拿到驾驶执照，是在一九六六年，他知道当时的驾驶执照是四年一换。这意味着多米尼克是在十六到二十岁之间死去的。

他知道报告客户儿子的死讯时，一定要把能让人信服的全部细节提供给惠特尼。他同样知道二十世纪六十年代末，大多数年轻人不是死于车祸，就是死于战争。他身体向前倾，调出搜索页面，输入"搜索老兵纪念碑"这串字，搜索带出一连串与华盛顿特区越南战争老兵纪念碑有关的链接，那座黑色的花岗岩纪念碑上刻着五万七千多名越南战争中战死的美军士兵的姓名。

博斯登上越南退伍军人纪念基金的网站。他曾经作为捐赠人上过这个网站，而且还在这个网站上查过没有回国的战友的信息。输入"多米尼克·圣阿内洛"这个名字以后，一个士兵的名字和服役的细节跳了出来，他的预感应验了。

阅读多米尼克的服役经历之前，博斯打量了一会儿网站上的死者照片。在这之前，博斯还没有见过被调查对象的照片。他只是在想象中描绘过维比亚娜和多米尼克的身影。此时电脑屏幕上却出现了多米尼克穿西装戴领带的黑白照片。这张照片也许是在高中毕业时拍的，也许是入伍时拍的。年轻的多米尼克有着一头黑发和一双锐利的眼睛。即便是黑白照片，博斯也能看出他具有白人和拉丁裔的基因。博斯看着多米尼克的眼睛，觉得在这双眼睛里看到了与惠特尼·万斯的相似之处。博斯本能地知道他面对的正是惠特尼的儿子。

记录多米尼克信息的页面列出了他的名字在纪念碑上所在的大致位置和行号，并且记录了他服役和死亡的大致情况。博斯把这些内容都记录在笔记本上。记录上显示多米尼克是个海军医务兵，入伍日期是他十八岁生日仅仅四个月之后的一九六九年六月一日。他的阵亡日期是一九七〇年十二月九日，他死在越南的西宁省。阵亡时多米尼克被分配在岘港的第一医疗营服役。葬礼举行地点是洛杉矶国家公墓。

博斯作为地道工程师在越南服过役，那时他们通常被人们称为"地沟鼠"。由于这项专长，博斯经常被召到发现有地道系统的不同省份和战区，去那里对敌方的地道进行破坏。他得以和空军、海军、海军陆战队等不同的部队协同作战。在越南的经历和对那场战争的了解使他对网站上多米尼克·圣阿内洛的描述有了基本的了解。

博斯知道海军医务兵是个对海军陆战队进行支持的医疗救护兵种。每个海军陆战队的连队都配备一名海军义务兵。尽管被分配在岘港的第一医疗营，但他却死在和老挝接壤的西宁省，通过死亡地点，博斯知道多米尼克是在海军陆战队下属连队执行救护任务时牺牲的。

和纪念碑上以阵亡者死亡年份的先后顺序排序不同，纪念基金的网站以阵亡者的死亡日期精确排序。这意味着博斯可以通过点击屏幕上的左、右键查看和多米尼克在同一天阵亡的士兵的大致情况。他点击着左键和右键，发现同一天在西宁省的阵亡美军士兵共有八人。

越南战争中每天都有几十个年轻士兵死去，但博斯认为在同一天同一省份死那么多人颇有些不同寻常。他们不是死于伏击，就是死于本方部队的误炸。博斯查看了所有死者的军衔和兵种，发现他们都属于海军陆战队，其中有两个飞行员，一个是战斗机上的机枪手。

这就是真相。博斯知道机枪手坐在直升机上——运送士兵出入丛林的运输直升机。这时他意识到多米尼克·圣阿内洛所坐的直升机失事了。多米尼克兴许死于父亲协助制造的一架飞行器上。这其中残忍的讽刺意味让博斯惊呆了。他不知道该如何把这个消息告诉惠特尼·万斯。

"你确定你还好吗？"

博斯抬起头，看见贝拉在隔断墙另一边望着自己的小间。她正盯着博斯桌上的那沓出生证明。

"呃，我很好，"他飞快地说，"怎么了？"

博斯尝试着尽量随意地把胳膊放在出生证明上，但动作太笨拙，他看得出贝拉明白他在掩饰什么。

"我从山麓分局性犯罪组的一个朋友那里收到封邮件，"贝拉说，"她说她那里有个案子可能与我们在找的家伙有所关联。罪犯没有割开纱窗或纱门，但其他方面都比较吻合。"

博斯发觉心头腾起一股恐惧。

"是刚发生的案子吗？"他问。

"不，是起悬案。她利用空闲时间为我们查看没侦破的案子，结果发现了这个。这案子也许是在他开始割纱之前犯下的。"

"也许吧？"

"想和我一起过去吗？"

"呃……"

"没事，我一个人去。你看上去很忙。"

"我可以去，但如果你能自己解决……"

"我当然能。取得了什么让人激动的突破的话，我会打电话给你。"

贝拉离开办公室，博斯重新投入工作。为了使记录完整，他逐屏查看资料，记录下西宁省这次任务中所有牺牲者的名字和生平。其间他发现只有一个人被分配去当机枪手。博斯知道"休伊"直升机上一般会配备两名机枪手——每扇机舱门各配备一名。这意味着这架直升机无论是被打下来的，还是坠地失事，也许还存在一位幸存者。

退出网站之前，博斯回到记录多米尼克·圣阿内洛信息的那个网页。他按下标注"纪念"的按钮，进入人们纪念多米尼克·圣阿内洛服役和牺牲的页面。博斯没有细读，只是把网页往下拉，发现从一九九九年开始，人们共留下了四十余条评论。纪念基金的网站应该就是在那一年建立的。这时他开始逐条阅读人们留下的评论，第一条是位自称多米尼克在奥克斯纳德高中的同班同学留下的，他说他永远会记住多米尼克在遥远土地所付出的牺牲。

一些评论来自无意中进入多米尼克页面的陌生人，他们只是想对牺牲的士兵致以哀悼。但也有些评论来自和他认识的人，比如高中同学。其中一位自称是在海军当过医务兵的比尔·比辛格。比辛格于一九六九年年末和多米尼克坐船开拔到越南，被委派到停在南中国海一艘名叫"避难所"号的医务船上执行医疗任务之前，两人曾一起在圣迭戈受过训。

看到这段评论以后，博斯不再翻动页面。一九六九年末在胡志明市的古芝地道里受伤以后，他曾经在"避难所"号的医务船上接受治疗。博斯意识到自己和多米尼克当时也许在同一条船上。

比辛格的评论使博斯确切地知道了多米尼克的遭遇。这段话仿佛直接在向多米尼克诉说，读来令人久久难以忘怀。

尼克，听到你所坐的直升机被打下来的消息时，我正在"避难所"号上吃饭。幸存下来的机枪手被送上了"避难所"号，因此我们知道了当时的情况。我对你的死感觉很内疚。任何人都不应死在离家如此遥远的地方，任何人都不应为这种几无意义的事情而死。我记得我请求过你不要去第一医疗营。我的确请求过你。但你没听。你说你必须得到 CMB，亲眼看看战争。兄弟，对不起。因为没拦住你，我感觉是我让你死的。

博斯知道"CMB"是指战斗医疗徽章。在比辛格饱含情感的评论后面是另一位访问者奥利维娅·麦克唐纳的留言。

比尔，别这么自责。我们都认识尼克，知道他很固执，又很喜欢探险。他参军就是为了探险。他选择医疗队是他想做些能帮助别人，但不用杀任何人的事情。他表现出了大无畏的精神，我们应该赞美，不用为我们当时的行动而后悔。

这段留言明显来自一个同多米尼克很亲近的人，博斯觉得奥利维娅不是多米尼克的家人，就是他的前女友。比辛格在奥利维娅的留言下面跟了回复，对奥利维娅的理解表示感谢。

博斯继续翻看评论，发现奥利维娅·麦克唐纳这些年里还留过五次言，都是在老兵纪念日的十一月十一日留下的。这些留言没那么亲密，大意都是"离去但从未被人忘怀"。

纪念页面的顶端有个"注册"按钮，注册者能接收到多米尼克的网页上出现最新评论的提示。博斯把网页拉到比辛格的那条评论，发现奥利维娅·麦克唐纳的回复和他原先的评论仅隔了一天，比辛格向奥利维娅表示感谢的话语更是在奥利维娅留言的当天写下的。

博斯断定回复迅速的比辛格和奥利维娅都设置了消息提示功能。他飞快地在比尔的感谢留言下打开一个评论框，同时给比辛格和奥利维娅留了言。无论多米尼克的网页的浏览量大不大，博斯都不想在公共论坛上暴露自己的目的。他编了条信息，希望比辛格和奥利维娅中至少有一个人会和他取得联系。

奥利维娅和比尔，我是个越战老兵。我在一九六九年负伤，在"避难所"号上接受过治疗。我想和你们谈谈尼克。我有和他有关的信息。

博斯把个人邮箱和手机号码附在下面，然后发送了这条留言。他希望很快能从其中一人那里得到回复。

博斯打印出放有多米尼克·圣阿内洛照片的那一页网页，接着关上电脑。他合上笔记本，把笔记本放进口袋，拿上那沓出生证明离开了自己的小办公间，从打印机托盘取走照片的打印件后，他便离开了侦查处办公室。

12

回到车上以后，博斯坐了一会儿，对没和贝拉·卢尔德一起去山麓分局找处理性犯罪的警探谈话感到内疚。他把私人调查置于公事之上，实际上"割纱工"案更紧迫一些。他寻思着要不要给贝拉打个电话，说他这就过去，但事实上贝拉完全能处理好这事。贝拉只是去别的警察局和那里的警探协商而已。协商不需要去两个人。于是博斯把车开出停车场上了路。

调查中博斯去过"割纱工"袭击女人的每一处作案现场。现场调查把这些案子指向了同一个强奸犯。受害人都已经不住在原先的房子里了，与她们的见面很难安排，即使见了时间也很短。只有一起案件的受害人同意回到被侵犯时的住处，并和警探们一起在案发现场走了一圈。

这时博斯第一次按案发时间顺序勘察了这些犯罪现场。他不确定能否从勘察中发现什么，但知道在犯罪现场再走一次可以使他把案子放在心里。这点非常重要。博斯不想让为惠特尼做的调查消融他找到"割纱工"的决心。

博斯用了不到十五分钟便在几处犯罪现场巡回了一圈。到了最后一处犯罪地点，他把车停在路边，这天是街道清扫日，路的一边没有停车，博斯很快就找到一个地方停车。他把手伸到座位底下，取出早已翻旧的托马斯兄弟地图册[1]。圣费尔南多是个小城，仅仅一页就够了。博斯之前在地图册上标明了这些强奸案发生的方位。这时他把强奸案发生的方位又审视了一遍。

这些方位之间没有明显的关联。博斯和贝拉竭力想查找这些案子的相关性：修理工、邮递员、查表员，以及其他和受害人所住地区发生关联的人。但种种努力都失败了，他们没找到与四个受害人及她们所住区域之间的关联。

贝拉觉得在犯罪发生前的踩点阶段，受害人离家被跟踪时跟罪犯有过眼神接触。博斯却不这样认为。圣费尔南多是个小地方。很难想象罪犯会在一处看到潜在的受害人，然后跟着受害人走到另一处，更难想象四起案件会和特定的某处有关。博斯觉得受害人是在家里或家门口被盯上的。

他转过身，看着已知的罪犯最后一次强奸发生的屋子正面。这是幢战后建成的带前门廊和单车位车库的房子。罪犯割开了没人住的卧室后窗上装的纱窗。博斯发现从街上很难看到那里。

车窗上突然出现一块阴影，博斯转过身，看见一辆邮车正开到车前方的人行道边。邮递员下了车，向有一道邮件投递口的屋子前门走去。邮递员无意中瞥了眼博斯的车，认出坐在方向盘后面的博斯，一边朝门口走去一边对博斯竖起中指。这个邮递员名叫米切尔·马龙，马龙一度是这起系列强奸案的嫌疑人，博斯和贝拉曾偷偷收集过他的 DNA，不想日后却给他们带来了很大的麻烦。

收集 DNA 的事一个月之前发生在杜鲁门街的星巴克。当时博斯和贝拉发现身为白人的马龙的送信路线上包含四个被害人中的三户人家，他们觉得确定或消除马龙嫌疑的最快方法是收集到他的 DNA，拿他的 DNA 和强奸犯做比对。他们监视了马龙两天，两天里，马龙没有做出任何能引起他们怀疑的事情。马龙每天早晨会在星巴克停留一会儿，喝杯茶，吃个早餐三明治。

第三天，贝拉临时起意，跟在马龙后面走进星巴克。她在星巴克里买了杯冰茶，然后走出咖啡馆，坐在邮递员旁边的桌子上。吃完三明治以后，马龙用纸巾擦了嘴，把纸巾扔进原先装三明治的纸袋，然后把纸袋扔进近处的垃圾

---

[1] 最早由制图师乔治·库普兰·托马斯（Geroge Coupland Thomas）及其兄弟出版的地图册。

桶。看到马龙健步走回邮车，贝拉连忙走到垃圾桶边上，不让别的顾客再扔东西进去。马龙跳上车以后，贝拉连忙拿掉垃圾桶的盖子，低头看着马龙刚刚扔掉的纸袋。她戴上橡胶手套，拿出塑料证据袋，收集纸袋上可能附着的 DNA 证据。博斯从跟在后面的一辆车上下来，掏出手机，拍下贝拉从垃圾桶里拿纸袋的一幕，以备将 DNA 提交给法庭当证据。虽说法庭认可从公共场合收集的 DNA 证据的可信性，但博斯也得记录下提取样本的确切位置。

没想到的是，马龙刚把邮车开出停车位之后，就想到手机还落在咖啡桌上。他跳下邮车，走向咖啡桌想取回手机。看到博斯和贝拉从垃圾桶里取出他刚丢掉的垃圾，他随口说了句："你们他妈的在干吗？"

意识到马龙很可能会就此逃逸，两位警探必须把他当嫌疑人对待。博斯和贝拉让马龙到警察局接受问询，马龙生气地答应了。在接下去的问询中，马龙否认与强奸有任何瓜葛。他承认知道其中三个受害人的名字，但那只是因为他替她们送过信。

博斯进行问询的时候，贝拉把四个受害人集中在一起，让她们从列队站立的几个男人中辨认出嫌疑人。因为每次强奸时罪犯都会戴面具，因此警探希望受害人能从声音、双手或双眼的特征中辨认出罪犯。

咖啡店的对峙四小时后，马龙自愿却闷闷不乐地站在队列中，被四个受害人分别辨认。他伸出双手，念出作案人性侵犯时说出的词句。没一个受害人指认他为强奸犯。

马龙当天就被释放了。一周以后，马龙擦嘴时在纸巾上留下的 DNA 被确认与强奸犯的 DNA 不符，马龙彻底摆脱了嫌疑。局长给他写了封道歉信，为警察局犯下的错进行道歉，并对他的合作表示谢意。

把信放进投递口之后，马龙走回自己的车，快要走到邮车时，他又突然转向朝博斯的车走过去。博斯摇下车窗，准备和马龙好好言语一番。

"嘿，我想要你知道，我雇了个律师，"马龙说，"我要为误捕起诉你们所有人。"

博斯像是把威胁当成意料之中的事情一样点了点头。

"你最好有附加条件。"他说。

"你在说什么啊？"马龙问。

"希望你还没给律师付钱，你得有附加条件，这意味着你赢了他才有钱拿。米切尔，我这么说是因为你是不会赢的。如果他告诉你你会赢，那他一定是在胡说。"

"你才是在胡说八道呢！"

"你同意到警察局协助办案。我们没有逮捕过你。我们甚至让你驾驶邮车，避免邮件被人偷走。你根本没官司可打，唯一会从中受益的是那些律师。再好好想想吧。"

马龙俯下身子，把手放在吉普车车窗的窗框上。

"那我就只能让它过去吗？"马龙说，"被强奸的好像是我似的，换来的仅仅是一句'别介意'。"

"米切尔，两者根本没有可比性，"博斯说，"你把这话跟强奸受害人说，她们会告诉你什么是真正的痛苦。你只不过经历了糟糕的几小时，她们却要忍受无休止的痛苦。"

马龙猛拍了下窗框，然后站得笔直。

"你混账！"

他走回邮车，把车开走了，车轮发出一连串吱吱的响声。开了六十英尺以后，他拉下刹车去下一幢房子送信，声音很快变小了。

博斯的手机响了，他看了看手机屏幕，来电人是贝拉。

"贝拉。"

"哈里，你在哪儿？"

"在外面晃着呢！山麓分局的事怎么样？"

"白跑了一趟。不是一个人干的。"

博斯点点头。

"哦，对了，我刚才见到了米奇·马龙。他仍然对我们怨气十足。"

"在星巴克见到他的吗？"

"不，我去了弗里达·洛佩斯原来住的地方。他正好过来送信，把我痛骂了一通。他说他准备请个律师。"

"那只能祝他好运了。你去那儿干吗？"

"没什么，只是希望再好好想想，也许寻思着会突然迎刃而解吧。我想我们要抓的那家伙——应该马上会再次行动。"

"我知道你的意思。这也正是我兴冲冲地跑到山麓分局的原因。真怪，其他地方为何找不到一件相关联的案子。"

"这就是问题所在。"

博斯听见手机里又传来呼叫等待声。他看了下屏幕，发现屏幕上出现的是惠特尼·万斯交给他名片上写的那个手机号。

"嘿，有电话进来了，"他说，"我们明天再讨论下一步的行动吧。"

"没问题，哈里。"贝拉说。

博斯切换到打进来的手机。

"万斯先生，您在吗？"

手机里一片沉寂，没有任何声音。

"万斯先生，您在听着吗？"

仍然是一片沉寂。

博斯把手机按在耳朵上，重新把车窗关上。他觉得他也许在手机里听到了呼吸声。他不知道是不是惠特尼的呼吸，惠特尼无法说话又是不是因为斯隆提到的健康问题。

"万斯先生，是您吗？"

博斯等待着，但始终等不到对方的应答。没过一会儿，手机就挂断了。

13

　　博斯把车开上 405 号高速公路，向南穿过圣费尔南多谷，而后又经过了西普尔维达通道。他用了一小时才到达洛杉矶国际机场，他跟着车流缓慢地在出发层一圈圈行驶，把车停在最后面的车库。他从车上的储备箱里拿出把手电筒，下了车，绕到车子后面，俯下身子用手电筒对准保险杠和油箱下的几个车轮。他知道即便车轮上被安装了 GPS 跟踪器，找到的概率也非常小。跟踪技术的进步使跟踪器变得更小，也更容易隐藏。

　　他打算上网买个 GPS 干扰器，但干扰器几天后才能快递过来。没发现异常，他把手电筒放回车上的储备箱，然后将出生证明码齐收到地上的背包里。接着他锁上车，经过人行天桥走到联合航空公司的候机大厅，在候机大厅乘电梯下到抵达层。提取行李的转盘前满是刚下飞机的人，他在人群里钻进钻出，出了双层门走到接机区。走到接机线外以后，直奔租车公司接机大巴的停车点，跳上最前面一辆开往机场大道赫兹租车柜台的黄色大巴。他问司机是不是有车可以借，司机朝他竖了竖大拇指。

　　博斯抛在机场停车场里的切诺基已经有二十二年的车龄了。赫兹租车柜台的人向他推荐了一辆新款的切诺基，尽管这辆车的租金较高，他还是租了下来。在离开圣费尔南多的九十分钟之后，他重新把车开上了405号高速公路，不用担心被人跟踪，也不用担心车上有跟踪器，会被人知道方位。但他还是看了好几次后视镜，确定没被人跟着。

到了韦斯特伍德，他把车开下高速公路，上了威尔希尔大道，然后把车开进洛杉矶国家公墓。这个占地一百一十四公顷的公墓埋葬了从南北战争到阿富汗战争的历次战争中的阵亡将士。排列整齐的上千根白色大理石石柱展现了军队中的精准严明，但也反映了战争造成的巨大消耗。

博斯在鲍勃·霍普纪念堂"查找墓地"的屏幕上查找多米尼克·圣阿内洛在墓园北区的墓地的精确方位。很快他就站在多米尼克墓地的前方，低头看着如茵的绿草，倾听着附近高速公路持续不断的车鸣声，这时太阳把西边的天空映成粉红色。在不到二十四小时的时间里，博斯不知怎么与这个从未见过、从不认识的士兵产生了一种兄弟之情。他们曾一起待在南中国海的同一条船上。另外，除了死者短暂人生的悲剧之外，他还知道死者出生的秘密和母亲自杀的人生惨剧。

过了一会儿，他拿出手机，用手机拍下了刻在墓碑上的铭文。这将成为他最终交给惠特尼·万斯的报告的一部分——如果老人能收到报告的话。

嗡嗡几声，博斯手里的手机又响了。屏幕上出现了一个以805区号开头的电话号码，博斯知道这是个文图拉县的号码。他马上接通了电话。

"我是哈里·博斯。"

"你好，我是奥利维娅·麦克唐纳。你在我兄弟的纪念页面上留了言。你想找我谈话吗？"

博斯点点头，发现奥利维娅已经回答了他的第一个问题。多米尼克·圣阿内洛是她的兄弟。

"奥利维娅，感谢你这么快给我回电话，"博斯说，"实际上，我现在正站在韦斯特伍德老兵公墓多米尼克的墓地前。"

"真的吗？"她问，"我不明白。究竟出什么事了？"

"我要和你谈谈。我们能见面吗？我可以过去见你。"

"让我想想。稍等，你先告诉我事情的来龙去脉再说。"

再次开口前，博斯酝酿了很长一段时间。他不想对奥利维娅撒谎，却也不想暴露自己的真实目的。至少现在还不想。他被保密协议所束缚，这事又太过复杂了。奥利维娅没有隐藏自己的电话号码，即便她让博斯滚蛋并挂断电话，他也能找得到她。但博斯对多米尼克产生的兄弟情谊延伸到了他姐妹身上。博斯不想伤害奥利维娅，也不想让她感到不快，尽管这时奥利维娅只是手机中的一个声音，他还没能见到她。

他决定姑且一试。

"多米尼克知道自己是被收养的，对吗？"他问。

回答前奥利维娅沉默了很久。

"是的，他知道。"奥利维娅说。

"他想过自己是从哪儿来的吗？"博斯问，"他的父亲是谁？母亲……"

"他知道母亲的名字，"奥利维娅说，"他母亲叫维比亚娜。他母亲的名字是根据一座教堂的名字命名的。但收养我们的父母只知道这么多。之后他再没有纠缠过这件事。"

博斯把眼睛闭了一会儿。多米尼克的身份从另一个途径被证实了。另外，奥利维娅本人也是被收养的，她也许能明白知道生身父母的事对收养的孩子有多重要。

"我知道许多事，"博斯说，"我是个警探，我把他的事情都掌握清楚了。"

奥利维娅又隔了很长一段时间才开口说话。

"好吧，"她说，"什么时候见面？"

14

　　周四一早起床，博斯就开始网购了。他查找了大量 GPS 探测器和干扰器，最后选择了一种兼具探测和干扰功能的设备。他花了二百美元，设备两天后才能送到。

　　接着他打电话给密苏里州圣路易斯国家人事档案中心海军犯罪调查局的调查员。离开洛杉矶警察局时，博斯带走的联系人列表中有加里·麦金太尔的名字和电话号码。麦金太尔秉性正直，很好合作，博斯在洛杉矶警察局进行谋杀案调查时至少同他合作了三次。博斯希望凭两人的交情和信赖关系问麦金太尔要一份多米尼克·圣阿内洛的服役记录——多米尼克在军队服役期间方方面面的记录，包括受训记录、驻扎过的所有基地的具体位置，还包括他获得的奖章、请假和训练记录，以及他在战斗中死亡的摘要报告。

　　因为人生中常常会有服役的经历，所以军队的文档记录常常是悬案调查的一个组成部分。军队里的档案是对受害人、嫌疑人和证人的证词的极好补充。这次调查博斯已经知道了部队对多米尼克的评价，但他还想从多米尼克在部队的经历中多挖点什么出来。博斯的调查已然到了尽头，现在他想为惠特尼·万斯提供一份完整的调查报告，同时想办法做一次 DNA 验证，证明多米尼克·圣阿内洛是惠特尼的儿子。别无其他的话，他会为这次调查的彻底全面而感到自豪。

国家人事档案中心保存的记录对死者的家人及其代表开放，但博斯没办法表明他在为惠特尼·万斯工作。他可以出示警徽，但麦金太尔很可能会打电话给圣费尔南多警察局，问询这是不是调查的一部分，变成那种状况的话，博斯的立场就尴尬了。因此他决定把事实告诉对方。他说他私下正在替人调查一个案子，想证实多米尼克是这位客户的儿子，但碍于保密协定，无法透露客户的姓名。他告诉麦金太尔，之后他会和多米尼克收养家庭的姐妹见面，如果需要的话，他也许能从那位姐妹手里拿到许可信。

麦金太尔让博斯不要为那种事费神。他欣赏博斯表现出的诚实，相信博斯不会骗他。他说他需要一两天时间寻找博斯想要的文件，然后做成电子档。他说电子档做好后会跟博斯联系，这样博斯一旦从多米尼克的家人那里拿到许可信，他就可以把电子档发送给博斯了。博斯向他表达了谢意，说自己随时等待他的联系。

博斯和奥利维娅·麦克唐纳约的时间是下午一点，因此上午余下的时间他可以重温案件记录，并做些相应的准备。他已经知道奥利维娅给他的地址就是多米尼克·圣阿内洛出生证明上列出的父母住址。这意味着她的住处就是兄弟成长的地方。想找到已经死去很久的多米尼克的DNA似乎有些不太可能，但姑且可以到那儿去试一试。

接着博斯给他同父异母的弟弟，做辩护律师的米基·哈勒打电话，问米基能否想到可以做DNA比对并且比较靠谱的私人实验室备用。在这之前，博斯只在警方办案时接触过DNA验证，对比DNA用的是警方鉴证组的资源。

"我手头有几个常用的私人实验室——可靠且分析得很快，"哈勒说，"让我猜猜，想必麦迪觉得自己太聪明，不像你女儿，你才慌着要做什么DNA测试吧。"

"别开玩笑了。"博斯说。

"这么说是为案子了？私下调查的案子吗？"

"差不多。我不能细讲，但还是必须谢谢你。客户之所以找到我是因为听说了去年西好莱坞警察局办的那个案子。"

惠特尼·万斯面谈时提到的是比弗利山庄整形外科医生和几个腐败警察勾

结的案子。西好莱坞警察局那起案子的结局对两个人来说都很糟糕，却是博斯为哈勒工作的开始。

"哈里，说得像是要我为你筹措的一笔基金预付佣金似的。"哈勒说。

"不是这个意思，"博斯说，"但如果能为我找到一家 DNA 实验室，也许从长远来讲对你也有好处。"

"兄弟，我会给你发邮件。"

"兄弟，谢谢你。"

博斯十一点半离开家，想在去奥克斯纳德的路上找点东西吃。走到街上后，他朝四周看了看，查看有没有人尾随。确定没被人跟踪以后，他走了一个街区，走到租来的切诺基停放的地方。他在山脚下的墨西哥餐厅吃了炸玉米饼，把车开上 101 号高速公路，向西穿过圣费尔南多谷进入文图拉县。

奥克斯纳德是文图拉县最大的城镇。平淡无奇的镇名来自十九世纪末在那儿建立加工厂的一位种植甜菜的庄园主。小城环绕着怀尼米港，那是个小型美军驻扎基地。博斯想问奥利维娅·麦克唐纳的问题中有一个便是，家里临近海军基地是不是诱使她兄弟入伍的动因。

路不是很堵，博斯早早地到达了奥克斯纳德。为了打发时间，他在港口绕了几圈，然后沿着港口靠太平洋一侧的好莱坞海滩朝前开，这里有拉布雷阿街、日落街和洛斯费利斯街，显然借用了好莱坞著名大街的名号。

他准时把车停在奥利维娅·麦克唐纳的家门前。这是个年代久远的中产阶级社区，整洁地矗立着一排排加利福尼亚老式别墅。奥利维娅正坐在前廊的椅子上等待着博斯。博斯觉得自己和奥利维娅年龄相仿，从外表看，奥利维娅应该和收养家庭的弟弟一样，都是有拉丁血统的白人。奥利维娅的头发灰白，穿着褪色的牛仔裤和宽松的白色上衣。

"你好，我是哈里·博斯。"他说。

博斯把手伸向坐在椅子上的奥利维娅，奥利维娅拉过他的手握了握。

"我是奥利维娅，"她说，"找把椅子坐下吧。"

博斯坐在一把藤椅上，和奥利维娅隔着张玻璃台面的小桌。桌子上放着两个杯子和一大壶冰茶。为了表示诚恳，博斯告诉奥利维娅自己喝冰茶就好。桌子上放着只写着"勿折"的黄色信封，博斯猜测里面可能放了照片。

"你想知道我弟弟的事对吧，"奥利维娅给杯子里倒上冰茶之后说，"我首先想问，你在为谁工作？"

"奥利维娅，这个问题我很难圆满地回答你，"他说，"雇我的人想知道他在一九五一年有没有一个孩子。但对方要求我必须严格遵守保密协议，在解除要求之前，禁止我向任何人透露谁是我的雇主。因此我就陷入了左右为难的境地。在证实你弟弟是他儿子之前，我无法把雇主的身份透露给你。但对你而言，如果我不告诉你是谁雇我的，你又不愿把你弟弟的情况告诉我。"

"你想怎样证实我弟弟是你委托人的儿子？"奥利维娅无助地挥着一只手说，"尼克二十世纪七十年代就已经死了。"

博斯觉得奥利维娅似乎愿意坦诚相告。

"有很多办法可以证实。他在这幢房子里长大，是吗？"

"你怎么知道？"

"他被收养后的出生证明上就是这里的地址。也许这里能找到些为我所用的东西。他的卧室是不是没动过？"

"怎么可能？都这么多年了！搬回来后我要在这里养三个孩子呢！我们不可能把他的房间当博物馆留着。尼克遗留下的物品都放上阁楼了。"

"留下了些什么？"

"我不太清楚。是些和战争有关的东西吧！尼克服役后寄回来的东西，他牺牲后部队寄来的东西。我爸妈把东西都收了起来，我住回来以后把它们都放进了阁楼。我对那些东西压根不感兴趣，但妈妈让我保证别扔。"

博斯点点头。他得想办法上阁楼探寻一番。

"你父母还活着吗？"

"我爸爸二十五年前就死了。我妈妈还活着，但她不知道今天是几号，自己又是谁。现在她待在养老院，那儿有人会好好照顾她。现在这里只有我一个人。我和丈夫离了婚，孩子们翅膀硬了以后也都走了。"

博斯在确保奥利维娅不问他雇主是谁的情况下由着她信马由缰。他知道最好不要打断她讲话，并逐渐把问题转移到阁楼以及阁楼里的东西上面。

"你在电话里说你弟弟知道自己是被收养的。"

"是的，他知道，"奥利维娅说，"我们都知道。"

"你也出生在圣海伦收容院吗？"

奥利维娅点点头。

"我先来这个家的，"她说，"我的养父母都是白人，但我的皮肤是棕色的。当时这里的观念还很守旧，父母觉得让我有个肤色相同的弟弟或妹妹会比较好。因此他们去圣海伦收容院收养了多米尼克。"

"你说你弟弟知道他生母的名字叫维比亚娜。他是怎么知道的？至少到最近为止，这个秘密几乎瞒过了所有人。"

"没错，你说得对。我就不知道生母的名字，更不知道她是怎么生下我的。但尼克出生时的情况有点不一样。他原本是要被我父母接走的，我父母当时已经等在那儿了。但尼克出生时身体很弱，医生说最好和生母待一段时间，喝些母奶。大约是这样的情形。"

"这么说你父母见过她。"

"是的。那段日子他们去过几次收容院，并和她见了面。后来，我和多米尼克长大些以后，我们发现自己长得明显不像意大利裔的父母，于是我们就问了。父母说我们是收养来的，尼克的妈妈叫维比亚娜，他们在维比亚娜被迫把尼克送人收养前见过她。"

多米尼克和奥利维娅显然不知道全部情况。无论知不知道，收养他们的父母都没把维比亚娜的情况告诉他们。

"你弟弟长大后试着找过他的生父或生母吗？"

"没听说过。我们都知道圣海伦收容院是个什么样的地方。那里的孩子生下来就会被遗弃。我从来没想过要去找我的生父和生母。我不在乎。我想多米尼克也不会在乎。"

博斯注意到奥利维娅的语气里带着一丝怨恨。六十多年之后，奥利维娅仍然对遗弃她的生父生母心怀怨恨。博斯知道，即便现在告诉她，圣海伦收容院出生的孩子并不是都不受欢迎也无济于事。那时，有些母亲，甚至收容院的所有母亲在送孩子被收养的事上是没有选择权的。

他决定把话题转到另外一方面。他喝了口冰茶，告诉奥利维娅这茶很好喝，然后指了指桌面上的信封。

"里面是些照片吗？"他问。

"我想你也许会希望能看到这些照片，"她说，"信封里还有篇与他有关的剪报。"

奥利维娅打开信封，递给博斯一沓照片和一份折叠的剪报。多年前的照片和剪报都有些褪色了。

博斯首先看了剪报，他小心翼翼地打开剪报，防止剪报从褶皱处撕裂。博斯无从知道这是张什么报纸，但从内容看，这应该是张当地的报纸。这篇报道的标题是《奥克斯纳德的运动健将在越南牺牲》，报道证实了博斯的大部分猜测。多米尼克和另外四位海军陆战队队员是在西宁省执行一项任务返程时遇害的。他们乘的直升机被狙击手发射的炮火击中，坠毁在稻田里。报道称多米尼克是位全能选手，在奥克斯纳德高中参加橄榄球、篮球和棒球比赛。报道援引多米尼克母亲的话说，尽管时下反战风潮在国内兴起，但多米尼克为能为国效命而自豪。

博斯叠起剪报，还给奥利维娅。接着他拿起照片。这些照片按年份排列，展示了多米尼克从孩子成长为少年的过程。其中有多米尼克在海滩游玩、打篮球和骑车的照片，也有他穿着棒球服的照片以及和一个女孩身着正装的照片。还有一张是他和姐姐与养父母的全家福。博斯打量着少女时代的奥利维娅。奥利维娅年轻时非常漂亮，她和多米尼克看上去像是真正的姐弟。

最后一张是多米尼克身着海军粗布制服的照片。多米尼克歪戴着水手帽，侧削上贴的头发从帽子边缘显露出来。他双手抱着腰，身后是平整的绿色农田。照片里的景色在博斯看来不像是越南的，多米尼克的笑有点漫不经心，像是没有参加过战争的天真笑容。博斯觉得这应该是在入伍后进行基本军事训练时拍的。

"我喜欢这张照片，"奥利维娅说，"很有多米尼克的特点。"

"他是在哪儿进行基本训练的？"博斯问。

"他属于圣迭戈区域，先在巴尔博亚的一所军医学校进行医务培训，然后前往彭德尔顿营地进行战斗训练和野外医疗救护。"

"你去见过他吗？"

"就去过一次，我们一起参加了他的医务培训结业典礼。那是我最后一次见他。"

博斯低头看着照片。他注意到照片里有些不寻常的地方，连忙凑过去细看。多米尼克的衬衫因为手洗和拧干显得非常皱，上面的字很难辨认，但衬衫口袋上方印着的名字却像是"刘易斯"，不是圣阿内洛。

"衬衫上的名字是——"

"是刘易斯。所以他会笑得如此开怀。多米尼克有个朋友名叫刘易斯，刘易斯没通过游泳测试，于是考试时两人互换了衬衫。两人穿的一样，发型也一样，只能通过衬衫上印着的名字区分他们。考官在游泳测试时只按衬衫上印着的名字区分学员。刘易斯不知道怎么游泳，因此多米尼克穿着他的衬衫去了游泳池。他用刘易斯的名字报到，帮刘易斯通过了测试。"

奥利维娅笑了。博斯点点头也笑了。身为海军却不会游泳，这种事在军队里并不常有。

"多米尼克为何要去参军？"他问，"为何加入海军？为何要成为一名海军医务兵？"

刘易斯这件事带给奥利维娅的笑容消失了。

"哦，我的老天，他真是犯了个无法挽回的错，"奥利维娅说，"他年少无知，并为此付出了生命的代价。"

奥利维娅说，多米尼克高三那年的一月正好十八岁，和同班同学相比，他的年纪比较大了。那时打仗非常缺人，他便报名服义务兵役，并进行入伍前的身体训练。五个月后高中毕业时，他拿到了征兵卡，并被评定为 1A 等级。这意味着他入伍达标，很可能会被送到东南亚。

"当时抽签征兵法还没有颁布，"她说，"那时年纪大些的人先被送去参军，高中毕业的他年纪相对来说已经算大了。他知道自己会被征兵——这只是个时间问题，因此他索性自愿入伍，可以选择进入海军。暑假时他在怀尼米港的海军基地打过工，很喜欢那里的海军，他觉得他们很酷。"

"他不准备去念大学吗？"博斯问，"上大学可以推迟入伍，越南战争一九六九年时平息过一阵。当时尼克松裁减了预备兵员。"

奥利维娅摇了摇头。

"不，他没想去上大学。他很聪明，但就是不喜欢上学。他没学习的耐心。他喜欢看电影、运动和拍照。我觉得他这也是在为家里着想。爸爸是个卖冰箱的推销员，家里没钱让他上大学。"

最后这句话——没钱上大学——回荡在博斯心头。如果惠特尼·万斯勇于承担责任，为养育儿子付钱，他的儿子压根不会去越南。博斯试着摆脱这些想法，重新专注到对奥利维娅的询问上。

"他想当医务兵——这么说他想学医吗？"博斯问。

"那是另一码事了，"奥利维娅说，"入伍时多米尼克可以任意选择兵种。他很犹豫。多米尼克有自己的小算盘。他想接近战场，但不想离得太近。征兵的人给他很多岗位让他选，他说他想当战地记者、战地摄影师或是野战医务兵。他觉得这样能让他接近战场，却不用直接杀敌。"

博斯知道越南战场上有许多这种类型的人。他们想亲历战斗，却又不愿真正打仗。大多数这种犹犹豫豫的人都只有十九或二十岁。这个年龄的人想探索自己是谁，自己又能做些什么。

"于是他们让他做医务兵，并让他接受了相关的训练，"奥利维娅说，"他的第一次海外任务是在一条医务船上，但那只是稍稍涉猎下而已。他在那儿待了三四个月，接着他们派他和海军陆战队一起作战……之后的事情你应该已经知道了，搭载他的直升机被炮火打下来了。"

奥利维娅以陈述事实的语气结束了诉说。那已经是五十年前的事，奥利维娅讲述、思考这件事大概都已经有好几百遍了。现在，这已是圣阿内洛家家史的一部分，她已能平静地对待这一切了。

"太让人伤心了，"她说，"他在那儿只待了几周。牺牲前他写信来，说圣诞节会回家，但他失约了。"

奥利维娅的声音变得忧郁起来，博斯觉得自己也许结论下得太快，奥利维娅仍然被丧亲之痛折磨着。问出下一个问题之前，博斯又喝了口冰茶。

"你刚才提到，他在战场上的一些东西被寄了过来。这些东西都被收进阁楼了吗？"

奥利维娅点了点头。

"有几个盒子。尼克寄东西回来是因为他就要出国了。他的东西寄回来没多久，军方就把他的小手提箱寄回来了。我爸妈把两次寄回来的东西都保留下来，我把它们放上了阁楼。老实说，我不想看那些东西，它们只能给我带来糟糕的回忆。"

尽管奥利维娅对弟弟的战争遗物感觉很不好，但博斯因可能从里面找到些线索感到兴奋。

"奥利维娅，"博斯说，"我能上阁楼去看看那些遗物吗？"

奥利维娅紧绷起脸，像是这个问题越界了似的。

"为什么要看？"

博斯倾身向前，他知道必须表现得足够真诚。他需要上阁楼看看。

"也许这能帮到我。我正在寻找能把他和雇我的人联系起来的线索。"

"你是说那么久远的东西上还会有 DNA 吗？"

"这是有可能的。你弟弟那个年龄的时候我也在越南。正如我在墓地时对你说的那样，我甚至上过那条医务船，也许和他同一时间都在那条船上。看看他的东西肯定能帮到我。不光是对这次调查，对我本人来说也是一样。"

奥利维娅在回答前思考了一会儿。

"好吧，但我要跟你声明一点，"她说，"我不会上阁楼。梯子很晃，我怕我会从梯子上掉下来。你想上去就上去，但只是你一个人上去。"

"这样就好，"博斯说，"奥利维娅，谢谢你。"

他喝完冰茶站起身。

15

　　奥利维娅的话没错，梯子的确很晃。是个折叠梯，连接着二楼楼梯口镶嵌在天花板中的阁楼下拉门。博斯不是个大块头，大家一直说他是个瘦长体格的人。但在他爬上木梯后，梯子却咯吱咯吱地直响，博斯担心折叠处的螺栓会突然脱落，害他摔在地上。奥利维娅在梯子下面站着，紧张地看着他。登了四步以后，他伸手抓住天花板的网格，有惊无险地找到了平衡点。

　　"那里应该有根灯的拉线。"奥利维娅说。

　　博斯顺利地到达梯子顶端，他在黑暗中挥动着手，找到灯的拉线。灯亮以后，他望向四周，确定自己的方位。奥利维娅在下面朝他嚷。

　　"我好几年没上阁楼了，但我想他的东西应该在后方靠右的角落。"

　　博斯朝那个方向走去。阁楼深处依然很暗。他从后面的口袋里拿出奥利维娅要他带上的手电筒。他把手电筒指向屋顶垂直下降的阁楼右后角，立刻发现了熟悉的军用手提箱。他必须猫下腰才能到那儿，但还是无可避免地撞上了一根木椽。他只得伏下身子爬向手提箱。

　　手提箱上面放着个纸箱。博斯把手电筒照在纸箱上，发现这就是奥利维娅先前提过的那只多米尼克从岘港寄回家的纸箱。多米尼克·圣阿内洛既是这只纸箱的收件人，又是这只纸箱的寄件人。寄件人地址是岘港的第一医疗营。箱子上的胶带泛黄剥落，但看得出纸箱在放上阁楼前被打开又重新封上了。博斯把纸箱从手提箱上抬起来，放在一边。

手提箱是个漆成灰绿色的胶合板箱，灰绿色的漆已经掉得差不多了，胶合板上的纹理隐约可见。顶端的木板上印着一行褪色的黑字。

多米尼克·圣阿内洛　HM3

博斯轻易地解开了这行密码。在部队里"HM3"代表三级医务兵。这意味着多米尼克是三级海军士官。

博斯从口袋里掏出橡胶手套，在翻看两个箱子之前先把手套戴上。手提箱上只有一个没有扣的搭扣。他打开手提箱，用手电筒照着箱子里的东西。一股泥土味立刻充满了博斯的鼻腔，他想到了在越南钻过的地道。这只胶合板做的手提箱让他回想起越南。

"你找到了吗？"奥利维娅喊。

回答前博斯先定了定神。

"找到了，"他说，"都在这儿，我会在上面待一会儿。"

"那就好，"她回复道，"想要什么东西的话叫我。我先下楼去趟洗衣房。"

手提箱最上方整齐地放着一摞叠好的衣服。博斯小心翼翼地拿起每件衣服，检查完以后放到旁边的纸箱上。博斯在部队服过役，知道后勤部门的章程，在阵亡士兵的遗物被送到悲痛欲绝的家人手里之前，为了不让家人难堪或徒增伤感，它们首先会被消毒和分拣。所有登着裸体女郎照片的杂志和书籍，所有越南和菲律宾女孩的照片，任何毒品和吸毒器具，透露军队移动、任务策略甚至战争罪行的个人日志都会被拿走。

留下的就只剩衣物和一些随身物品了。博斯从手提箱里拿出几件军服——都是绿色的野战服——还有些内衣和袜子。手提箱最下面是堆六十年代末的流行小说——包括博斯记得自己手提箱里也放着的那本赫尔曼·黑塞的《荒原狼》。手提箱里还有一整条好彩烟和一只带着美国海军菲律宾奥隆阿波苏比克湾海军基地人字鳄徽章的之宝打火机。

手提箱里有沓用橡皮筋捆起来的信。博斯正想拿起这沓信，橡皮筋突然断了。他看着散落的信，都是家里人写的，寄信人地址都是博斯现在所在的这个家。大多数信是奥利维娅写的。

博斯觉得没必要介入这种个人联络。他猜测信件里大多包含着鼓励，多米尼克挚爱的家人们祈祷他能安全顺利地从战场归来。

手提箱里有个皮制的拉链盥洗包，博斯小心翼翼地把盥洗包取出。他要找的就是这个。他打开拉链，把包口敞开，然后把手电筒照进去。包里放着常用的盥洗用品：剃须刀、刮脸粉、牙刷、牙膏、指甲钳、刷子和梳子。

博斯没有从盥洗包里拿东西，他想把这项工作留给 DNA 实验室去做。盥洗包里的东西年代久远，博斯担心拿它们出来会遗失包里原先附着的毛囊、皮肤组织或血渍。

博斯把手电筒换一个角度，发现刷子的刚毛里混有几根头发。每根都有一寸来长，他猜想多米尼克进入丛林以后，也像大多数战士那样留起了长发。

博斯接着把手电筒照向用皮扣扣着的小袋子里放着的一把老式双面剃须刀。剃须刀看上去很干净，但博斯只能看见其中的一面刀锋。他知道剃须刀上如果能找到血迹那就太棒了。往脸上轻轻一割就会渗出血，刀上有血的话，就能鉴定出他想要的 DNA 了。

博斯不清楚在过了差不多五十年后，实验室能否从头发、牙刷干结的唾液或双面剃须刀留下的胡须中分离出 DNA，但他知道血液一定能行。在洛杉矶警察局悬案组时，他办过类似的久远案子，从血液里提取出的 DNA 证据为案件提供了铁证。兴许盥洗包里的小袋子能给他带来好运呢！他会把盥洗包完好无虞地交到米基·哈勒推荐的一处实验室。只要奥利维娅能把盥洗包借他用一下。

把拉链拉上以后，博斯把盥洗包放在右边的木头地板上。他把想让奥利维娅允许他带走的东西都放在一起。接着他把注意力集中在看上去已经空了的手提箱上面，用手电筒和手指查看下面有没有夹层。他从当兵时的经验知道，有些士兵会把没用过的手提箱的底板取出，把底板放在自己的箱子里，构建出一个秘密的夹层，他们常在夹层下面藏上毒品、未经授权的武器和《花花公子》杂志。

手提箱里没有可以移动的木板。多米尼克没有在手提箱里藏东西。博斯觉得这个手提箱有点怪，箱子里没有照片，也没有除了家人以外的信件。

博斯小心地把东西装回箱子，然后放下盖子。之后，手电灯光像是照到了什么东西。他认真地查看盖子内侧，把手电筒斜照在盖子的一面，发现内侧木头上有几行污点。博斯意识到这很可能是扯下胶带时上面的黏合剂留下的。多米尼克一定在盖子内侧粘过什么东西——多半是照片。

这种情况并不少见。士兵常常把手提箱当高中时的储物柜用。博斯回想起许多士兵曾把女友、妻子和孩子的照片贴在手提箱里。有时他们也会贴上孩子们寄来的画和杂志的中间插页。

博斯不知道手提箱里粘着的东西是多米尼克自己拿下来的，还是海军处理阵亡士兵遗物时拿掉的，但他对多米尼克自己寄回家的那个箱子更感兴趣了。他打开多米尼克寄回家的纸箱，拿手电筒照在上面。

纸箱里放的显然是对多米尼克相当重要、希望能在服役临近结束时寄到奥克斯纳德的东西。顶上放着两套折叠好的便服——多米尼克在越南不允许穿的非军队服装——包括牛仔裤、斜纹裤、带领子的衬衣和黑袜子。衣服下面是双匡威鞋和一双闪亮的黑靴子。尽管士兵不允许穿便服，但拥有便服却很普遍。执行完任务回家和到外国城市出差时，如果身上穿着军装，就很可能会和反战的普通市民发生冲突。

但博斯知道拥有便服还有另一个目的。在一年的值勤任务中，每位士兵每六个月有一周的假，每九个月有次备用假期——备用假期得等飞回去的班机上有空位才能享用。军方规定了五个休假目的地，但没一个在美国本土，回国是不被允许的。但带便服的士兵可以在火奴鲁鲁的机场换衣服，然后回到机场登上前往洛杉矶或旧金山的航班——只要能躲过在机场监视的宪兵就行。上前线以后留一头长发对偷跑回国也有好处，多米尼克也许正是为了这个才留的长发。没有胡楂，留着平头的话，即使穿着便服也可能被宪兵认出来。拥有一头长发就不用太担心了。

博斯在部队服役的时候就偷跑回国两次，一九六九年回到洛杉矶和女朋友一起待了五天。六个月之后，尽管和女朋友已经吹了，但他还是回了一次国。多米尼克是在去越南十一个月后阵亡的，这意味着他至少有一次休假，甚至可能有两次。兴许他还偷跑回过加利福尼亚。

博斯在衣服下面找到一个小型盒式磁带录音机和一个照相机，录音机和照相机都放在原包装的盒子里，盒子上还留有岘港军中服务社的价格标签。旁边工工整整地摆放着两排磁带。纸箱里也有条好彩烟和一只之宝打火机，这只打火机已经用过了，打火机上刻着个海军医务兵的臂章。纸箱里有本皱了的托尔金的《指环王》，还有多米尼克在海军服役的不同地方买的串珠项链等纪念品。

看着这些物品，博斯产生了似曾相识的感觉。在越南他也读过托尔金的小说。老兵们很喜欢这部小说，这部有关另一个世界的狂想曲使他们脱离现实，暂时忘记了置身战场的事实。博斯看着塑料磁带上的乐队名和歌手名，想起自己在越南也听过同样的音乐：亨德里克斯、奶油乐队、滚石乐队、忧郁蓝调乐队，等等。

熟悉的音乐令他想起在东南亚的经历以及在那儿的所见所闻。岘港白象码头卖项链的女孩们也卖大麻，她们卖的都是十包装的，能完美地装在香烟盒里，便于在丛林里携带。如果你想多带一点，买个可乐罐假装封好盖就行。抽大麻的现象很普遍，士兵们都这样想："已经被送到越南了，即便抽大麻被抓又能怎么样呢？"

博斯打开那条好彩烟，拿出其中一包。和他猜测的一样，里面放着十支用保鲜的铝箔精心卷好的大麻，他想其他几包必定也是一样。多米尼克一定在服役时养成了抽大麻的习惯，希望在回家以后还能有充足的存货。

博斯觉得这很有趣，因为这让博斯想起了在越南时的记忆，但他在纸箱里没有立马找到能进一步证实惠特尼·万斯是多米尼克·圣阿内洛父亲的证据。这是他上阁楼的目的——证实惠特尼是多米尼克的父亲。如果要向惠特尼报告他的血脉断在西宁省一次直升机坠毁事故中，就必须确保告诉老人的一定是事实。

他把那包烟重新装回盒子里后放在身旁，然后接连拿出放着照相机和录音机的盒子。博斯正琢磨照相机拍下的照片会在哪里时，突然发现纸箱底部放着一些照片和一个放有几卷底片的信封。大概是几十年没见光的缘故吧，这些照片都保存得不错。

他把两排磁带从箱子里取出，想拿到那些照片。他怀疑多米尼克故意把照片藏在底下，生怕家人在他回家前会把箱子打开。博斯把照片摞在一起，然后从箱子里取出。

总共有四十二张，这些照片反映了他在越南的全部经历。其中有丛林的照片，有白象码头上越南女孩的照片，有博斯认出是"避难所"号医务船上的照片。颇为讽刺的是，其中竟然还有在直升机上飞越丛林和似乎无边无际的稻田时拍下的照片。

博斯既没按时间顺序，也没按主题把照片摞在一起。这些纷乱的照片再次让他备感亲切。但看到三张几百名伤兵簇拥在"避难所"号上甲板，观看圣诞夜船上鲍勃·霍普和科妮·斯蒂文斯的演出时，他的心情突然沉重起来。在第一张照片中，鲍勃和科妮肩并肩站着，科妮像是在唱歌似的张着嘴，前排士兵的目光都很专注。第二张照片拍的是站在船首的众士兵，海的另一边似乎看得见岘港的猴山。最后一张是演出最后霍普和向他们起立致意的观众道别的情景。

博斯当时就在演出现场。一九六九年十二月，在地道里被竹枪伤了以后，博斯在"避难所"号上疗了四周伤。枪伤很快治好了，但枪伤引起的感染却迟迟未愈。在医务船上治疗期间，他本已瘦削的身体掉了二十磅体重，但在当月的最后一周，他恢复了健康，在圣诞节之后的那天可以回到服役岗位上去了。

霍普和他的剧团准备在战地演出好几周。和船上所有人一样，博斯一直期待着这位传奇巨星和他的嘉宾——著名歌手和演员科妮·斯蒂文斯——的到来。博斯从电视节目《夏威夷之眼》和《日落大道七十七号》里认识了科妮。

可在圣诞前夜，南中国海上起了狂风，海面上波涛汹涌，"避难所"号在海面上四下颠簸。当载着霍普、他的剧团成员及乐队的直升机快要在扇形船艉上降落的时候，船上的人们开始聚集在上层甲板上。临降落时，飞行员们却觉得降落在如此动荡的船上实在太危险了。"避难所"号建造时直升机甚至都还没发明呢！从空中看，船艉的那块小停机坪像张不断移动的邮票。

船上的人们看着直升机掉头飞回岘港。人群中发出一连串呻吟声。人们缓缓走下甲板，朝各自的舱房走去，这时有人望向岘港的方向大声喊："别急着走——他们又回来了！"

他只说对了一部分。四架直升机中只有一架掉头朝"避难所"号飞来。三次艰难的尝试过后，飞行员终于把直升机降落在停机坪上。滑动门打开后，鲍勃·霍普、科妮·斯蒂文斯、尼尔·阿姆斯特朗和一个叫昆汀·麦金齐的萨克斯管乐手从飞机上走了下来。

博斯在近五十年后想起回到甲板上的人群发出的声浪时，脊背仍然有一阵触电般的震动。载着伴奏乐队和伴唱歌手的直升机都飞走了，但霍普和同伴却让飞行员掉头登船。尼尔·阿姆斯特朗刚在五个月前成功登月，让一架直升机降落在医务船上又会有多难呢？

阿姆斯特朗为众官兵鼓气，昆汀·麦金齐独奏了一段萨克斯管音乐。霍普说了些小笑话，科妮用动人的歌喉演绎了朱迪·柯林斯的名曲《一体两面》。博斯记得那是服兵役时经历的最棒的一天。

多年以后，博斯作为洛杉矶警察局的警察被集结到舒伯特剧院为音乐剧《妈妈咪呀》的西海岸首演做便衣保卫工作。许多要人都会来观看首演，剧院请警方出马加强警卫。博斯站在大厅前方，目光在一张张脸和一双双手上游移，突然，他看见了科妮·斯蒂文斯的身影。博斯像个跟踪狂似的在人群中悄然向科妮走去。他从腰带里掏出警徽，握在手掌心，以备需要时出示，自己好过去并追上她。他没费多大工夫就走到科妮跟前，瞅准她没跟人说话的时候上前打了个招呼："您是斯蒂文斯女士吗？"

科妮看着他，博斯试着把两人的渊源告诉她。他想说，鲍勃、她和一些其他人让飞行员掉头那天，他正好也在"避难所"号医务船上。博斯想告诉科妮她当时的举动意味着什么，但他的喉咙似乎被什么堵住了，很难说出话来。他只能艰难地吐出几个字眼："一九六九年的圣诞前夜，医务船。"

科妮看了他一会儿，突然间明白过来。抱住他搂了搂。科妮在他耳边轻声说："'避难所'号医务船是吗？你终于回家啦！"

博斯点点头，两人分开了。他不假思索地把警徽放进科妮手里。接着他就离开了，回到人群中执行安保工作。因为没戴警徽，连续几周他都要受好莱坞分局其他警官的白眼，之后他向上面汇报了遗失警徽的事。但他一直把在舒伯特剧院遇到科妮当作警察生涯中的巅峰时刻。

"在阁楼上找得顺利吗？"

博斯从回忆中惊醒，发现自己仍然在看着人群在"避难所"号上层甲板狂欢的那张照片。

"很顺利，"他说，"差不多快找完了。"

他重新审视着这张照片。他知道自己在人群中的哪个方位，却找不到自己的脸。他再次翻看着多米尼克的这些照片，知道从里面找不到多米尼克的身影，因为他正是拍这些照片的人。

最后，博斯看着一次夜间战役时拍的延时照片，照片中猴山的轮廓在磷弹的白色光芒中若隐若现。他记得人们会列队站在"避难所"号的甲板上，观看山顶因通信集线器频受干扰而造成的五光十色的盛景。

博斯认为多米尼克是个很有天赋的摄影师，如果没有牺牲，或许能当上职业摄影师。这些照片他完全能看上一整天，但此时他却把照片放在一边，结束了对牺牲战士个人物品的搜索。

他接着打开了放着多米尼克照相机的红色盒子。这是部徕卡 M4 型照相机，一部可以放入工装裤大腿口袋的袖珍相机。机身是黑的，可以减少在丛林里发生反射的情况。博斯想看看盒子里有无放其他东西，却只找到了一份操作说明。

　　博斯知道徕卡相机很贵，认为多米尼克对拍照是认真的。可纸盒里却没几张冲好的照片。他看了看信封里的底片，发觉底片远比冲好的照片要多。看来多米尼克在越南没有足够的钱或渠道冲印底片。或许想等回美国再把底片冲印出来。

　　最后，博斯把相机后盖打开，想知道多米尼克有没有利用相机内部的空间偷运更多的毒品。但卷轴上只有一卷拍过的胶卷。起先他以为这是卷未曝光的胶卷，但展开后，他发现这是卷冲印好的底片，卷起来藏在照相机里。

　　由于时间久了，底片很容易破碎，展开的底片在他手里咔嗒咔嗒地撕裂了。他拿着碎裂的三张底片对准手电筒灯光，发现这些底片拍的是同一个女人，女人的背后像是有座山。

　　女人手里还抱着个孩子。

16

　　早上，博斯开车去伯班克，把车开进机场和瓦尔哈拉纪念公园附近的一个商业区。在离公墓几个街区远的地方，他把车开进"闪点图像"前的停车场。他事先打了电话，对方知道他要来。

　　"闪点图像"是家为公告牌、各类建筑、公交车和其他广告载体提供大幅图片设计和制作服务的大型公司。你每天都能在洛杉矶和洛杉矶之外的各处看见"闪点图像"的作品，日落大道的每一处都有"闪点图像"的影子。"闪点图像"的经营者名叫盖伊·克劳迪，以前是洛杉矶警察局法医处的一位摄影师。二十世纪八十年代和九十年代，博斯和克劳迪一起出过几次犯罪现场，之后克劳迪就离开警察局经营自己的图片生意去了。这些年两人一直保持着联系。每个赛季两人会一起看一到两场纽约道奇队 [1] 的比赛。博斯一早打电话给克劳迪想让他帮个忙，克劳迪让他尽管来。

　　克劳迪穿着牛仔裤和汤美·巴哈马衬衫，在不起眼的接待区迎向博斯——"闪点图像"没有预约，领他走到一间稍为富丽但绝不奢华的办公室，办公室

---

[1] 纽约的一支职业棒球队。

墙上的镜框里挂着道奇队辉煌时代拍摄的照片。不用问便可以知道这是克劳迪在短暂的随队摄影师生涯中拍下的。在其中的一张中，投手费尔南多·巴伦苏埃拉正在投球区欢呼雀跃。照片中的费尔南多戴着眼镜——应该是在投手生涯末期拍摄的。博斯指着这张照片。

"这一局对方没有打出安打，"他说，"一九九〇年对红雀队那场。"

"没错，"克劳迪说，"美好的回忆。"

"我记得那时我在回声公园的白山上执行监视任务。我和弗兰基·希恩负责监视——你还记得玩偶工匠那个案子吗？"

"当然记得，"克劳迪说，"你逮住了那家伙。"

"是的，那天晚上我们在白山上监视另一个家伙，能从白山上看到体育馆，听见文尼大喊了一句'无安打'。周围住宅所有打开的窗户里都传出实况直播的声音。我想结束监视，到体育场观看最后一局。我们完全可以亮出警徽混到体育场里去看。但最终我们还是听着文尼的实况播报继续监视。我记得那场比赛似乎是以一个双杀结束的。"

"是的，完全没料到会有一记双杀——格雷罗打得很完美。我差点因为装胶卷错过了。伙计，没有文尼我们该怎么办啊？"

克劳迪是说文尼·斯库利已经退休了。从五十年代开始，这位资深的现场解说员就一直在为道奇队摇旗呐喊——从那支队还叫布鲁克林道奇队时就开始现场解说了，创造了一段不可思议的传奇历史。

"我不太清楚，也许从布鲁克林道奇队那个年月就开始了吧。他代表这座城市的声音。没有他，一切都不一样了。"

两人阴郁地坐在一张桌子的两边，博斯试着改变话题。

"你这地方可真够大的，"他为朋友的生意做得如此之大而动容，"我原先一点都不知道呢！"

"这里有四千平方英尺——和百思买[1]一样大，"克劳迪说，"但我们还需

---

[1] 一家美国大型跨国公司。

要更多空间。你知道吗？我很怀念办案的时候。如果你是为案子的事找我就好了。"

博斯笑了。

"我的确有个谜团需要解开，但不知道里面有没有犯罪的因素。"

"解谜也不错。我很愿意和你一起解开谜团。说说是什么谜题。"

博斯把从车上带下来的信封交给他，里面放着拍下女人和孩子的那几张底片。他把这些底片给奥利维娅·麦克唐纳看过，但奥利维娅不知道这对母子是谁。奥利维娅和博斯一样很想解开这个谜，因此让他把信封连同盥洗包一起带走了。

"我在调查一起私人案子，"博斯说，"发现了这些近五十年前的底片。它们被放在一个没有空调和暖气的阁楼上，而且被损坏了——找到的时候它们在我手上裂开了。我想知道你能处理一下吗？"

克劳迪打开信封，把里面的东西倒在书桌上。他凑近身体，目光直直地看着破碎的底片。

"其中有几张像是拍了个站在山前的女人，"博斯说，"我对这些底片都很感兴趣，但最感兴趣的是那几张。我想应该是在越南的什么地方拍的。"

"除了裂纹，你还留了些手印在上面。这是富士胶卷。"

"意味着什么？"

"意味着胶卷的耐久度很高。里面的女人是谁？"

"我不知道。这就是我为何想见到这个女人和她抱着的孩子。"

克劳迪说："我想我能处理这些底片，实验室里的伙计们就行。我们可以重新冲洗，重新干燥，然后冲印出来。我在底片上还看到了些指纹，经过这么长时间以后，兴许很难被处理掉。"

博斯想了想。他觉得这卷底片多半是多米尼克拍下的，和他的照相机及其他底片放在一起。有谁会把一卷冲好的底片寄给在越南打仗的士兵。但如果谁对底片的出处提出质疑，这些指纹也许就能派上用场了。

"你是什么时候拿到的。"

"昨天。"

克劳迪笑了。

"快马加鞭的哈里 [1]，"他说，"你真是名副其实啊！"

博斯笑着点点头。克劳迪离开警察局以后，再没有人这么叫过他。

"给我一小时，"克劳迪说，"你可以去休息室喝杯雀巢咖啡。"

"我可不想干坐着。"博斯说。

"那就去墓地走走。那样更符合你的秉性。一小时就好。"

"那就一小时。"

博斯站起身。

"帮我向奥利弗·哈代 [2] 致意，"克劳迪说，"他就埋在那里。"

"没问题。"博斯说。

博斯离开"闪点图像"，走下瓦哈拉车道。进入墓园走到一座大纪念碑旁时，他突然想起对惠特尼·万斯进行调查时曾发现他父亲就葬在这里。墓园离加州理工大学很近，与鲍勃·霍普机场的飞机跑道毗邻，是众多航空业先驱、航空器设计者、飞行员和杂耍飞行师的埋葬之地。其中一些人被埋葬在一根名为"折翼圣殿"的高大圆顶石柱下面，一些被埋在石柱周围的墓地里。博斯在石柱下的砖地上发现了纳尔逊·万斯的纪念牌。

纳尔逊·万斯

颇有远见的航空业先锋

美国空军的最早倡导者，由于他的远见和领导力，

美国空军在战时与和平时期均独领风骚

博斯发现纪念碑旁边留有一块土葬的空地，心想这也许是留给惠特尼·万

[1] 此处原文为 Hurry-Up-Harry，是读音相同的双关语。

[2] 美国著名滑稽演员，和斯坦·劳雷尔组成滑稽表演二人组。

斯的最后归宿。

博斯离开石柱，走到一块为两次航空飞机坠毁事故中遇难宇航员竖立的纪念碑前。他望向绿色草坪的另一头，看见一处喷泉旁边一场葬礼正要开始。他不愿融入悲伤的氛围，决定不再深入墓地，在找到斯坦·劳雷尔和奥利弗·哈代的墓之前返回"闪点图像"。

博斯回到"闪点图像"时，克劳迪已经处理完了底片。博斯被带入实验室的干燥间，九张八厘米乘十厘米的黑白照片钉在干燥间的塑料板上。照片上仍然带着显影液，一个技师用橡胶刮刷刚刚刮完多余的显影液。有几张显出了外部轮廓，还在一些显出了克劳迪提醒过的指纹。几张照片因为底片见了光而完全毁了，另一些因为底片受了不同程度的损伤而模糊不清。但其中有三张至少是九成清晰的。其中一张便是那张有女人和孩子的照片。

看到照片以后，博斯马上意识到自己错了，女人并没有站在越南的哪座山前。照片里没有山，拍摄地也不是越南。女人身后是圣迭戈科罗纳多酒店的屋顶，确定拍摄地点以后，博斯便开始仔细打量着女人和孩子。女人是个拉丁裔，博斯看见孩子头上戴着根缎带，是个只有一两个月大的女婴。

女人张开着嘴，开怀地笑着，显然非常快乐。博斯看着她的眼睛和眼神里透出的喜悦光芒。双眼里还包含着爱，她爱着她的孩子，爱着照相机后面的那个人。

其他照片是在酒店后面的海滩上拍的。有那个拉丁裔女人的照片，有女婴的照片，还有波光粼粼的海浪的照片。

"对你有帮助吗？"克劳迪问。

他站在博斯身后，没有影响博斯观察这些照片。

"我想会很有帮助。"博斯说。

博斯通盘考虑着这整件事。看得出来，底片上的人对多米尼克·圣阿内洛来说相当重要，所以他才会在寄回家的纸箱中把底片藏起来。问题是他为什么要藏。底片上的女婴是他的女儿吗？他是否有个不为奥克斯纳德家族所知的秘密家庭？如果有，他为何要保密呢？博斯仔细看着照片上的这个女人，她看上去应该在二十五岁到三十岁之间。多米尼克当年应该还不满二十岁。是否因为对方年长他才没把这段关系告诉父母和姐姐？

另一个问题是照片的拍摄地。照片拍摄于科罗纳多酒店所在地或附近的海滩。那是什么时候的事？一卷明显在美国拍摄的底片为何与从越南寄回家的东西放在一起？

博斯再次看着这些照片，想着从中找到可以确定拍摄时间的线索，但什么都没有找到。

"无论从哪方面来说，这家伙都很棒，"克劳迪说，"拍摄的视角很不错。"

博斯也觉得多米尼克是个相当优秀的摄影师。

"他死了吗？"克劳迪问。

"是的，"博斯说，"没能从越南回来。"

"太糟糕了。"

"是的。我见过他的其他照片，一些是在丛林里拍的，一些是在执行任务时拍的。"

"真想亲眼看看。兴许我们还能对那些照片做一番处理呢！"

博斯点点头，但仍然专注在眼前的这些照片上。

"你能确定这些照片是什么时候拍的吗？"他问克劳迪。

"底片上没有时间戳，"克劳迪说，"那时候应该还没发明时间戳。"

博斯预料到会是那样。

"但我可以告诉你胶卷的生产时间，"克劳迪说，"能把时间范围缩小到三个月。富士工厂按生产周期给胶卷编码。"

博斯转身看着克劳迪。

"快说。"

克劳迪走到一张由破裂的胶卷冲印出的照片前，他们把底片的边缘做进了照片。克劳迪指着边缘上的一系列字母和数字给博斯看。

"他们按照年份和三个月的生产周期标注胶卷。你看，就在这里。"

他指着底片边缘的一段编码：70-AJ。

"这卷胶卷生产于一九七〇年的四月到六月之间。"他说。

博斯思考着这段时间所代表的含义。

"胶卷可能在生产之后的任何时间使用，对不对？"博斯问。

"是的，"克劳迪说，"底片边缘只标注生产时间，没有在照相机里使用的时间。"

如果是这样，就有点说不通了。胶卷在一九七〇年四月生产出来了，摄影者多米尼克·圣阿内洛牺牲于一九七〇年十二月。他必定是在其间的八个月里买到并使用了这卷胶卷，而且把胶卷和他的其他个人物品寄回了家。

"你知道这是在什么地方，对吗？"克劳迪问。

"是的，在科罗纳多酒店，"博斯说。

"看来变化不大。"

"是的。"

博斯再次看着母亲和孩子，突然间似有所悟。他明白这是怎么回事了。

多米尼克·圣阿内洛一九六九年在圣迭戈接受过战前培训，但在次年的年初就已经被送到了海外。博斯看着的这张照片最早是在一九七〇年六月之后拍下的，那时多米尼克已经到了越南。

"他回来过。"博斯说。

"你说什么？"克劳迪问。

博斯没有回答克劳迪的话。他正沉浸在思索着。各种线索一涌而出，汇聚成流。盒子里的便服、梳子上的长发、手提箱盖内侧拿掉的照片，以及被多米尼克藏起来的女婴在海滩上拍下的那些照片。多米尼克违犯军规，偷偷跑回了美国。把底片藏起来是因为那是他违犯军规的铁证。他冒着上军事法庭被关进监狱的风险回国见他的女朋友。

和他刚出生的女儿。

现在博斯可以确定，惠特尼在世上留有血脉。一九七〇年出生的一个女孩。博斯相信惠特尼还有个孙女。

17

克劳迪把所有照片放进硬纸夹，避免造成弯曲或损坏。回到车上以后，博斯打开纸夹，又一次看着女人和婴儿的照片。他知道自己的推测还需要经过多方面的验证，有些也许永远验证不了。纸夹里照片的底片藏在多米尼克的相机里，但这并不意味着这些照片都是他本人拍的。别人可能替他拍了这些照片，再把底片寄给他。他知道这是个不容忽视的可能性，本能却告诉他这种可能性基本上是不存在的。照相机里发现的底片和其他照片的底片都是多米尼克拍的。在他看来，女人和婴儿的照片肯定是多米尼克拍下的。

推测中另一个问题是，多米尼克为何把恋爱和当父亲的事情瞒着家人，尤其是他的姐姐。博斯知道，家庭的内部关系和指纹一样独特，他得多次拜访奥利维娅才能弄清楚圣阿内洛家的关系是怎样的。他觉得眼下最好还是花时间去证实多米尼克是不是惠特尼·万斯之子，多米尼克本人又有没有生养过后代——需要验证科罗纳多酒店出现的女婴究竟是不是多米尼克的女儿。家庭关系方面的问题即便要厘清，也可以往后推推。

他合上硬纸夹，重新用橡皮筋捆上。

开车前，博斯拿出手机，打电话给国家人事档案中心的加里·麦金太尔。

之前一天，奥利维娅写了封邮件给麦金太尔，同意让博斯接收和查阅弟弟在军队的服役记录。博斯打电话是想知道麦金太尔进展如何了。

"刚把所有文件整理在一起，"麦金太尔说，"文件很大，邮件发送不了。我会把文件放在下载站点上，把下载密码告诉你。"

博斯不知道何时才能有能下载文件的电脑终端，也不知道自己能不能搞定下载。

"很好，"他说，"但我现在正开车去圣迭戈，不知何时才能看到那些文件。我很想知道他在受训时到底经历了什么——这是我眼下调查的着眼点。"

博斯想借此试探一下麦金太尔。他知道麦金太尔这样的人得处理一大堆来自全国各地的文件查阅请求，得马上去处理另一宗请求。但博斯希望四十六年前牺牲的美军士兵足以激起麦金太尔的好奇心，能说服他至少回答关于照片的一些问题。国家海军犯罪调查局的调查员平时多半在忙着调取海湾战争老兵吸毒、酗酒或被关进精神病病房的档案。

麦金太尔过了一会儿才答上话来。

"只要不介意我吃刚送来的肉丸三明治的声音就行，我可以浏览一下这些文件，答上几个问题。"

博斯拿出笔记本。

"太好了。"他说。

"你要找什么？"麦金太尔问。

"为了让我正确理解，你能否先向我简要介绍一下他的派驻经历。就是什么时候驻扎在哪儿。"

"没问题。"

麦金太尔一边咀嚼三明治，一边阅读多米尼克的部队派驻经历。博斯把多米尼克在部队的简历记在笔记本上。一九六九年六月，多米尼克被派到圣迭戈海军训练中心的一个新兵营。训练结束时他接到被派往巴尔博亚海军医院所属的军医学校的命令，接着他又去欧申赛德彭德尔顿营地的战地医疗学校受训。十二月，他受命去越南，被分配在"避难所"号医务船上。上船四个月后，他接到临时指令，前往西宁省的第一医疗营，并在那儿随海军陆战队的侦察兵进入丛林。在行动中牺牲之前，他在第一医疗营共待了七个月。

博斯想到在奥利维娅·麦克唐纳家阁楼上找到的多米尼克遗物里那只带着苏比克湾海军基地徽章的打火机。那只打火机依然装在盒子里，似乎是件纪念品。

"他从没去过奥隆阿波吗？"他问。

"这上面没写。"麦金太尔说。

博斯觉得这只打火机或许是多米尼克和哪个在菲律宾驻扎过的医务兵或士兵换来的，也许是某个战友或在"避难所"号上他照顾过的某个伤员。

"还要什么信息吗？"麦金太尔问。

"我正想找些人谈谈，"博斯说，"和他亲密接触过的人。文件里有把他调到巴尔博亚军医学校的调令吗？"

博斯等待着麦金太尔的回应。麦金太尔答应一边吃饭一边回答问题后，博斯的期许值就更高了。博斯知道，士兵受训和派驻地点经常变动，很难保持持久的联系。但部队里的医务兵却不同，有些医务兵也许和多米尼克有相同的派驻经历，很可能在众多的陌生面孔中熟悉起来并建立联系。

"找到你说的那份调令了。"麦金太尔说。

"上面列有所有征调人员的名字吗？"博斯问。

"是的，从新兵训练营调到巴尔博亚军医学校的有十四人。"

"很好，再看看从巴尔博亚军医学校到彭德尔顿战地医疗学校的调令，有谁的调动轨迹和多米尼克完全一样吗？"

"你是说从新兵训练营到巴尔博亚，再到彭德尔顿吗？博斯，那得花上一整天啊！"

"我知道工作量很大，但既然你已经有了十四个人的名单，再看看他们中有谁和多米尼克一起去了彭德尔顿不就行了吗？"

博斯知道这件事没有麦金太尔说得那么难处理，但他不会指出这一点。

"等等。"麦金太尔粗声粗气地说。

博斯安静下来。他不想因为说错话影响同麦金太尔的合作。四分钟后他听见了麦金太尔的说话声和咀嚼声。

"一共三个人。"麦金太尔说。

"有三名士兵和他都参加了那三项训练课程，是这个意思吗？"博斯问。

"没错。你要记下他们的名字吗？"

"说吧，我这就记下。"

麦金太尔说出了三个人的名字：豪尔赫·加西亚－拉文，唐纳德·C.斯坦利，哈莱·B.刘易斯。博斯记得奥利维娅给他看的照片上多米尼克的衬衫印着刘易斯这个名字。以此看来，多米尼克和刘易斯的关系应该相当好。这下有方向了。

"顺便提一句，"麦金太尔说，"其中有两个阵亡了。"

找人辨认科罗纳多酒店照片中女人和孩子的希望落空了一大半。

"哪两个？"他问麦金太尔。

"加西亚－拉文和斯坦利，"麦金太尔说，"哈里，我要去忙活了。这些文件你都能下载到。"

"我会尽快下载的，"博斯说，"再问个问题就好。我对哈莱·B.刘易斯这个人很感兴趣。你知道他老家在哪儿，是什么时候出生的吗？"

"上面只写了他的籍贯是佛罗里达州的塔拉哈西。"

"知道这个就好。加里，真是太感激了。祝你过得愉快。"

他挂断手机，开动汽车，向西朝前往圣费尔南多的170号高速公路行驶。他准备用圣费尔南多警察局的电脑查找刘易斯的踪迹，看看刘易斯对同为医务兵的多米尼克·圣阿内洛还记得些什么。开车时他想到了牺牲的比例问题。四位士兵都参加了新兵训练、初级医疗训练、战地医疗训练，然后一起被送到了越南。其中竟有三人没能活着回到美国。

博斯从自己在越南的经历中知道，医务兵在越战中是非常具有价值的目标。在狙击手眼里，他们是继军官和值勤的无线电技师之后的第三号目标。先干掉军官，然后是负责联络的技师，接下来就是照顾伤员的医务兵了。除掉三者之后，敌方连队就会深陷在无序和恐慌之中。博斯认识的大多数医务兵在执行侦察任务时都不戴标记兵种的标志。

博斯不知道哈莱·B.刘易斯是否意识到自己有多幸运。

18

　　在去圣费尔南多的路上，博斯又一次拨通了惠特尼·万斯给他的手机号码，但又一次听见了转语音信箱的"嘟嘟"声。博斯又一次留话，让惠特尼听到留言后回电。挂断手机以后，他不禁为惠特尼的状况担心起来。如果惠特尼不再联系他了，他还要为惠特尼调查下去吗？博斯调查得正起劲，惠特尼给的钱也还够用。因为这两个理由，博斯不会停止已经开始的调查。

　　他朝黑暗里看了眼，然后拨打了佛罗里达州塔拉哈西的电话服务台。他问接线员塔拉哈西有几个叫哈莱·B.刘易斯的，对方说只有一个，在律师事务所工作。博斯让接线员替他转接，一个秘书很快接了电话。博斯跟秘书说他想找刘易斯先生谈彭德尔顿营战地医疗学校多米尼克·圣阿内洛的事情，秘书让他电话别挂，等一会儿。博斯一边等，一边琢磨着该和刘易斯说些什么。在不违背和惠特尼保密协定的前提下，他是否应该和那个男人聊。

　　"我是哈莱·刘易斯，"一分多钟后手机里传来声音，"找我有什么事？"

　　"刘易斯先生，我是洛杉矶的一个调查员，"博斯说，"感谢你接我的电话。我正在调查一件涉及已故的多米尼克·圣阿内洛的案子。我——"

　　"他已经身故很久，那都是快五十年前的事了。"

"是的，先生，这个我知道。"

"你还调查他些什么啊？"

博斯抛出准备好的答案。

"调查是机密的，但我可以向你透露调查的部分内容，我想知道他有没有留下过子嗣。"

路易斯在回答前思忖了一会儿。

"子嗣吗？他在越南牺牲时才十九岁。"

"是的，先生。差一个月二十岁。但这不意味着他不能当父亲。"

"你就想查这个吗？"

"是的，我对他在圣迭戈县巴尔博亚和彭德尔顿两个基地的受训经历很感兴趣。我找国家海军犯罪调查局的人帮忙，调查员告诉我，尼克在被征召到越南前和你在同一个连队。"

"没错。怎么国家海军犯罪调查局也掺和进来了？"

"我找调查处要尼克的军队履历，看看谁在三个受训基地都和他在一起。调查发现，至今活着的只剩你一个了。"

"不用提醒，我知道这个。"

博斯从胜利大道把车开到北好莱坞，折转向北开上 170 号高速公路。圣加布里埃尔山上的城堡出现在车的风挡玻璃前。

"你怎么会觉得我知道尼克有没有孩子呢？"刘易斯问。

"因为你们关系很紧密。"博斯说。

"你怎么知道？一同受训并不意味着——"

"他代你参加游泳测试。他穿上你的衬衫，冒充你参加测试。"

沉默了许久之后，刘易斯问博斯是怎么知道的。

"我看了照片，"博斯说，"他姐姐告诉我的。"

"我早就把那件事忘到九霄云外去了，"刘易斯说，"回到你的问题上，我不知道尼克有没有孩子。即便有，他也没对我讲过。"

"如果他有过孩子，女孩一定在你们结束战地医疗学校受训后出生。尼克那时一定已经在越南了。"

"我在苏比克湾。你说是个女孩吗？"

"我见到了他拍的一张照片。照片上有个女人抱着女婴站在科罗纳多酒店附近的海滩。母亲是个拉丁裔。他当时身边有过女人吗？"

"是的，我记得他有过一个女人。那人年纪比他大，对他施了魔法。"

"什么魔法？"

"他被她的魅力迷住了。那是彭德尔顿基地受训快结束的时候的事。尼克在欧申赛德的一个酒吧遇见她。女人们去那儿就是为了找他那样的家伙。"

"'他那样'是什么意思？"

"我是说应征入伍的西班牙裔或墨西哥裔。那时人们把参军的墨西哥裔称为'奇卡诺人[1]的骄傲'，女孩们都想把军队里的墨西哥裔带出基地。尼克皮肤棕黄，但父母都是白人。我在毕业典礼上见过他父母。尼克告诉我他是收养的，生母是墨西哥人。女孩们为他的肤色而趋之若鹜，她们才不管他的父母是不是白人呢！"

"你提到的那个女人也是其中一个吗？"

"是的。我记得我和斯坦利曾劝他保持理智。但他说他恋爱了。他说这和墨西哥血统没有关系，他们只是相爱了。"

"还记得女方的名字吗？"

"完全不记得。那是很久以前的事了。"

博斯试着不在语气里表现出失望。

"她长什么样？"

"黑发，长得很漂亮。她比尼克年纪大，但也不算老，二十五岁，也许有三十了。他说她是个画家。"

博斯知道，如果让刘易斯细细回忆的话，或许会回忆出更多的细节。

"他们在哪儿相遇的？"

---

[1] 美国的墨西哥裔居民及其后裔。

"一定是冲浪者酒吧——我们经常在那儿流连。也可能是基地附近的另一家酒吧。"

"周末休假时他会去见她吗？"

"是的。休假时尼克会去圣迭戈的一个地方和她见面。应该是在郊外哪座桥或高速公路下面之类的地方，他们好像称之为'奇卡诺小道'。时间太久，我已经记不太清楚了。但尼克告诉过我当时的情形。那些墨西哥裔把那儿看作公园，并在附近的高速公路上涂鸦。尼克把他们称为自己'新的家人'。他不会说西班牙语，却努力用西班牙语说出'家人'这个词，真是太滑稽了。他从来都没学过西班牙语。"

博斯觉得很有趣，觉得这些信息和已经掌握的情况是吻合的。当他在想接下来要问什么时，此次塔拉哈西之行突然收获了一条有价值的关键信息。

"应该叫加芙列拉，"刘易斯说，"我刚才想起来。"

"你是说那女人的名字吗？"博斯问。

他没有掩藏好语气中的兴奋。

"我很确定，"刘易斯说，"是叫加芙列拉。"

"记得她姓什么吗？"博斯问。

刘易斯笑了。

"伙计，我不可能一直记着她的姓不忘的。"

"你已经帮了大忙了。"

博斯准备结束对话。他把手机号码留给刘易斯，让刘易斯一旦想起加芙列拉和多米尼克在圣迭戈时还发生过什么事，务必打电话给他。

"退役后你就回到了塔拉哈西，是吗？"博斯转换话题，以此结束和刘易斯的交谈。

"是的，退役后我返回故里，"刘易斯说，"受够了加利福尼亚和越南的一切，在那之后就一直没离开。"

"你打哪方面的官司？"

"哪方面都打。在塔拉哈西这样的小城，如果你能打各种官司，会很有益的。我只能说，我不会为佛罗里达州立大学橄榄球队打官司。我是鳄鱼队的球迷，决不会越界为对手辩护。"

博斯猜测鳄鱼队也许是佛罗里达州立大学在州里的对手，但对鳄鱼队的具体情况却不甚了了。他以前只知道洛杉矶道奇队，最近才偶然对刚在洛杉矶落户的公羊队产生兴趣。

"能问你个事吗？"刘易斯问，"谁会想知道尼克留没留子嗣啊？"

"刘易斯先生，恕我无法回答你这个问题。"

"尼克什么都没有，他家也没什么家产。这事和他的收养有关，对不对？"

博斯没有答话。刘易斯问对了。

"我是个律师，"刘易斯说，"知道这方面的问题你没法回答。我想我得尊重这点。"

博斯决定在刘易斯问下一个问题、再扯些别的事情之前结束这次通话。

"刘易斯先生，谢谢你，谢谢你的帮忙。"

博斯挂断手机。即便已经联系上了刘易斯，他觉得还是再去一次圣费尔南多为好。他想查看有关"割纱工"的邮件，并在网上查证刘易斯所提供的信息。博斯知道，之后他会往南去圣迭戈继续调查。

几分钟后，他把车拐上圣费尔南多的第一街，看见警察局门口停着三辆电视转播车。

19

博斯从边门进入警察局，从后走廊走进侦查处办公室。在和中央走廊的交叉口处，他朝右看了一眼，看见新闻发布室外围了一大群人。人群中的贝拉·卢尔德通过眼角的余光看见博斯，示意博斯过去。她穿着牛仔裤与佩戴着圣费尔南多警察局徽章和班号的黑色高尔夫球衫。贝拉的手枪和警徽别在腰带里。

"怎么回事？"博斯问。

"我们走运了，"贝拉说，"'割纱工'今天又试图作案，但让受害人逃跑了。局长说证据已经足够，准备把案件公开。"

博斯点点头。他仍旧觉得最好不要把案情公开，但知道瓦尔德斯的压力很大，知道自己手里有那么多积案没破已经够糟糕了。贝拉说得没错。幸好第五起强奸案没有真正发生，不然瓦尔德斯真的要在媒体的围攻下焦头烂额了。

"受害人在哪儿？"博斯问。

"在案情分析室待着，"贝拉说，"她还在抖个不停，我让她先休息会儿。"

"怎么没打电话叫我？"

贝拉吃惊地看着他。

"警监说电话找不到你。"

博斯摇摇头，没有继续这个话题。特雷维里奥巧妙地玩了个花招，但博斯没空计较这个，他还有更重要的事情要考虑。

博斯从走廊上贝拉和其他人的头上朝新闻发布室里张望，想知道里面情况如何。他看见瓦尔德斯和特雷维里奥站在发布室前方，但不知道记者来了多少，因为摄影记者站在新闻发布室后部，把前面坐着的文字记者全挡住了。他知道记者的数量取决于当天洛杉矶别处是否还发生了什么大事。圣费尔南多的大多数居民从不收看英语节目，这里发生的系列强奸案很难引来各大媒体的注意。博斯先前看见的三辆电视转播车中有一辆是播西班牙语的环球电视台的，那是一家播报本地新闻的媒体。

"特雷维里奥和瓦尔德斯说过要封锁消息吗？"

"封锁什么消息？"

"封锁只有我们和强奸犯才会知道的消息。这样我们就能区分出目击证言的真假。"

"呃……他们没提这事。"

"特雷维里奥不该在这件事上耍花招，他应该打电话给我。"

博斯离开众人。

"你准备现在去找她谈吗？"他问，"她英语怎样？"

"能听懂英语，"贝拉说，"但母语是西班牙语。"

博斯点点头。两人沿着走廊朝案情分析室走去。案情分析室在侦查处办公室隔壁，里面有一张长桌子和一面白板墙，警探们通常在白板墙上画图讨论案件、行动和作战部署。白板墙通常在突击查酒驾和报道游行情况的时候才会用到。

"我们掌握了什么情况？"博斯问。

"你也许认识或知道这位受害人，"贝拉说，"她是星巴克的咖啡师，每天六点到十一点早班做兼职。"

"她叫什么名字？"

"比阿特丽斯。姓萨哈冈。"

博斯无法对上名字和人脸。早上去星巴克时，那里通常有三个女人。他想进了案情分析室后也许能认出她。

"下班后她直接回家了吗？"

"是的，罪犯在家里等着她，"贝拉说，"她住在离麦克莱街一个街区远的第七街。案情符合我们的侧写：发生在独院住宅，毗邻商业区。回到家后，受害人立刻觉察出家里似乎不太对劲。"

"她发现纱门或纱窗被人割开了吗？"

"不，她什么都没看见。她闻到了他。"

"闻到他吗？"

"她说回到家时，家里闻上去似乎不太对劲。她记得我们和邮递员的争执，我们抓走马龙那天她正好在场。之后马龙去星巴克喝咖啡吃三明治的时候，告诉柜台女孩警察错把他当成了祸害邻里的强奸犯，因此她马上警觉起来。感觉到不太对以后，她马上去厨房拿了把笤帚。"

"她很勇敢，她原本可以离开那幢房子。"

"是啊，离开家后报警。但她决定偷偷接近他。她走进卧室，知道闯入者藏在帘子后面。她像阿德里安·冈萨雷斯 [1] 一样用笤帚重重地对那家伙一扫，正好扫中对方的脸。那家伙倒在地上，把帘子也一起扯下来了。他很惊慌，不知道发生了什么事。接着就穿过窗户逃跑了。确切地说，他是踢碎了玻璃逃跑的。"

"谁在案发现场勘察？"

"A组的人，警监让西斯托去看着。博斯，你知道吗？我们找到了他作案时用的刀具。"

"哇！"

"他被击打时，刀掉下来，和帘子缠在一起，他只能把刀落在现场。西斯托发现刀之后马上打电话告诉我。"

---

[1] 美国职业棒球队红袜队的选手。

"局长知道了吗？"

"还不知道。"

"我们得封锁这个消息。告诉西斯托和 A 组的人对这事保密。"

"明白。"

"他戴着什么样的面具？"

"还没来得及问她。"

"她的月经周期怎么样？"

"也还没问她。"

这时他们已经走到了案情分析室门口。

"准备好了吗？"博斯问，"你先进去。"

"我们开始吧。"

博斯打开门，扶着门让贝拉先进去。博斯立刻就认出眼前的女人是星巴克为他做冰拿铁的那位。她待人友善，总是满脸笑容，常在博斯还没点单前就为他做好了冰咖啡。

两人进屋时比阿特丽斯·萨哈冈正在给人发短信。她肃穆地抬起头，很快认出了博斯，脸上露出微笑。

"冰拿铁。"她说。

博斯点点头，报之以笑容。他向比阿特丽斯伸出手，比阿特丽斯和他握了手。

"比阿特丽斯，我是哈里·博斯，很高兴你没事。"

博斯和贝拉在比阿特丽斯的对面坐下，开始问她问题。在大致知道案情脉络的前提下，贝拉向深处挖掘，发现了一些新的细节。当博斯提问时，贝拉会把问题翻译成西班牙语，以免造成双方误会。比阿特丽斯缓慢而深思熟虑地回答着问题，以便博斯不需贝拉的翻译就能明白她回答的大部分内容。

比阿特丽斯二十四岁，和"割纱工"一案的前几位受害人体形一致。她一头棕色长发，黑眼睛，身材很苗条。她在星巴克工作了两年，因为英语水平不足以应付点餐和买单，所以主要工作是调制咖啡。她告诉博斯和贝拉，她早就能自如地与顾客和同事打交道了。她以前没发现有跟踪者，也没有和前男友闹得很不开心。她和一位在星巴克常上日班的咖啡师合住，作案人潜入的时候她的同住者正好不在。

比阿特丽斯告诉他们，闯入者戴着墨西哥职业摔跤手的面具，她对面具的描述和前一个受害人相同——黑、绿、红三色的面具。

她还说她把自己的月经周期写在了床头柜的一本台历上。她说她是个虔诚的天主教徒，和前男友一起的时候一直严格地按照月经周期进行避孕。

博斯和贝拉对比阿特丽斯如何发现屋里有人这点特别关注。比阿特丽斯说是屋里空气的味道。她说不是烟的味道，而是一个常抽烟的人呼出的气味。博斯知道两者之间的区别，觉得这是条非常好的线索。"割纱工"是个吸烟者。他在受害人的屋子里没有吸烟，却被受害人闻出了气味。

问询的大半时间里，比阿特丽斯一直抱紧自己。她凭直觉找到了闯入者，而不是转身就逃，这时才意识到当初的决定有多么危险。问询结束以后，博斯和贝拉建议她从边门出去，以免碰到还在附近逗留的记者。他们还建议开车带她回家取她的衣物，因为警察和鉴证组的人接下来几天还要在她家里进行搜查，因为安全方面的原因，她和她的室友这几天回不了家了。警察不会告诉她"割纱工"还会再去，但绝不会忽略这种可能性。

贝拉打电话给西斯托，告诉西斯托他们要来了，接着他们开贝拉的车前往受害人家。

西斯托在受害人家门口等他们。西斯托在圣费尔南多出生长大，一直在圣费尔南多警察局工作。贝拉在来圣费尔南多警察局之前，曾经在洛杉矶县治安办公室工作过。西斯托和贝拉一样，穿着牛仔裤和黑色的高尔夫球衫。牛仔裤和高尔夫球衫似乎是警察不穿制服时最常见的组合。到圣费尔南多警察局工作以后，博斯对贝拉的探案技能和奉献精神印象深刻，对西斯托的评价则不怎么高，在博斯看来，西斯托似乎总是无所事事。西斯托不是拿着手机发短信，就是与人讨论早晨的冲浪，对破案和警察局的工作并不是很积极。有些警察把与案子有关的照片和其他物品放在办公桌或贴在公告牌上，有些则把工作以外的物品放在办公桌上，西斯托显然属于后一类人。他的办公桌上装饰着冲浪和纽约道奇队的纪念品。第一眼看到西斯托的办公桌时，博斯简直不敢相信这是警察的办公桌。

比阿特丽斯走进屋子，把衣服和洗漱用品收进手提箱和背包，贝拉一直跟在她后面。比阿特丽斯收拾完东西后，贝拉问她能否把当时的情况再讲一遍，带警察走一走现场。比阿特丽斯强忍着厌恶照办了。博斯再次为她选择进屋寻找闯入者而不是尽快逃跑感到赞叹不已。

贝拉说她可以开车送比阿特丽斯到其同在圣费尔南多的母亲家，博斯同西斯托和鉴证组的人留在案发现场。他首先检查了被割下的后窗和作案人进入屋子的地方。现场和其他几起案件的案发现场非常相像。

博斯让西斯托给他看在卷成一团的窗帘里发现的那把刀。西斯托从放着几件证物的棕黄色纸袋里拿出一个塑料证据袋。

"鉴证组检查过了，"西斯托说，"刀很干净，没有查到指纹。那家伙戴了手套和面具。"

博斯点点头，仔细端详着塑料袋里的刀。证据袋里放着的是把黑色的折叠刀，刀锋是开刃的。隔着塑料袋，博斯看见刀锋上印着制造商的徽标和几个小得难以辨认的数字。回到侦查处后，他会再好好看看。

"一把好刀，"西斯托说，"我在手机上查了这把刀，查到它是由一家名叫钛边的公司生产的。这把刀叫索科姆黑刀。刀锋涂了黑色，所以不会反光——晚上出去偷袭的时候不用担心会被对方发现。"

他语带讽刺，博斯却无动于衷。

"哦，我知道了。"

"等你们的时候，我在网络上找了几篇有关刀具的博客——还真有人会写这类博客。有几篇提到索科姆黑刀是最好的。"

"哪方面是最好的？"

"吓人的事呗，我猜，杀人之类的事。索科姆可能代表某支特种部队。"

"特种作战司令部，三角洲部队。"

西斯托露出惊奇的神色。

"哇，你的军事知识很丰富嘛！"

"的确知道些。"

博斯小心翼翼地把刀交还给西斯托。

博斯不知道西斯托怎么看他。尽管在侦查处办公室的工位只隔了一道墙，但两人的接触非常少。西斯托处理财产犯罪，博斯处理的悬案中几乎没有财产犯罪，因此两人除了日常的寒暄外基本不太交谈。在博斯看来，年纪只有他一半的西斯托可能把他看成了不知从哪儿冒出来的文物。博斯义务替圣费尔南多警察局工作时穿戴的西服和领带也许会让西斯托感到困惑。

"找到时刀没折起来是吗？"博斯问，"帘子后面的家伙已经把刀打开了是吗？"

"是的，已经打开了，"西斯托说，"我想我们最好把它折起来，以免伤人。"

"别，维持发现它时的原状就好。小心点，提醒大家刀还开着。带回证物管理处时最好用盒子装起来。"

西斯托一边点头，一边小心翼翼地把刀放进一只更大的证据袋。博斯走到窗户边上，看着后院里打碎的玻璃。"割纱工"逃跑时撞向窗户，把窗框和玻璃都撞碎了。博斯首先想到的是他一定受伤了，笤帚的击打一定令他猝不及防，相比于和比阿特丽斯打斗，他觉得还是逃跑为上——和意图侵害的对象做出了完全相反的反应。但撞碎玻璃和窗框脱逃同样需要相当大的力量。

"玻璃上有血或其他东西吗？"博斯问。

"迄今还没发现。"西斯托回答说。

"你收到了关于这把刀的命令了，对吧？我们不能和任何人谈起这把刀——尤其是牌子和型号。"

"明白。你认为有人会上门认领这把刀吗？"

"更怪的事情我都遇见过，世事难料啊！"

博斯拿出手机，从西斯托身边离去，想打个私人电话。他从走廊进入厨房，拨打了女儿的手机号码。他知道她不会接。麦迪手机的主要用途是发短信和上社交网络。但博斯知道，尽管女儿多半不会接他的电话，甚至不知道他打过电话——她的手机永远静音，但她一定会听他的留言。

和他预料的一样，电话转到了语音信箱。

"嘿，我是爸爸。只是想问你最近好不好。希望你平平安安，一切都好。这周我要去圣迭戈调查一起案子，多半会经过奥兰治。如果有空和我一起喝咖啡或吃顿饭，请提早告诉我。也许我们可以一起吃顿晚饭。好了，没其他事了。爱你，希望很快见到你——哦，别忘了给狗盘加水。"

挂断手机后，他走出房子前门，门前站着个巡警。巡警的名字叫赫南德斯。

"今晚谁负责巡逻？"博斯问。

"罗森博格局长。"赫南德斯说。

"你能呼叫他一声，让他过来接我吗？我现在要回警察局。"

"好的，长官。"

博斯走到人行道边上，等待欧文·罗森博格开巡逻车来接他。他需要罗森博格送他到警察局，但他还要告诉晚上负责巡逻的罗森博格盯着点，随时注意比阿特丽斯·萨哈冈家的屋子。

他看了看手机，发现女儿发来了短信。麦迪说如果他经过，可以和他一起吃晚饭，有家餐厅她想尝一下。博斯说等他安排好时间再和她约。他知道自己的圣迭戈之行、和女儿一起吃的晚餐以及万斯的案子都得拖上几天。未来几天媒体会把关注点放在"割纱工"的案子上，他得先跟这个案子。

20

周六早晨，博斯第一个到了侦查处办公室，如果一整夜都在查案，那他将更为自豪了。不过志愿者的身份使他能自由分配时间，于是他没有整夜查案，而是好好地睡了一个囫囵觉。他年纪大了，没精力像在重案组的时候那样整夜查案了。这样卖命应该用来查凶案。

走进警察局，博斯在新闻发布室停留了一会儿，带走前一天晚上系列强奸犯的消息见诸媒体之后警方收到的一沓电话记录。他还到证物管理处看了一圈，登记领出了在犯罪现场发现的刀。

坐到办公桌边后，他一边喝着从星巴克买来的冰拿铁，一边翻查着刚拿来的那沓记录。粗略看了一遍后，他把来电人说西班牙语的单独放在一起。他会把这沓记录交给贝拉去查看跟进。从这时到周末，贝拉应该一直都扑在这个案子上。西斯托会被调去处理别的案子。这个周末特雷维里奥警监负责警察局的全面工作，他应该一直都在。

在西班牙语的电话记录中，有个女人声称她也被戴墨西哥摔跤手面具的强奸犯性侵过。她拒绝透露自己的名字，她说她是个非法移民，警察局接线员无法让她相信，如果她说出全部案情，警方不会对她采取行动。

博斯一直认为必定还有他不知道的案子，但他还是十分伤心，因为来电话的女人告诉接线员袭击发生在近三年前。博斯意识到，受害人还在承受着那次可怕的侵害给她带来的心理甚至身体的伤害，丝毫不指望有一天正义会来临，袭击者会为自己的罪行受到惩罚。因为担心被送回国内，受害人选择不报案，放弃了这一切希望。

博斯知道，一些人不会同情她。有人会说，她的沉默使强奸犯更加肆无忌惮，没有引起警方的重视，致使他把魔爪伸向了下一个女人。博斯知道这有一定的道理，但他更同情沉默的受害人所处的困境。博斯不知道她是怎么到美国的，但这条路绝不会平坦，她不惜任何代价想留下——包括不告发作恶者对她的强奸，让博斯深受触动的正是这点。政客们讨论竖起隔离墙或修改法律抑制非法入境，但到头来这些仅仅是做样子。港口的石栈桥无法阻止非法移民涌入，隔离墙和法律同样无法阻止。什么都阻止不了人们心头的希冀和渴望。

博斯绕过小隔间，把西班牙语的电话记录放在贝拉的办公桌上。这是他第一次过来，从正面观察贝拉的小隔间。和其他警察的隔间一样，小隔间里贴着警方的通告和通缉传单。其中有张寻找失踪人口的传单，那个女人十年前失踪后就再没消息了，警察担心她遭遇了不测。在两人办公桌之间的隔断墙正中央，钉着几张男孩的照片，有几张贝拉和另一个女人抱着这个男孩的照片，还有两个女人和男孩拥抱的照片。博斯站了一会儿，然后俯身细看这些洋溢着快乐的照片。这时办公室的门开了，贝拉走了进来。

"你在干什么？"贝拉一边问，一边拿起签字笔在出勤公示板上写下出勤时间。

"呃，我想把这些电话记录放到你桌子上，"博斯退后几步，让贝拉走进自己的小隔间，"昨晚用西班牙语打进来的电话记录。"

贝拉绕过他，走进自己的隔间。

"哦，好。谢谢你。"

"嘿，那是你儿子吗？"

"是的，他叫罗德里戈。"

"我不知道你竟然有个儿子。"

"没什么大惊小怪的。"

贝拉心想博斯一定会问另一个女人是不是她的同居女友，男孩是她们中哪位生下的，还是被她们收养的。但博斯选择不去深究。

"最重要的是，我们又发现了一个受害人，"他绕过隔断墙，走到自己的办公桌前，"她说她是个非法移民，不肯报出名字。联络中心说她是用法院附近的付费电话打来的。"

"我们早就预料到不止这几起了。"贝拉说。

"我那儿也有一沓要查的电话记录。另外，我从证物管理处把刀拿来了。"

"为什么要拿刀？"

"这些高级军用刀都是收藏品，也许能从收藏者的角度去追查。"

他转身正对着自己的办公桌，离开了贝拉的视线。

他首先看了看那沓电话记录——这可能会耗掉大半天，最后收获甚微，甚至没有任何收获，然后又望向从证物管理处领来的刀。

他决定首先处理刀。他戴上橡胶手套，把刀从塑料证据袋里取出。取刀的声音引起了贝拉的注意，她站起身，越过隔断墙往博斯这边看。

"昨晚我没看见刀。"她说。

博斯拿起刀让贝拉细看。

"看上去很残暴的样子。"贝拉说。

"是默杀小分队用的那种刀。"博斯说。

博斯放下刀，把刀锋朝外水平地拿着。他想象着从后面对人发起突袭，用右手捂住对方的嘴，左手把刀锋抵上脖子。然后他把刀向外挥了下。

"从侧面过来，朝喉咙割一下，"他说，"不用发声，目标就会在二十秒内因流血过多致死。"

"什么目标？"贝拉问，"哈里，你也是默杀小分队的吗？我是说打仗的时候。"

"我打仗的时候你都还没出生呢。可那时我们还没有这样的东西。我们常把鞋油涂在刀锋上。"

贝拉一副不知所云的样子。

"这样刀就不会在黑暗中反光了。"博斯说。

"原来是这样啊。"她说。

博斯把刀放回桌子，对自己的演示有点不好意思。

"你觉得我们要抓的人以前当过兵吗？"贝拉问。

"我不这样认为。"博斯说。

"为什么？"

"因为昨天他逃跑了。我想如果他接受过某种训练，他会重整旗鼓进行反击。他会反扑比阿特丽斯，甚至杀了她。"

贝拉盯了他一会儿，然后指了指在桌上吸墨纸留下水印的那杯冰拿铁。

"你去买咖啡时她在那儿吗？"

"今天没在。这并不奇怪，她也许恰巧周六不上班而已。"

"好吧，我要开始给这里面的一些人打电话了，希望不会干扰你。"贝拉指着桌上的那沓电话记录说。

"尽管打，不会干扰到我。"

贝拉又一次离开了博斯的视线，博斯戴上老花镜审视着刀，但看着吸墨纸上放着的刀时，他发现了别的一些东西。他看到了四十多年前在地道里杀死的那个人的脸。博斯隐藏在地道的一个裂缝里，那个越南人在黑暗中正好从他身前经过。越南人没有看见他，也没有闻到他的气味。博斯从后面抓住他，用手捂住越南人的脸和嘴，用刀割破了对方的喉咙。他动作飞快，很有效率，身上没有沾到一滴动脉血。博斯一直记得越南人朝捂在嘴上的手掌心吐出最后一口气的那一刻。博斯把那个越南人放倒在血泊中后，替他合上了眼睛。

"哈里！"

博斯摆脱了回忆。特雷维里奥警监正站在他的小隔间里。

"抱歉，我正想事情呢，"博斯说，"头儿，有什么事吗？"

"在公示板上签名，"特雷维里奥说，"我不想整天跟你唠叨这个。"

博斯在椅子里转过身，看见特雷维里奥对他指着门边的公示板。

"好，好，我马上就签。"

博斯站起身，特雷维里奥往后退了一步，让博斯得以走出小隔间。特雷维里奥在他身后问。

"是那把刀吗？"

"是那把刀。"博斯说。

博斯从公示板的小槽里拿起一支签字笔，在上面记下他是早晨六点十五分上班的。上班时他没看过时间，但他记得六点时他在星巴克。

特雷维里奥走进自己的办公室后关上门。博斯把刀放回桌子上。他不再回忆过去，伏下身子，开始研究起印在黑色刀刃上的数字来。钛边公司的徽标一侧是这把刀的生产日期——九月八日，另一侧的数字博斯觉得像是每把刀上特有的序列号。他把日期和序列号记下来，然后上网查找钛边公司的网站。

上网浏览时，他听见贝拉用西班牙语打电话回访。博斯懂一些西班牙语，知道贝拉是在给一个指认强奸犯的报案人打电话。博斯觉得电话会很快打完。警探觉得作案人有百分之九十五的可能性是白人。说是拉丁裔犯案的报案人肯定搞错了，多半是想让仇家难堪。

博斯找到了钛边的网站，他很快发现，买主在买刀时或之后可以在网站上给刀注册。但这不是硬性规定。大多数购买者都不会在网站上注册。刀的生产厂家坐落于宾夕法尼亚州——和生产原材料的钢厂很近。网站上展示了公司生产的几种不同的折叠刀。博斯不知道生产厂家周六上不上班，于是试着拨通了列在网站上的电话号码。钛边公司的女接线员接过电话，博斯告诉她要和当班的负责人谈谈。

"今天约翰尼和乔治在，他们都能管事。"

"哪个现在能说上话？"博斯问，"我找哪个都行。"

接线员让他别挂电话。两分钟后，博斯耳边传来粗鲁的男声。这个声音同生产黑色刀刃的厂商再契合不过了。

"我是约翰尼。"

"约翰尼，我是加利福尼亚 SFPD 的博斯警官。能否耽误您一会儿协助我们一起案件的调查。"

对方一时没反应过来。博斯打电话到其他地方进行调查的时候，经常会用上圣费尔南多警察局的缩写"SFPD"，接电话的人多半会误以为博斯来自旧金山警察局。[1] 如果知道博斯是圣费尔南多警察局的人，对方的态度肯定会敷衍不少。

"SFPD？"约翰尼问，"我从没去过加利福尼亚。"

"先生，这事和你无关，"博斯问，"我找您是因为犯罪现场找到的一把刀是你们那儿生产的。"

"那把刀伤人了吗？"

"目前还不知道。有个小偷从潜入的屋子逃跑时把刀落下了。"

"听起来他准备用刀伤人。"

"这就说不准了。小偷把刀掉了，我在查找刀的出处。我从你们的网站上查到，刀的买主可以给刀注册。我想查出这把刀是否在网站上注册过。"

"是哪种刀。"

"索科姆黑刀。四英寸[2]刀片涂成黑色。刀锋上写着这把刀生产于二〇〇八年九月。"

"哦，我们已经不生产这款刀了。"

"但这款刀备受推崇，我听说已经被当成收藏品了。"

"我去电脑上查查，看看能帮你找到些什么。"

博斯因为对方的合作振奋起来。约翰尼问他要序列号，博斯把刀上的序列号念了出来。哈里在手机里听见对方敲击键盘。

"那把刀登记过，"约翰尼说，"但很不幸，刀被盗了。"

"真的吗？"

---

[1] 两者的首字母缩写均为"SFPD"。

[2] 1 英寸约合 2.54 厘米。

博斯尽管这样问，但并不吃惊。无法想象系列强奸犯会使用一把能让警方追查到自己的刀具，即便他自以为是，认为不会丢掉这把刀，没人会把他当成嫌疑人，这也不可能。

"是的，偷窃是在几年后发生的，"约翰尼说，"买主在买下刀具的几年后通知我们刀失窃了。"

"我们会着手调查，"博斯说，"刀的主人将在结案后拿回这把刀。能把买主的信息告诉我吗？"

博斯这时希望约翰尼不会问他要证明。要办证明的话，刀这方面的调查将会进展非常缓慢。博斯不希望为了这点小事，周末去请法官开证明。

"我们一向很乐意为军方和执法部门提供帮助。"约翰尼爱国意愿满满地说。

博斯记下买主姓名和二〇一〇年买主买这把刀时的住址。买主叫乔纳森·丹伯里，当时住在圣克拉丽塔。从圣克拉丽塔沿着5号高速公路开到圣费尔南多，最多只需要半小时。

博斯对刀具生产商职员约翰尼的合作表示感谢，然后挂上手机。他立刻登上机动车辆管理局的数据库，看看能否确定乔纳森·丹伯里的具体位置。他很快发现，丹伯里仍然住在二〇一〇年报告丢刀时的同一幢房子。他还发现丹伯里现年三十六岁，没有犯罪记录。

博斯听贝拉在打一通西班牙语电话。电话一打完，博斯便招呼了一声贝拉。

"贝拉。"

"怎么了？"

"能出去趟吗？我找到了刀的线索。圣克拉丽塔有个人六年前曾经给这把刀报失过。"

贝拉把头伸上隔离墙。

"的确得出去透口气了，"她说，"这些女人啊，她们只是在借机找碴，像是嫌警察还不够烦似的。很不幸，这里面的确有几件是约会时的强奸。她们觉得强迫自己的人就是我们要找的家伙。"

"在找到嫌疑人前，我们会一直收到这类电话。"博斯说。

"我知道。我只想明天能和儿子待在一起。可如果电话一直不停，我就只能一直待在这儿了。"

"明天我来接电话，你回家好好休息。西班牙语的报案电话留到周一处理。"

"真的吗？"

"就这么定了。"

"谢谢你。知道当时刀子是怎么被偷走的吗？"

"还不知道。你要去吗？"

"这个人会是我们要找的家伙吗？我是说他会不会借报失做幌子。"

博斯耸了耸肩，向贝拉手指电脑。

"他的过往很清白，"博斯说，"侧写的嫌疑人应该有前科。重罪犯都是从小偷小摸开始的。"

"侧写做不到百分之百准确，"贝拉说，"这回我开车。"

开车的话只是他们两人间的一个玩笑。博斯是个预备警官，没有配备警车。执行任务时，必须由贝拉开车。

走出办公室时，贝拉把离开时间和前往的目的地——圣克拉丽塔——写在门边的公示板上。

博斯径直走出门外。

21

　　圣克拉丽塔山谷是绵延于圣加布里埃尔山脉和圣苏萨娜山脉之间的豁口的一处谷地。圣克拉丽塔山谷在洛杉矶以北，由于两条山脉的保护，没有受到城市及其弊病的影响。洛杉矶不断有家庭南迁来此，希望住更便宜的房子，上更好的学校，有更多的绿地，他们希望能在此享受到良好的治安。这些特征同时也吸引了几百位警察。据说圣克拉丽塔之所以这么安全是因为每个街区几乎都住着一位警务人员。

　　但即便有群山遮挡，有警察威慑，城市的痼疾还是不可避免地从山口迁移到这里的社区和公园。乔纳森·丹伯里就能证实这一点。他告诉博斯和贝拉，他那把价值三十美元的钛边刀是从车里的工具箱被盗走的，被盗时车就停在羽星大街他家的车道上。更恶劣的是，作案现场就在一个警察家的对面。

　　这里是中产及以上的阶层居住的高级街区，住宅区后面是一条名叫哈斯克尔的天然水渠。丹伯里穿着 T 恤衫、滑板裤和人字拖来应门。他说他在家做旅行代理，妻子做圣克拉丽塔山谷索格斯区的房地产。丹伯里说要不是看见博斯出示的证据袋里的刀，他早就把丢刀的事忘到九霄云外了。

　　"我从没想过还能见到这把刀。"他说。

"六年前你向钛边公司报告了丢刀的事情，"博斯说，"那时你向县警察局报案了吗？"

圣克拉丽塔没有设警察局，建城伊始这里的治安就由洛杉矶治安办公室负责。

"我给他们打了电话，"丹伯里说，"事实上，住在我家对面的蒂尔曼警官来看过现场，也写了报告。但之后就没下文了。"

"警方向你通报过后续情况吗？"博斯问。

"我记得接到过一通电话，但警方似乎不是很热心。我觉得可能是附近哪个孩子干的。在我看来，这个贼可真够大胆的。"

丹伯里指着街对面讲述当时的情况。

"当时我的车在这儿，对面停着辆警车，两者只隔了二十英尺。那些胆大妄为的家伙竟敢在离警车这么近的地方进我的车把刀偷走。"

"打碎车窗的时候没触发报警装置吗？"

"没有。警察说我没锁车门，好像错在我身上似的。但我肯定锁了。我从没忘记过锁车门。那些家伙肯定是用香肠之类的东西撬门的。"

"就你所知，警方没有逮捕什么人吗？"

"即便逮捕过谁，他们也没通知过我。"

"先生，你这里保存了当时的警察写的案情报告吗？"贝拉问。

"应该有，但那已经是很久以前的事了，"丹伯里说，"现在我在家上班，还有了三个孩子。家里总是一团乱，所以我都没请你们进门。要在一团乱中找那份报告得费上一番劲。"

他说完笑了。博斯没笑。贝拉只是点了点头。

丹伯里指着证据袋。

"上面没看到血，"他说，"别告诉我有人被这把刀捅了之类的事情。"

"没人被这把刀捅过。"博斯告诉他。

"你们远道而来，事情应该不小吧。"

"事情是很严重，但我们无权告诉你。"

博斯把手伸进外套内袋，似乎没找到他想要找的东西。接着他拍了拍外套的另两个口袋。

"丹伯里先生，能借根烟抽吗？"他问。

"抱歉，"丹伯里说，"我不抽烟。"

他指着博斯手里的刀。

"能把刀拿回来吗？"他问，"这把刀可能比买的时候更贵了。有人专门收藏这种刀。"

"我听说了，"博斯说，"贝拉警官会给你张名片。过几周你可以找她拿回你的刀。能问你件事吗？当初你为何要买这把刀？"

"老实跟你们说，我有个姐夫是退役军人，他平时爱收藏这类东西。买刀的确有防身的作用，但买刀的主要目的是想取悦于他。买了刀以后，我起先把它放在床头柜里。但之后我意识到这样做很蠢。把刀放家里也许会伤到孩子。因此我把它放进车里的工具箱。之后我就把它给忘了。直到有天上车看见工具箱开着我才发现有人偷了那把刀。"

"丢了别的东西吗？"贝拉问。

"只有那把刀，"丹伯里说，"车上只有刀值点钱。"

博斯点点头，然后转身看着街对面的那幢房子。

"街对面的警察搬到哪儿了？"博斯问。

"我不知道。"丹伯里说，"我们不算朋友。我想他也许搬到西米谷市去了。"

博斯点点头。他们已经从丹伯里那里收集到了关于这把刀的尽可能多的证据，丹伯里显然不像嫌疑人那样是个烟民。博斯决定问个会激怒对方的问题——会导致自愿问询走向争议结局的问题。

"介意告诉我们昨天午饭时你在哪儿吗？"博斯问。

丹伯里不安地看着他们一会儿，然后尴尬地笑了。

"嘿，这是怎么了？"他问，"把我当成哪个案子的嫌疑人了吗？"

"这是个例行要问的问题，"博斯说，"这把刀是昨天中午在一起入室行窃案的案发现场找到的。如果你能告诉我们当时你人在哪儿，我们可以省下不少时间。这样我上司就不会在报告中看到你的名字，派我们再来叨扰你了。"

丹伯里收回手，把手放在门球上。眼看他就要结束谈话，对他们摔门了。

"昨天我整天都在家，"他草草地说，"十一点时我把两个生病的孩子接回家，带他们去了医院。这事很容易查证。还有别的事吗？"

"先生，没别的事了，"博斯说，"谢谢你帮忙。"

贝拉递给丹伯里一张名片，和博斯一起走下门前的台阶，听见门砰的一声在他们身后关上了。

贝拉把车朝高速公路的方向开，途中在一家免下车的速食店买了点快餐，好让博斯在南行的时候吃点东西。贝拉说她吃过了，现在不想吃东西。博斯和贝拉没有谈找丹伯里问话的事，博斯想在谈论前思索一下和丹伯里的谈话。上了 5 号高速公路以后，博斯主动开启了这个话题。

"你对丹伯里有何想法？"博斯问。

贝拉关上车窗。

"说不好，"贝拉说，"我原本希望他知道是谁拿走了这把刀。现在我们只能去调当时的警方报告，看看他们有没有怀疑过谁了。"

"你不觉得丹伯里是拿报失当幌子吗？"

"报失两年之后才在圣费尔南多开始强奸吗？我觉得这种可能性不大。"贝拉说。

"只能说'报了案'的强奸是两年后开始的。我们可以从昨晚打来的电话中发现，也许还有别的案子，可能发生得更早。"

"没错。但我不认为会是丹伯里干的。他没有前科，不符合侧写的形象。他不抽烟，已婚，还有好几个孩子。"

"你不是说侧写不一定都对嘛，"博斯提醒贝拉，"他在家里做自由职业，午饭时孩子们都在学校。"

"可昨天不一样。他给了我们一个很容易查验的不在场证明，学校和医院都能做证。哈里，我们要找的人不是他。"

博斯点点头。他同意贝拉的意见。但为了避免单一性思考，他觉得唱唱反调是有益的。

"当你想到它的时候还是很奇怪的。"贝拉说。

"怎么奇怪啦?"博斯问她。

"在圣克拉丽塔被盗的刀会被一个戴着面具的男人用来在圣费尔南多追逐拉丁裔妇女,是不是很诡异?"

"是啊。我们在谈这起系列案件的种族因素。现在我们也许还得深挖下去。"

"怎么深挖下去?"

"到洛杉矶警察局去挖。米森分局和山麓分局也许保留了强奸案嫌疑人或强奸案罪犯的档案。兴许能从中找到些名字呢!"

"这主意不错,交给我吧。"

"周一再说,明天你得休息。"

"原本就安排休息的。"

博斯知道,贝拉之所以主动提出去分局调取文件是因为一些分局对博斯抱有敌意。贝拉希望很快能拿到那些文件,不想因为同行对博斯的敌意而被拒绝。

"贝拉,你住在哪儿?"

"查茨沃思,"她说,"我们在温内特卡有幢房子。"

"很不错啊。"

"我们很喜欢那儿。但和别的地方一样,挑那儿主要考虑的是学校,那边有几所好学校。"

从钉在隔板墙上的照片能看出,罗德里戈应该还不到三岁。贝拉已经在为他的将来着想了。

"我家孩子十九岁,"他说,"是女孩。她经历过一些坎坷。很小便失去了母亲。但她都扛过来了。只要家人给予正确的引导,他们就能创造出奇迹。"

贝拉点点头。博斯觉得自己像个强行给人提再明白不过的建议的傻瓜。

"罗德里戈是纽约道奇队的球迷吗?"

"他年纪还小，但以后会是的。"她说。

"看来你也是个球迷啊。你刚才说到比阿特丽斯像阿德里安·冈萨雷斯一样挥舞着笤帚。"

他是球迷最喜欢的球星，在拉美人中颇具人气。

"是啊，我们常去查韦斯山谷球场看他打球。"

博斯点点头，把话题转回到工作上。

"今早的电话还是没什么有价值的线索吗？"

"没错，啥都没有。现在，那家伙知道我们查出一点眉目了，但其实也并没有什么作用。为什么老在原地打转呢？"

"我的那沓还没看，也许会碰到惊喜呢！"

回到警察局后，博斯终于有时间处理桌子上的那沓电话记录了。之后的六小时，他给这些来电人回电，询问各种问题。但和贝拉一样，博斯一点有价值的东西都没问出来。这些电话使他深信，如果时机对了，许多人都会拉低自己的下限。人们会根据侧写试着把系列强奸犯演变成一个杀人犯，利用这个大好时机把自己的仇家打入万劫不复的深渊。

22

　　周日依然是老样子。到了警察局以后，他会迎来一堆新的电话记录。他走进办公室的小隔间，飞快地给这些记录分类，他把说西班牙语的来电记录堆成一沓，把它们放在贝拉的办公桌上等她明天处理。接着他给有必要回电的举报人打了电话，把其他记录都扔进了废纸篓。中午前，他完成了这项工作，发现只有一条可能有价值的线索需要他付出努力。

　　这条线索来自一个匿名的女举报人，她说上周五中午十二点之后看见有个戴面具的人沿着第七街跑向麦克莱街。她拒绝透露自己的名字，用的是不会在对方手机上显示的号码。她告诉接线员，看见面具男的时候，她正在第七街上向西而行。面具男在街道另一边往东跑，一度曾停下试图打开沿街停的三辆车的门把。发现打不开车门后，面具男继续朝东往麦克莱街奔去。举报人说和面具男交会后就再没见过他了。

　　博斯对这通来电很感兴趣，因为目击事件和比阿特丽斯·萨哈冈的遇袭时间相吻合，地点只隔了几个街区。更吻合的是举报人说面具男戴着一个有红绿设计图案的黑色皮质面具。这完全符合比阿特丽斯对强奸未遂的人的描述，这些证据之前没向媒体曝光过。

让博斯摸不着头脑的是，嫌疑人为何在逃离比阿特丽斯家之后还戴着面具。戴着面具跑步远比单纯地跑步要惹人注目。博斯觉得也许男子被比阿特丽斯用笤帚打过之后还惊魂未定。或者很多人都认识他，他戴着面具是怕被别人认出来。

举报人没有提及逃跑者有无戴手套，但博斯觉得既然他戴着面具，一定也戴着手套。

博斯从椅子上站起来，一边在狭小的办公室中踱步，一边思索着这通举报电话意味着什么。匿名举报人描述的情形表明："割纱工"试图盗窃一辆没上锁的车以便逃跑。这说明他没有准备用来逃跑的车，或是他准备的车因为某种原因不能用。博斯对这点很感兴趣。"割纱工"的前几起案子显然是经过精心设计和策划的。如何逃跑一般来说是策划犯罪的关键点。用来逃跑的车哪儿去了？作案人是不是有个同伙，那个开车接应的人是不是因为恐惧落荒而逃了呢？或者说，徒步逃奔是否还有其他的理由？

第二个问题出在面具上。举报人说嫌疑人朝麦克莱街的方向跑，麦克莱街是条两旁都是小商店和小餐馆的商业街。周五中午麦克莱街上有许多步行的人和骑车的人，戴墨西哥摔跤面具的人会被许多人注意。但至今提到作案人奔跑逃离现场的举报电话只有这一通。这说明"割纱工"拐上或横穿麦克莱街时已经摘下了面具。

博斯知道在办公室踱步无助于问题的解答。他回到办公桌旁，从桌子上拿起钥匙和墨镜。

走出办公室的时候，他差点撞上站在走廊里的特雷维里奥警监。

"头儿，你好！"

"哈里，你这是要去哪儿？"

"我去吃顿午饭。"

博斯没有停步，继续往前走。他的确想出去吃顿午饭，但更重要的是，要去麦克莱街做调查，他决不会把自己的真正意图告诉特雷维里奥。如果匿名举报人提供的线索有效，他会直接跟局长汇报。博斯加快行走速度，在特雷维里奥警监发现他又没在公示板上写下出入时间前走到门边。

博斯花三分钟把车开到第七街和麦克莱街的交叉口。他把租来的切诺基停好，下车。他站在街角，朝四周看了看。这里是商业区和住宅区的分割点。麦克莱街都是小商店和小餐馆，第七街两边关着门，应该是一家人住的独栋住宅。不过博斯知道许多独栋住宅是好几家合住的，更多的人住在非法改建的车库里。

看到街角的垃圾桶，博斯突然冒出个主意来。如果"割纱工"跑到麦克莱街的时候，他摘下面具和手套，会把它们放在哪儿？他会把面具和手套拿在手里，还是把它们塞进口袋？他会扔掉吗？博斯知道作案人在其他案子中还用过其他面具。走上繁忙的商业街以后，扔掉面具和手套是聪明的一着。

博斯走到垃圾桶边，掀开垃圾桶盖子。发生在比阿特丽斯·萨哈冈身上的未遂强奸至今不到四十八小时，博斯觉得环卫部门的人应该还没清空垃圾桶。他的猜测没错，正值人来人往的周末，垃圾桶几乎满了。博斯从外套口袋里拿出一副橡胶手套，然后脱下外套，把外套挂在临近的一把车站长椅的靠背上。接着他戴上手套，卷起袖子，开始在垃圾里翻找。

垃圾桶里大多是变质的食品和婴儿的纸尿裤，让人感到一阵阵恶心。垃圾桶里还有许多呕吐物，显然这两天有人直接对着垃圾桶呕吐过。博斯用了十来分钟才翻查到垃圾桶的底部，但是没有找到面具和手套。

博斯忍着恶心，沿着麦克莱街走了二十多码，走到下一个垃圾桶处继续翻找。他脱掉外套后腰带上的警徽露在外面，这样商店的店主和行人就不会上来打扰他了。他搜索第二个垃圾桶时，坐在十英尺外墨西哥餐馆窗边吃饭的一家人好奇地看着他，博斯用身体挡住垃圾桶继续翻找。第二个垃圾桶里的垃圾和前一个差不多。但翻找到一半时博斯找到了他想要的东西。垃圾中有个黑色的皮质摔跤面具，面具上有个红绿色标志。

博斯直起身子，摘掉手套，把手套扔在垃圾桶边的地上。接着他拿出手机，给还在垃圾桶里的面具拍了几张照。取证结束后，他打电话给圣费尔南多警察局的调度中心，告诉值班的警官，他要局里派鉴证组来这儿从垃圾桶里取出面具。

"你不能自己把它放在证据袋里，然后再贴上标签吗？"值班的警官问他。

"我不能装袋贴标签，"博斯说，"面具内外可能都带有基因证据。我想让鉴证组的人收集这些证据，以免律师告诉陪审团我的收集方法错了，使证据受到污染。明白我意思了吗？"

"好，好，我只是提个建议。我得让特雷维里奥警监签字，然后再打电话叫县治安办公室的鉴证组派人去。也许需要一会儿。"

"我会在这儿等着。"

一会儿最终变成整整三小时。博斯耐心地等，其间给贝拉发了张他拍的面具照片，贝拉收到后打来电话，两人就新的发现聊了聊。他们一致认为，这个发现很棒，为理解"割纱工"的真面目带来一个全新的角度。他们一致认为面具内应该能找到与强奸犯有关的基因证据，像其他三起强奸中找到的精液那样的基因证据：这是确凿无疑的铁证，但首先得确认嫌疑人。博斯说他希望能得到进一步的证据，希望作案人在戴上或调整面具时能把指纹留在人造皮革上。指纹的发现能推进案件的侦破。"割纱工"也许没被提取过DNA，但是可能被提取过指纹。在加利福尼亚考驾照必须提取大拇指的指纹。如果面具上能找到大拇指指纹的话，他们也许能成功找到作案人。在洛杉矶警察局工作期间，博斯就处理过好几起从皮大衣或皮靴子上提取指纹的案件。面具成为案件的突破口，这并不是个奢望。

"哈里，你做得很棒，"贝拉说，"如果今天我没放假该多好啊！"

"不要紧，"博斯说，"我们同时办一起案子，你的发现就是我的发现，反之亦然。"

"这种态度会让特雷维里奥警监高兴的。"

"我们不就是为了要让他高兴嘛！"

挂断手机的时候贝拉还在大笑不止。

博斯在垃圾桶边继续等待着鉴证人员的到来。一下午他支开了好几拨想往里面扔垃圾的行人。他看到有人穿着外套从身边经过时，突然想起自己的外套还挂在车站的长椅上，连忙回去取。转身回来时，他看见一个推着婴儿车的女人往放着面具的垃圾桶里扔了样东西。女人是猝不及防地出现的，博斯根本来不及阻止。他以为女人扔的是纸尿裤，回到垃圾桶旁时却看到一个吃了一半的冰激凌甜筒不偏不倚地扔在面具上。

博斯一边咒骂自己，一边又戴上橡胶手套。他把手伸进垃圾桶，把正融化的巧克力从面具上分离下来。清理冰激凌的时候，他发现面具下面有只和他戴的手套样子差不多的手套。他的沮丧减轻了一点，但没有减轻多少。

县治安办公室派来的两人鉴证组快到下午四点的时候才来，他们似乎不乐意在周日下午出警处理垃圾桶里的东西。博斯不觉得对他们有所亏欠，让他们拍照、制表，再收集证据。他们先把垃圾桶里的所有东西倒在一块塑料布上，一件件检查好以后，再把它们转移到第二块塑料布上，整个过程花了近两小时。

最后，面具和两只手套都被找到了，同垃圾桶里找到的其他东西一起被送到了县治安办公室的实验室。博斯叮嘱鉴证人员快一点做分析，但首席鉴证官对他笑了笑，像对一个总把自己放在第一位的天真孩子一样。

博斯晚上七点才回到侦查处，没有看见特雷维里奥警监。警监办公室的门关着，顶窗后面没有亮灯。博斯坐在小隔间里，就发现的面具、手套和指引他找到它们的匿名举报电话撰写证据报告。写完以后，他打印了两份，一份自己留着，一份准备上交给特雷维里奥警监。

他回到电脑旁，补填了一份实验室使用申请书，准备送到位于加州洛杉矶的县治安办公室鉴证组，以此督促对方加紧鉴证。现在这个时间点刚刚好。鉴证组每周一会派收件员到圣费尔南多警察局收集证据。即便鉴证人员没有答应博斯的口头请求，他的加急申请第二天下午就能到达鉴证组。在申请中，博斯希望鉴证人员把面具里里外外检查一遍，鉴证面具上的指纹、头发和其他基因证据。另外，他还让鉴证组检查橡胶手套内部，收集证据。他说这是系列作案，所以鉴证分析必须快。他写道："这个作案人在被我们制止之前，不会停止他对妇女的暴力和恐吓。请加速鉴证过程。"

这次他打印了三份申请书——一份自己存档，一份给特雷维里奥，一份交给鉴证组收件员。把第三份申请书放在证物管理处办公室以后，博斯就该回家了。这一天过得很充实，发现了作案人用的面具和手套，取得了一条很有价值的线索。但他没有回家，而是回到自己的小隔间，继续梳理案情，并花了一些时间调查万斯一案。他从门边的公示板上知道特雷维里奥早就离开了警局，不用担心自己的调查会被人发现。

哈莱·刘易斯告诉博斯，多米尼克·圣阿内洛在圣迭戈受训时被人介绍参加过"奇卡诺人的骄傲"运动，博斯对此颇为吃惊。刘易斯描述的高速公路立交桥下的那个公园值得好好调查一番。博斯通过几个关键词搜索，找到了一座名叫奇卡诺公园的几张照片和一张地图。这座公园在5号高速公路下面，位于从圣迭戈湾到科罗纳多岛的跨线桥出口。

照片上是支撑着高速公路和跨线桥的混凝土石柱上的十来幅壁画。这些壁画诠释了"奇卡诺人的骄傲"运动的宗教譬喻、文化传承和著名人物。一幅壁画表明公园建于一九七〇年四月。博斯意识到多米尼克那时已经在越南了，这意味着他和刘易斯称作"加芙列拉"的女人的关系从批准建园之前就已经开始了。

他看着的一幅壁画的底端列出了建园时的作画者的名字。名单很长，有些地方已经模糊不清了，消失在石柱底端的一圈百日草中。博斯没有在名单中看见加芙列拉的名字，但名单上有许多名字都已经看不清了。

博斯关上这张照片，用接下来的二十分钟搜索拍摄石柱的角度更好或者石柱基座还未长满百日草时的照片。但这番搜索却一无所获，令博斯十分气馁。博斯无法保证加芙列拉的名字曾出现在石柱上，但他知道，再去圣迭戈查找生于一九七〇年、父亲名叫多米尼克·圣阿内洛的女婴的出生记录时，他会顺便去那个公园看一眼。

在影视城的艺术快餐店把午饭和晚饭一起吃了以后，博斯在深夜把车开上伍德罗·威尔逊道回家。他像往常一样把车停在街角，然后走回家里。他从信箱里拿出积存了一周的信件，发现信件里塞着个小盒子。

他走进屋里，把信扔在餐桌上留待稍后处理，打开盒子，从盒子里拿出从网上订购的 GPS 干扰器。

他把干扰器拿到客厅电视前的躺椅旁，然后脱下外套，从冰箱里拿出罐啤酒。平时，博斯总爱放影碟看，但这天他想看下新闻，看看电视里是否都是铺天盖地的"割纱工"新闻。

博斯把电视调到五频道，这是洛杉矶一个关注好莱坞以外事情的地方电视台。周五警察局开新闻发布会时，博斯曾在警察局门口看见过一辆侧面刷着"5"这个数字的电视转播车。

他打开电视时已经在播新闻了。他一边看着干扰器的操作指南，一边留心电视上播出的新闻。

他学习如何识别 GPS 跟踪器并干扰它的信号刚到一半时，新闻播报员低沉的播报声吸引了他的注意。

"……万斯在飞机隐身技术的发展上做出了巨大贡献。"

博斯抬起头，在电视屏幕上看见年轻许多的惠特尼·万斯的照片。很快照片不见了，播音员开始播报下一条新闻。

博斯直起腰，完全清醒过来。他拿起遥控器，转到九频道，可没有收看到有关万斯的新闻。博斯站起身，去厨房的餐桌旁用手提电脑，并很快打开了《洛杉矶时报》网站的主页。主页的标题是：

报道：在航空史上留名的钢铁业巨头
亿万富翁惠特尼·万斯身故

记者得到的信息很少，因此报道的篇幅也很短。报道上只写着，《每周航空动态》在其网站上透露，惠特尼·万斯因病去世了。《每周航空动态》上的消息没有标注信息来源，只是说惠特尼安详地死在了位于帕萨迪纳的家里。

博斯猛地合上手提电脑。

"真该死！"他粗鲁地骂了声。

《洛杉矶时报》甚至没有证实《每周航空动态》上登的消息是否准确。博斯起身到客厅踱步，不知自己该做些什么，但在某种程度上感到一丝罪恶感。他不相信惠特尼像报道上说的那样安详地死在家里。

回到厨房餐桌旁时，博斯看见惠特尼给的那张名片。他掏出手机，拨打名片上的号码。这次总算有人接听了。

"你好，有什么事吗？"

这个声音不是惠特尼·万斯的。博斯一句话也不说。

"是博斯先生吗？"

博斯踌躇了一下，但还是答了话。

"你是谁？"

"我是斯隆。"

"他真的死了吗？"

"是的，万斯先生过世了。这意味着你已经不需要提供服务了。博斯先生，再见。"

"王八羔子，是你杀了他吗？"

话刚问一半斯隆就挂了。博斯想重拨一次，但知道斯隆不会再接了。这个号马上会变成死号，博斯和万斯帝国之间的联系也会很快完结。

"真该死！"他又骂了一遍。

博斯的话音在空旷的房间里回荡着。

23

　　博斯大半个晚上都在福克斯台、美国有线新闻频道以及手提电脑上的《洛杉矶时报》网站间切换，希望得到惠特尼之死的进一步消息。但二十四小时循环播出的新闻内容让他很失望。惠特尼的死因和死亡细节都没有更新的内容。所有新闻媒体都在炒冷饭，把以前的新闻剪辑放在简短的几行死亡报道后面充数。凌晨两点，美国有线电视新闻频道重播了惠特尼一九九六年新书出版时拉里·金对他的采访。博斯饶有兴致地看着当时的访谈，访谈中的惠特尼迷人且充满生气。

　　过了一会儿，博斯在皮椅上睡着了，身旁的桌子上放着四个空酒瓶。他醒的时候，电视机仍然开着，他第一眼看到的是装载着惠特尼尸体的验尸所车辆离开圣拉斐尔路的力斯府邸在镜头前缓缓开过的影像。摄像机接着拍下了黑色铁门徐徐关上的场景。

　　镜头里的街道漆黑一片，但没有标记时间。博斯知道惠特尼的尸体在验尸所会得到贵宾级的待遇，因此，在午夜帕萨迪纳警察局警察全面调查完以前，不会被送到其他地方。

　　这时是洛杉矶时间早上七点，东部媒体已经开始对惠特尼死讯的播报了。

美国有线电视新闻网主播连线到该台的一位财经记者，这位记者谈到惠特尼拥有父亲所创立的公司的大部分股份，不知道惠特尼死后这些股份会被如何处置。记者说，惠特尼没有"已知的继承人"，他的财富和股份会被如何分配要看遗嘱里怎么写。记者估计遗嘱里会有让人吃惊的地方。最后这位记者补充道，由于洛杉矶时间尚早，暂时无法找到惠特尼的遗嘱执行律师，世纪城律师事务所的律师塞西尔·多布斯对此发表评论。

博斯清楚，他得去圣费尔南多处理刚打进来的举报电话以及"割纱工"一案的线索。他慢慢爬出皮椅，觉得背上有六七处疼痛，走进卧室冲了个澡，然后开始穿衣洗漱。

淋浴让他感觉清爽——至少这一刻感觉很清爽。穿衣服时他突然觉得饿了。

他在厨房烧了半壶咖啡，然后开始找吃的。女儿离开以后，博斯不再把壁橱和冰箱都填满。找到的只有冰箱冷冻室里的一盒易格华夫饼干，剩下的最后两块已经出现冻斑。博斯把两块饼干放进烤箱，希望烤烤能好吃些。接着他又翻了一遍壁橱和冰箱，但没能找到果酱、黄油或花生酱，华夫饼干看来只能将就着直接吃下去了。

他用在洛杉矶警察局重案组工作时的马克杯喝咖啡，咖啡杯上写着"我们一出动，你们就完了"。博斯发现没有果酱和其他调味酱的华夫饼干比较好拿。他坐在餐桌旁，一边吃饼干，一边整理桌上堆着的信。整理并不复杂，其中有五分之四是寄来的宣传品，根本不用打开。他把宣传品放在左边，把需要打开看的信件放在右边。博斯把几封被误投的邻居的信件也放在右边。

整理到一半时，他在这堆信件里发现了一个包着重物的马尼拉信封。信封上没有标明回邮地址，博斯家的地址写得很潦草，像是手颤抖着写下来的。信封上印着个南帕萨迪纳的邮戳。他打开信封，拿出信封里包着的物体，马上认出这是他见过的那支金笔。尽管盖着盖子，但他知道这是惠特尼·万斯的金笔。接着，他从信封里拿出两张叠好的淡黄色高级信纸。博斯打开第一张信纸，发现这是封惠特尼·万斯的手写信。信纸的底下印着惠特尼的名字和万斯家所在的圣拉斐尔路的地址。

信上标注着上周三。那是博斯去帕萨迪纳面见惠特尼的后一天。

博斯警探：

　　你读到了这封信，就说明我忠实和可靠的艾达已经成功地把信送达。和对她几十年不变的信任一样，我也同样信赖你。

　　昨天见你，我很开心，我能感觉到你是个可敬的人，在任何状况下都能做出正确的选择。我信赖你的正直和真诚。不管我发生了什么，希望你都能继续调查。如果世上有我的继承人，我希望他能拥有我的一切。我希望你能找到这个人，并相信你一定能够找到。如果一个老人临了的时候知道自己终于做了件正确的事，那会让他获得一种救赎感。

　　小心点。坚定意志的同时请时刻保持清醒。

惠特尼·万斯

二〇一六年十月五日

博斯重读了一遍后，打开第二张信纸。第二封信同样是用颤抖的手潦草写就的。信上的笔迹刚好分辨得清。

惠特尼·万斯

临终遗嘱

二〇一六年十月五日

　　我，加利福尼亚州洛杉矶县帕萨迪纳的惠特尼·万斯，手写这份遗嘱以表明我对身后财产分配的意愿。在写下这份遗嘱的今天，我理智清醒，完全可以处理自己的事务。我一生未婚。这份遗嘱废除先前存在过的所有遗嘱及遗嘱附录，在此我宣布此前的一切遗嘱和遗嘱附录都是无效的。

　　我现在雇提供调查服务的希罗尼穆斯·博斯执行我的遗嘱并寻找一九五〇年春天维比亚娜·杜阿尔特为我生下的后人。我雇博斯寻找我的后人，并给出足够的合理的遗传基因证据证明身份，以便我的后人能继承到我的财产。

我指定希罗尼穆斯·博斯为我的遗嘱的唯一执行人。作为我的遗嘱执行人，博斯先生不需要任何担保，他只需尽到本分，完成自己的职责。完成这份工作后，他将收到一笔不菲而合理的酬劳。

赠予我三十五年来的秘书、朋友、知己艾达·汤·福赛思一千万美元，并对她的支持、服务和无微不至的照料表示感谢。

我把余下的所有资产遗赠给我的后代，即我尚存的血脉和基因上的继承人，其中包括我银行账户上的钱，我的股票及投资证券，我的公司股份，我所拥有的不动产、财务和动产。我特别要把书写这份遗嘱的金笔赠给我的后代。这支笔由我的祖先挖掘出的金子所造，传了好几代人，并将一直传承下去。

这份遗嘱由我亲手所写。

惠特尼·万斯

二〇一六年十月五日太平洋标准时间上午十一点半

博斯被手中的这份遗嘱惊呆了。他重读了一遍，仍旧非常吃惊。他手里拿着一份价值几十亿美元的文件，一份能引起一个巨型企业及整个行业发生根本改变的文件，还会影响一个四十六年前出生、从未见过自己父亲、对自己的身世从没产生过怀疑的女人的家庭和生活。

但前提是这个女人还活着，且博斯能找到她。

博斯又读了一遍惠特尼给他写的信，把惠特尼的嘱咐谨记心底。他会在坚定意志的同时保持清醒。

他叠起两份信纸，把它们放回信封。他拿起沉重的金笔在手里把玩了一会儿，然后把金笔也放回信封。博斯意识到将来的某一刻，对这支金笔或许会有一个鉴定过程，他在把玩金笔时或许已经对其造成了一定的损害。他把信封带到厨房，找了只可重封的塑料袋保存。

博斯知道自己必须保存好这个塑料袋。兴许有许多势力正想着要毁了它。他回忆起霍华德·休斯[1]死的时候一下子出现的许多份遗嘱。他不记得最后哪份遗嘱被认定为合法有效了，但记得声称对遗产具有继承权的有好几方。同样的事情也会发生在惠特尼身上。博斯知道他得把信封里的文件多复制几份，把原件锁进保险柜。

博斯走回客厅，关上电视方便打电话。他按下米基·哈勒号码的快捷键，哈勒在铃声响了一声后接起手机。

"兄弟，找我什么事？"

"你是我的律师吗？"

"什么？哦，当然是。现在想要我干什么？"

"说了你也很难相信。你现在坐着吗？"

"我坐在林肯车的后座上，要去会'女朋友'克拉拉·福尔茨。"

哈勒是说他正要去法院。洛杉矶市法院被称为克拉拉·肖特里奇·福尔茨刑事司法中心。

"听说惠特尼·万斯的死讯了吗？"博斯问。

"广播里听说了，"哈勒说，"但亿万富翁翘辫子的事和我有什么关系？"

"我这儿有他的临终遗嘱。他把遗嘱寄给我，任命我为遗嘱执行人。但我不知道首先该做什么。"

"兄弟，你在逗我吗？"

"兄弟，我没有逗你。"

"你在哪儿？"

"在家。"

"别挂断电话。"

在电话里，博斯听见哈勒让司机把目的地从市中心转为博斯住的卡温格山口。接着哈勒回到通话中。

---

[1]美国著名商业大亨。

"你怎么和他的遗嘱搭上关系的？"

博斯把万斯的事情简短地交代给哈勒。他还告诉哈勒，让哈勒帮忙找私人实验室就是为了这件事。

"好，还有谁知道遗嘱在你这儿？"哈勒问。

"没了，"博斯说，"但也许有一个。遗嘱是用信寄来的。万斯信上说他把寄信的任务交给了他长久以来的秘书。我不知道她是否知道信里寄的是什么。在这份遗嘱里，她得到了一千万美元。"

"这就能确保她会把遗嘱交给你了。你说遗嘱是用信寄来的，是吗？这封信得到确认了吗——我是说是你签收的吗？"

"不，它是和其他一些信一起塞在邮箱里的。"

"这样做风险很大，但也许是传递给你的最好办法。偷偷交给秘书，再让秘书把遗嘱随信一起塞进邮筒。哈里，我得挂电话了，我得找人代我参加法庭提审。待在家别走，我这就往你那边去。"

"你车上带着复印机吗？"

"当然带着。"

"很好，我得复印几份遗嘱。"

"没问题，包在我身上。"

"米基，你对遗嘱和遗嘱认证了解吗？"

"兄弟，你应该了解我，我做过的案子包罗万象。无论是哪类案子，我都能从容应对。至于能不能找人帮忙，我就不知道了。我在三十分钟内到你那儿。"

放下电话以后，博斯不禁琢磨，把这位林肯律师[1]搅和进来是否犯了个天大的错误。本能告诉他，尽管哈勒有一些街头智慧、在法律方面有点小聪明，但这不足以弥补他在遗嘱认证和继承法方面知识的匮乏。博斯体验过哈勒如何工作，知道哈勒经常不按常理出牌，做些越界的事情。哈勒有个巨大的缺陷，

---

[1]哈勒是作者同名小说《林肯律师》中的男主角，因其座驾为高雅豪华的林肯车，因而人称"林肯律师"。

他以自己的英勇来弥补这个缺陷，像挑战巨人歌利亚的大卫似的。无论对方是国家权力机关，还是价值亿万美元的超大公司，他都能勇于面对。博斯确信哈勒永远会站在自己这一边，可以无条件地信赖他。他越来越觉得，这也许是自己日后能得到的最为重要的支持。

他看了看表，发现已经快九点了，贝拉·卢尔德应该马上会到警察局上班。博斯打电话给贝拉，但她没有应答。她也许已经在给博斯前一天留下的那沓举报电话记录回电了。他发了个短信，让贝拉有空给他打电话，短信还没发送，贝拉的电话已经打了进来。

"早上好。"博斯说。

"早上好，"她说，"你在哪儿？"

"我还在家呢。今天你得独自处理那件案子了。"

贝拉低吟一声，问他这是为何。

"我私下办的案子出了点情况，"他说，"事情很急，一刻也不能等。"

"就是和出生证明有关的那个案子吗？"贝拉问。

"你怎么——"

博斯想起贝拉看见过他放在小隔间桌子上的那沓复印件。

"别介意，"他说，"只要别跟人提就行了。我过几天再来。"

"要过几天才能来吗？"贝拉大声问，"哈里，这正是需要趁热打铁的时候。那家伙八个月来第一次又要出手。我们已经找到了他的面具。调查需要人手，我们这里真的很需要你。"

"我知道，我知道，但现在手头的事一刻也不能耽搁，看来我还得到圣迭戈去一次。"

"哈里，你太让人失望了。你办的是什么案子？"

"现在不能告诉你。等能说的时候，我一定会说的。"

"你真是太好了。看来你手里的案子比那个四处强奸墨西哥裔女子的家伙要重要得多。"

"两个案子没有重不重要之分。可我们都知道，警察加强关注以后，那家伙已经躲起来了。除非他自我暴露，否则我们暂时还抓不住他。如果他自我暴露，我们再抓他不迟。"

"好吧，我会告诉警监，我相信如果他知道你不来一定会很开心。他可不想看你破案呢！"

"那你来破吧。"

"不，还得由你来破，别想甩开这件案子。"

"我没想甩开。我手头的案子马上就能结。另外，你只要一通电话就能找到我。事实上，我今天原本想查些线索来着，现在只能让你去查了。"

"是什么线索？"

"引导我找到面具的举报人说，那家伙一边跑，一边在检查路旁有哪辆车忘了锁门。"

"你想说什么？"

"他逃跑时出岔子了。"

"你是说比阿特丽斯用笤帚打他，是吗？"

"不，我想说他用来逃跑的车不见了。"

"你觉得他有个接应的司机，是吗？我们要找的也许不止一个嫌疑人。不同的面具代表不同的强奸犯，却是分工合作的——你是这个意思吗？"

"不，DNA 来自同一个人！"

"那你是说强奸犯有司机接应，是吗？"

"我考虑过这点，但想想又不太可能。屡次作案的人大多独自犯案。其中有例外，但例外相当少。大多数时候还是要依常理来看问题。"

"那你想说什么？"

"我想你应该去比阿特丽斯家再搜一次。局里有金属探测器吗？"

"要金属探测器干什么？"

"去'割纱工'跳窗逃跑的地方查查。我琢磨着，他兴许在跳窗往逃跑的车那边跑的时候丢了钥匙。那里有块长满葡萄藤和地被植物的地。"

"明白你的意思了，我这就去查。"

"钥匙是在他惊慌失措时掉下的。被笤帚打得晕头转向后，他手里的刀掉落在地，于是跳过窗子。钥匙很可能在这时飞到地上去了。他得尽快离开，无法专心在藤蔓里找钥匙，只能拔腿就跑。"

"听上去似乎有点道理。"

"那家伙是个精于计划的好手，但这次却失了心智沿街狂奔，想找辆没上锁的汽车逃。掉了钥匙完全有可能。"

"说得没错。"

"再说，你又有什么事可做呢？你准备把一天耗在给线索提供者打电话、听她们唠叨谁像强奸犯上面吗？"

"你又看不起市民报上来的线索了，但金属探测器的事倒是说到点子上了。市政管理局那边有把寻找地下管道和电线的金属探测器。有一次，我们用这把金属探测器找到了一个黑帮成员用塑料袋包好后埋在他家后院里的枪，找到了他和一起致命的袭击案的关联。如果我找得到多克韦勒，而且他心情不错，他会让我们用的。"

"拿上金属探测器，用它在窗户底下的树丛和地上好好找一遍。"

"那是台像除草机一样的带轮机器，根本拿不了。"

"带上西斯托。给他个自我救赎的机会。"

"让他救赎什么？"

"那天他的心思根本不在现场。他一直在玩手机，精神完全不集中，像是在案发现场为我们做保姆似的。他认为这不是他的案子，不必多花精力。私下里跟你讲，他找东西也三心二意，他找到刀子时幸好没割伤自己。"

"别去评判人好吗？"

"要是在过去，我们会说他那种人连用梳子在胡须里找鼻屎都找不到。"

"这么说太刻薄了！"

"眼见为实，很高兴跟我搭档的是你不是他。"

贝拉半晌没说话，博斯知道她暗地里很高兴。

"我想这其中包含恭维的成分，"过了一会儿贝拉说，"从伟大的博斯口里说出来那就更了不起了。不管怎么说，去那儿看看也好。有结果我会告诉你的。"

"找到钥匙的话，你得请我喝杯啤酒。你还得找西斯托问问麦克莱街有没有汽车失窃——'割纱工'也许在那儿弄了辆汽车。"

"你今天怎么这么多主意啊？"

"这就是我总能撞上好运的原因。"

"所以你才会说给举报人回电话完全是浪费时间。"

"错了就是错了，我承认这话我说错了。"

"伙计，没事，只是跟你斗个嘴罢了。"

"贝拉，我得挂电话了。去那儿小心点。"

"你也小心点——办你那个绝密的案子的时候一定要多加小心。"

"我会小心的。"

两人同时挂断了电话。

24

博斯双手戴着手套把信和遗嘱从信封中拿出，并摊开在厨房桌面上。哈勒正在认真研读，而博斯正操作电脑，看看是否能查到一九七〇年圣迭戈县的出生记录。惠特尼·万斯的死瞬间改变了形势。博斯觉得他得尽快解决惠特尼继承人的问题。他需要在 DNA 层面上证明继承人的合法性。需要尽快找到多米尼克·圣阿内洛的女儿。

很不幸，人口档案统计局的网站上最早只有二十四年前的电子档案。博斯必须和查找多米尼克·圣阿内洛的出生证明时一样实地去找圣迭戈县一九七〇年的实体档案和人工做成的微缩胶卷。哈勒把两份文件看完一遍时，博斯正在抄下罗斯克兰斯街上的人口档案统计局地址。

"这份东西简直太棒了。"

博斯看了看他。

"哪里太棒了？"博斯问。

"里面的一切都太棒了，"哈勒说，"你拿到的是份亲笔遗嘱，就是说是由死者手写的。我在来这儿的路上查过，在加利福尼亚州，亲笔遗嘱在法律地位上要高于通过公证的遗嘱。"

"惠特尼也许知道这一点。"

"哦，他的确知道不少。他在信里附上笔也正是为此。寄笔是因为他知道验证遗嘱的关键就是这支笔，而不是信里胡诌的那个理由。你说上周你在宅子里见他时，他的思维和身体状况都很正常——就像他信里说的那样，是吗？"

"没错，那时他的思维和身体状况都很正常。"

"没有生病或身体有恙的迹象吗？"

"只是有些年老体弱而已。"

"不知道验尸官眼下会发现些什么。"

"验尸官也许看都不会去看。一个八十五岁的老人去世以后，验尸官很少会长时间认真查看尸体。死者已经八十五岁了，毫不奇怪。"

"你想说不会有尸检，是吗？"

"应该做不意味着一定会做。如果帕萨迪纳警方认为这是自然死亡，除非验尸官在尸体表面发现明显证据，否则应该不会进行彻底的尸检。"

"我想我们应该等等。你在帕萨迪纳警察局有认识的人吗？"

"没有。你呢？"

"也没有。"

哈勒到了以后，他的司机就把林肯车上的复印机搬到博斯家，然后坐回驾驶座等着。哈勒从博斯放在桌子上的纸板分类盒里拿出手套，戴上后开始复印遗嘱。

"你这里为什么没有复印机？"哈勒一边复印一边问。

"曾经有一台打印复印组合机，"博斯说，"但被麦迪带到学校去了。我还没来得及买台新的。"

"麦迪学上得还好吧？"

"她很好。海莉呢？"

"海莉也很好。已经完全融入进去了。"

"那就好。"

之后兄弟俩就没话可说了。他们两个的女儿——麦迪和海莉年纪相同，是哈勒和博斯唯一的侄女——两人都进了查普曼大学，但因为专业和兴趣不同，两人没有像父辈希望的那样建立起亲密关系。大学一年级时两人同住一间宿舍，但二年级分开了。海莉留在宿舍，麦迪则同心理学系的女生合租了一套房子。

哈勒复印了十来份遗嘱后，把那封信也复印了十来份。

"为什么要印这么多？"博斯问。

"你永远不可能知道会发生什么情况。"哈勒说。

这话说了等于没说，博斯心想。

"接下来我们该怎么办？"他问。

"什么也不用做。"哈勒说。

"你说什么？"

"现在我们什么都不需要做。不必把信和遗嘱公开，不必上法庭。我们只需保持沉默，静静等待。"

"为什么这样说？"

"你继续调查。证实万斯的确有个继承人。证实了以后，我们再看看谁会有所行动，看看公司方面会做些什么。等对方行动后，我们再定对策。知道对方想干什么后，我们再根据对方的动机行动。"

"可我们还不知道'对方'是谁啊！"

"我们会知道的。就是他们那些人。公司里的人、董事会的人、做安保的人，就是他们那些人。"

"'他们'也许正在监视我们呢！"

"必须假定他们正在监视我们。不过他们并不知道我们手里拿到了什么。不然这个盒子不会在你的信箱里放上整整四天。"

博斯点点头。这个想法不错。哈勒向他指了指桌上的遗嘱和信的原件。

"我们必须不惜任何代价保护好这两份东西。"他说。

"我在影视城有个银行保险柜。"他说。

"你最好假设他们知道你有个银行保险柜。也许他们知道你的一切。复印遗嘱正是为了这个，你得把遗嘱的复印件放到银行的保险柜里。如果有人监视你，他们会觉得保险柜里放着的是遗嘱的原件。"

"那我该把原件放在哪儿？"

"你自己琢磨，千万别告诉我。"

"为什么不能告诉你？"

"避免法官发布命令让我交出遗嘱。我手里没有遗嘱，又不知遗嘱在哪儿的话，要我交我也交不出。"

"这招真厉害！"

"我们还得找到艾达·福赛思。如果她的确是把这封信偷带到邮局的那个人，那我们必须得到她的证言才行。这将是验证遗嘱真实性的证据链的一个组成部分。我们需要对每一步行动进行确认。我最终带着遗嘱和信上法庭时，可不想没两下就被对方驳倒。"

"有驾照的话，就能弄到她的住址。"

哈勒用依然戴着手套的手拿起那支金笔。

"还有这个，"哈勒说，"你确定这是他上周拿的那支笔吗？"

"非常确定。我还在宅子墙上的照片里看到过这支笔。在照片上，他正用这支笔给拉里·金在书上签名。"

"太酷了，我们也许还能让拉里·金上法庭做证呢——这样官司就能上头条啦，至少也能上个二条。我们同样需要艾达替我们做证。记住，在各个层面上都要证实这份遗嘱的真实性。他的金笔、他用金笔写下的签名，这些都要做好比对。时机合适后，我会找个实验室完成这些事。"

复印完以后，哈勒把信和遗嘱一一匹配，把它们分成十来份。

"你这里有回形针吗？"他问。

"没有。"博斯说。

"我车上有。这几份我拿一半，你拿一半，把它们放在床垫底下、放在银行的保险柜里。尽量把它们放在不同的地方。我也会这么做。"

"你这是要去哪儿？"

"我会装作对这事一无所知，到法院去一趟。你安心去寻找和核实那个继承人。"

"找到她以后，我们是要把事情告诉她，还是先私下进行核实？"

"到了那一步，你再见机行事吧。但无论做什么决定，这个秘密是我们的优势——至少就目前而言。"

"明白。"

哈勒走到门口，吹了声口哨召唤司机。他对司机做了个手势，让司机进屋取出打印复印两用机。接着他走下台阶，在走回屋子以前朝街道两边看了几眼。

司机走进屋，拔掉两用机的电源，把电线卷好，防止出门时被电线绊倒。哈勒走到客厅的滑动玻璃门前，看着门外卡温格山口的景色。

"这里有很多树，"他说，"景致非常安宁。"

哈勒住在山的另一边，能看到日落大道的全貌和洛杉矶城区的繁华景象。博斯走过来，拉开一点滑动玻璃门，让哈勒听山口下面高速公路永不停歇的嘈杂声。

"这里没那么安宁。"他说。

"像大海的声音。"哈勒说。

"许多人这样安慰自己。可在我听来就是高速公路的声音。"

"这些年来你在处理杀人案时见过很多。见过人类所有的堕落和残忍。"

哈勒的视线一直盯着山口。一只红尾鹰展翅飞翔在高速公路那头的山岗上。

"可你从没遇到过这种事，"他又说，"这回你面对的是亿万美元。有人会不惜一切代价——真的会不惜一切——抢到这笔钱。一定要做好万全的准备。"

"你也得做好准备。"博斯说。

25

　　二十分钟后博斯离开家。他走到借来的切诺基旁，第一次使用了新买的GPS探测器，他绕车走了一圈，把探测器天线探到汽车底盘和车轮罩底下，但没接收到任何信号。他打开车前盖，照手册上描述的步骤又操作了一遍。这次仍然没接收到任何信号。他把仪器上的干扰频率打开，坐到方向盘后面。

　　他把车沿着莱特伍德道开上了影视城的文图拉大道，然后折转向西，开向坐落在月桂谷大道旁商业广场上的银行。博斯已经至少两年没接近过自己开的银行保险柜了。银行保险柜里放的大多是他的个人文件——出生证明、结婚证、离婚证和军队服役证明。他把自己获得的两枚紫心勋章和刚入警局时在一场惨烈事故中救出一名孕妇所获得的嘉奖令放在保险柜的一个盒子里。他把万斯的信和遗嘱的复印件放进这个盒子，然后把盒子交还给银行保管员。

　　回到租来的车旁，博斯审视了一下周围，起初他没发现有人在监视。但把车从银行停车场开到月桂谷大道以后，他从后视镜里看到一辆带有色玻璃窗的汽车从同一个停车场的不同出口开出，在他后面一百码左右跟着。

　　博斯知道这是个热闹的购物区，因此没有马上想到自己被跟踪了。但他决定不上高速公路，留在月桂谷大道，以便好好观察一下后面的车辆情况。他继续朝北行进，每过一两个街口就看一眼后视镜。从其独特的格子窗看，那辆车应该是辆深绿色的宝马。

他沿着月桂谷大道又开了两公里，宝马车仍旧跟在他后面。博斯时而减速，时而加速，但不时在月桂谷大道四条车道上变道的宝马车却始终保持着两车之间的距离。

博斯越发相信自己被跟踪了。他想用最基本的绕路法证实这点。他在下一个路口右拐加速，开到街区尽头的禁行标志处第二次右拐，并在开到下一个禁行标志处再一次右拐，然后把车速控制在限行速度以内，把车开上月桂谷大道。他看了眼后视镜，宝马车没有绕路跟在他后面。

回到月桂谷大道以后，博斯继续向北行驶，后面已经没了那辆宝马车的影子了。那辆车的车主可能并没有尾随他继续朝北开，或是看出博斯发觉有人跟踪后放弃尾随了。

十分钟后，博斯把车开进了圣费尔南多警察局的警员停车场。他从边门进入，发现侦查处办公室一个人都没有。他琢磨着西斯托也许和贝拉一起去搜比阿特丽斯家的房子了。兴许贝拉把博斯周五那天收获不大的搜索告诉了西斯托，西斯托坚持要再搜一次。

博斯拿起桌上的电话，拨打了贝拉的手机，想问问搜索进行得怎么样了，但电话却转入了语音信箱。博斯给贝拉留言，让贝拉空下来以后回电给他。

见特雷维里奥不在，博斯便登上机动车辆管理局的数据库，查找艾达·汤·福赛思的信息，找到了一个南帕萨迪纳阿罗约道的地址。他想起惠特尼信上有个南帕萨迪纳的邮戳，便登上谷歌地图查看艾达住址附近的情况。他调出那个地址的全景图，发现艾达在俯瞰阿罗约道的这条街道上有幢漂亮的房子。惠特尼显然对艾达这位长期信赖的雇员非常不错。

博斯所做的最后一件事是拿出一份正在处理的谋杀悬案的卷宗，针对这个案子填写了一张证物搜寻表。他把所谓的证据登记为"受害人财产"，把惠特尼的遗嘱和信连同金笔放在原始的信封中后放入一只塑料证据袋。封上证据袋以后，他把袋子放入一只储存证物的纸板箱。他用红色胶带把箱子封上，这样如果有人动这个箱子他就会知道。

博斯把箱子搬回证物管理处，把它和其他调查中收集到的证据锁进一个储物柜。博斯觉得惠特尼的信和遗嘱原件藏在这里很安全。证物官给他打印了一张收据，博斯回到办公室把收据放回卷宗。刚锁上放卷宗的抽屉，内部通话器就响了，前台的值班警官通过内部通话器叫他。

"博斯警官，前台有人找。"

博斯心想找他的一定是提供"割纱工"案线索的举报人。他知道不能在"割纱工"的案子上耽搁，于是便按下内部通话器上的通话按钮。

"是关于'割纱工'的线索吗？你能让举报人下午再来，找贝拉警官反映情况吗？"

前台警官没有在内部通话器里马上作答，博斯心想前台警官一定是在跟举报人说明情况。如果来人不是举报而是报警，博斯必须放下手头所有事去处理报警。如果来人是第六位受害者，他必须好好询问一番，不能让对方就这样回去。

他回到电脑屏幕前，退回机动车辆管理局的艾达·福赛思页面，把艾达的地址信息打印出来，这样上艾达家找她谈话的时候就可以有备无患了。接着他绕了警察局外围一圈走到正门，站在大楼的角落里望着街道，看看来人有没有尾随者。

博斯没有看见可疑的人，但看见警察局对面的公用事业局门口停着辆带深绿色窗户的黑色宝马。这辆宝马几乎和哈勒的林肯车一样长，博斯发现有个司机正坐在方向盘后面。

他飞快地走回边门，通过警察局内部走到前厅。博斯心想来人应该是斯隆，但走到前厅时才发现自己错了，来人是克莱顿，最先让他接触惠特尼委托的案子的克莱顿。

"跟踪我麻烦吗？"博斯开门见山地问，"你是来拿我的活动日程吧？"

克莱顿点点头，承认的确跟踪过博斯。

"我早该料到你已经发现我们了，"克莱顿说，"大概在银行的时候就发现我们在跟踪了。"

"克莱顿，找我什么事？"

克莱顿皱起眉。博斯直呼其名，明显不在意两人旧日在洛杉矶警察局的关系。

"我要你就此退出。"克莱顿说。

"我不知道你在说什么，"博斯说，"要我退出什么？"

"你的雇主死了，这段雇佣关系已经终止了。快点打住吧，现在只剩他的公司还在。"

"你怎么会觉得我会做什么？"

"我们知道你在做什么，也知道你这样做的原因。我们甚至知道你那个廉价律师在做什么。你们俩一直处于被监视中。"

离开家以前，博斯认真地查看了街道。现在他知道，他要看的不是人和车，更应该看看街道两边的摄像头。这时他开始担心家里会不会也装上了摄像头。他直直地看着克莱顿，没有表现出一丝恐惧。

"好，我会考虑你的建议，"博斯说，"你应该知道该怎么离开这儿吧。"

他离开克莱顿，但克莱顿这位警察局前局长又发话了。

"我觉得你没真正意识到你现在的处境。"

博斯走回到克莱顿身旁，和克莱顿面对面。

"我现在是什么处境？"

"你现在处境很危险。你必须谨慎地做决定。你谨慎行事的话，我代理的人会给谨慎做决定的人一定的报酬。"

"这是威胁、贿赂，还是两者皆是呢？"

"随你怎么想。"

"那好，你想威胁和贿赂我，现在你被捕了。"

博斯抓住克莱顿的胳膊，飞快地把克莱顿按在前厅的砖墙上。他一只手按住克莱顿的背，另一只手伸到自己的外套后面掏出手铐。克莱顿用力回头看他。

"你他妈的到底在干什么？"克莱顿咆哮道。

"你因为威胁和试图贿赂警官这两条罪名被捕了，"博斯说，"分开你的双腿，把脸贴在墙上。"

克莱顿非常震惊，无法马上做出反应。博斯踢了下克莱顿的后脚跟，他的腿终于慢慢分开。博斯铐上他，简单地搜了身，从右侧臀部上挂着的枪套里搜出把枪。

"你犯了个大错。"克莱顿说。

"也许吧，"博斯说，"但克莱蠢先生，铐上你这个自以为是的家伙让我很愉悦。"

"很快会有人放我出来。"

"你知道有人一直这么叫你吗？跟我走，去班房待着去。"

博斯朝有机玻璃后面的前台值班警官点点头，值班警官打开内门。博斯把克莱顿押到局里的拘留所，把克莱顿交给管理拘留所的警官。

博斯填写逮捕报告，把搜来的枪登记在册，锁进储物柜，然后把管理拘留所的警官叫到一旁，叮嘱他别急着让克莱顿打电话找律师。博斯看着克莱顿被关在坚固的铁门后面只有一张床的拘留室里。他知道克莱顿很快会被放出来，但这至少可以让博斯往南边去的时候不被跟踪。

他决定改天再去找艾达·汤·福赛思询问。他把车开上直达圣迭戈的5号高速公路，觉得途中兴许还能在奥兰治县停一下。

他看了看表，盘算了下时间，然后打电话给女儿。和平时一样，电话直接转入语音信箱。他告诉麦迪他在十二点半到一点之间会经过奥兰治县，问她如果有空愿不愿意和他吃个午饭或喝杯咖啡。他说他有事想告诉她。

半小时后途经洛杉矶市区的时候，麦迪打电话来了。

"你是从5号公路过来的吗？"女儿问他。

"是的，我现在就在5号公路上，"他说，"今天的路不堵，我想十二点一刻就能到你那儿了。"

"一起吃个午饭吧。你想对我说什么？"

"先说午饭的事。你想和我在哪儿会合，还是要我去学校接你？"

从高速公路开到校园得花十五分钟。

"我这里停车很方便，能过来接我吗？"

"我正想说过去接你呢。你想吃什么菜？"

"博尔萨有家我想尝试的餐厅。"

博斯知道博尔萨在当地商业区小西贡的中心，但离校园很远。

"离学校有点远，"博斯说，"我要先去接你，然后和你去博尔萨吃饭，然后再送你回学校，耗掉的时间太多，之后我还要去——"

"那我开车过去，我们在博尔萨会合。"

"麦迪，能找个离学校近点的地方吗？你应该知道，我很讨厌去那种越南餐厅……"

"爸爸，那都是几十年前的事情了。你难道连越南菜都吃不下吗？你这是种族歧视。"

博斯沉默了很久，思索该怎么对女儿回话。他语调尽量平静，但心里却如潮汹涌。让他恼火的除了女儿的话，还有搅局的克莱顿和尚未落网的"割纱工"。

"麦迪，这和种族歧视完全没有关系，说别人种族歧视时应该非常谨慎，"他说，"像你这么大的时候我正在越南，为保护那里的人们而打仗。我是自愿去那里的。这算种族歧视吗？"

"爸爸，事情没你说得那么简单。你恐怕是被送去对抗社会主义的。再说了，把这个当成不吃某种食物的借口未免有点怪吧。"

博斯不说话了。他永远不会把他的一些事情和生活中的某些方面告诉女儿。参军的整整四年经历就是其中之一。麦迪知道父亲参过军，但博斯没有告诉过女儿东南亚战场的任何事情。

"这类食物我在那儿整整吃了两年，"博斯说，"每天每顿饭都吃那个。"

"为什么？军事基地之类的地方就不烧美国菜了吗？"

"当然烧，但烧也无法吃。如果吃了美国菜，会被越南人闻到味的。身上的气味必须和他们一样才行。"

这时换成麦迪哑口无言了。

"我不理解——你这是什么意思？"过了半晌她才问。

"吃什么东西身上都会有什么味道。在密闭的空间里，食物的味道会从你的毛孔里散发出来。我的任务是查探地道的地形——必须整天待在地道里，但我不想让敌人知道我在那儿。所以每天每顿饭我都得吃他们的食物，我现在再也吃不下越南菜了，会带来不堪的回忆。明白我的意思了吗？"

麦迪依然没有说话。博斯握着方向盘顶部，用手指轻弹方向盘上的仪表板。他很快就后悔刚才把事情告诉女儿了。

"今天我们也许不能一起吃午饭了，"他说，"我得尽早去圣迭戈查案，也许明天回来时再一起吃顿午饭或晚饭。如果碰上好运，事情能顺利办完，兴许我们能一块吃早饭呢！"

"我早上有课，"麦迪说，"但争取能一起吃个午饭或是晚饭。"

"可以一起吃吗？"博斯问。

"当然。但你想告诉我什么？"

博斯不想因为自己的案子与她的生活可能有重叠而提醒她多加小心，这样会吓坏她的。他想还是明天和她当面再提会比较好。

"这事可以等等再说，"他说，"我明早再打电话给你，安排见面的事。"

父女俩结束交谈，但接下来博斯横穿奥兰治县的一小时中一直想着这事。他不想让自己的过去或现在给女儿增加负担。他觉得这是不公平的。

26

博斯开车朝圣迭戈平稳而缓慢地行驶着，并在行车时不出所料地接到了瓦尔德斯局长打来的电话。

"你把克莱顿局长逮了？"

瓦尔德斯的话既像是陈述，又像是在表达震惊。

"他不再是局长了，"博斯说，"连警察都不是。"

"是不是警察无关紧要，"瓦尔德斯说，"你想没想过这事会对我们和洛杉矶警察局之间的关系造成什么影响。"

"一定会增进两个警局之间的关系。洛杉矶警察局没人喜欢他。你在那儿干过，应该很清楚这一点。"

"我当然不喜欢他，但这和眼下的事情没关系。我刚刚把那家伙放走。"

博斯对此并不感到奇怪。

"为什么要放他走？"尽管他知道原因，但还是问了。

"因为没有实际的事由，"瓦尔德斯说，"洛佩斯只知道你们吵了一架。你说你受到了威胁，他可以反过来说受到威胁的人是他。这完全是小孩子在斗气。你没有帮你说话的证人，地方检察官办公室没人会愿意来搅这浑水。"

博斯心想洛佩斯应该就是那个前台值班的警官。瓦尔德斯释放克莱顿前，至少对自己提交的指控进行了调查，博斯觉得这很不错。

"你什么时候放他走的？"

"他刚走，"瓦尔德斯说，"走的时候一副不开心的样子。你在哪儿？为何要离开？"

"局长，我正在办一件与圣费尔南多警察局无关的案子，我必须走。"

"现在和我们有关了，克莱蠢说他要起诉你和圣费尔南多警察局。"

博斯听见瓦尔德斯用基层警察对克莱顿的称呼叫他，觉得这很好。这说明局长是站在博斯这边的。博斯这时想到同样威胁要打官司的米切尔·马龙。

"让他等着排队来打官司吧，"博斯说，"局长，我得挂手机了。"

"我不知道你在干什么，但无论干什么都要多加小心，"瓦尔德斯说，"克莱蠢那种家伙可不是什么好人。"

"听你的。"博斯说。

进入圣迭戈后，高速公路非常通畅。下午两点半，他把车停在洛根·巴里奥区 [1] 5 号高速公路下的一个停车场，站在奇卡诺公园里。

网上的照片没能反映公园壁画的全貌。在博斯看来，这些画出奇地美，颜色非常鲜艳。这些画的数量多得令人震惊。无论从哪个角度，都能看到一根根柱子和一面面墙上都绵延着这些画。博斯走了十五分钟，才找到标有原画者姓名的那幅壁画。百日草长得更高了——隐没了更多原画者的姓名。博斯蹲下身体，用手分开百日草，查看留在画上的名字。

为了保证画的主题鲜明，颜色持久鲜艳，这些年来公园里的大多数壁画都被重画过。但百日草后的那些名字褪了色，很难辨认清楚。博斯掏出笔记本。他想记下那些能看清楚的名字，从而找到加芙列拉。但他很快发现这些名字已经被隐没在土层底下。他放下笔记本，伸出手，开始拨开土，拔出百日草。

他找到的第一个名字是卢卡斯·奥尔蒂斯，接着往右继续移土松草，双手很

---

[1]圣迭戈的一个拥有墨西哥文化根基的艺术工业区。

快被潮湿的黑土弄脏了。他很快找到了加芙列拉的名字。他兴奋地加快速度，清除盖在加芙列拉的姓氏"利达"上的泥土。这时身后突然传来震耳欲聋的吼声。

"混账东西！"对方用西班牙语骂着。

博斯吃了一惊，侧过头，看见身后有个男人张开双臂，仿佛用全世界通用的语言叫骂着：你他妈的都做了些什么！来人穿着套绿色的工作制服。

博斯连忙站了起来。

"对不起。"博斯用英语和西班牙语连说了两遍。

他把土从手上拨开，但两只手上都是泥泞的湿土，土怎么拨都拨不掉。站在他面前的是一个五十多岁的老人，满头白发，留着厚厚的一层胡子，腰板宽厚。衬衫口袋的椭圆形徽章上写着"哈维尔"这个名字。哈维尔虽然戴着墨镜，但他怒气逼人的目光还是清晰可见。

"我想找到……"博斯说。

他转过身，朝石柱的底部指了指。

"在西班牙语里名字是怎么说来着——"

"傻蛋，我会说英语。你这个人到底怎么了，把我的花园搞得一团糟？"

"对不起，我在找个名字，一个最早在这里画画的画家的名字。"

"最早在这里画画的人有很多。"

哈维尔走过去，蹲在博斯刚刚蹲着的地方。他用双手小心翼翼地把博斯挖出来的花归回原位，拨弄花的姿势远比博斯小心。

"你找的是卢卡斯·奥尔蒂斯吗？"

"不是，"博斯说，"是个叫加芙列拉·利达的画家。现在她还在吗？"

"谁想找利达？"

"我是个私人侦——"

"我在问谁想找她？"

博斯明白对方是什么意思了。

"可以帮忙的话，我很愿意赔付对这儿造成的损失。"

博斯想伸手从口袋里拿钱，但他的手很脏。他看了看周围，发现公园的中心位置有个砖头砌出的喷泉。

"你等等。"他说。

博斯走到喷泉旁，把手伸进水池，洗去手上的土。接着他甩了甩双手，把手伸进口袋。他看了看钱包，从四张二十美元的纸币里拿出三张，走回哈维尔身旁。博斯不希望付了六十美元，却换来加芙列拉·利达已经死去的事实，像石柱上的名字那样已经埋在地下成为某种符号。

回到哈维尔身边时，哈维尔对博斯直摇头。

"现在你把我的喷泉也弄脏了，"他说，"泥土会附着在过滤网上，我还得去洗过滤网。"

"我给你六十美元，"博斯说，"柱子和喷泉的修整费用都包含在内。好了，告诉我去哪儿才能找到加芙列拉·利达。"

博斯递出三张纸币，哈维尔用满是泥土的手接了过去。

"她以前在这儿上班，负责管理这个公园，"他说，"可她已经退休了。上一次听人提起时，据说她住在马查多。"

"她住在集市吗？ [1]"

"不，我说的马查多是一处住宅楼。就在牛顿那边。"

"她还姓利达吗？"

"是的，没错。"

博斯只需要知道这个就够了。他坐回车里，十分钟后把车开到一幢低收入阶层住的新式土砖公寓楼的主入口前。他查看了一眼主通道里的住户列表，很快走到一扇刚漆过的绿色门前敲了敲门。

博斯把放着"闪电图像"翻拍照片的文件夹拿在身侧，用另一只手再次敲门，手还没敲到门，一个长相清秀的老妇人就为他打开了门。博斯估计，老妇人应该有七十多了，但长相要年轻些。她颧骨鲜明，一双闪闪发亮的眼睛嵌在仍然光滑的棕黄色皮肤上。她留着一头银色长发，耳边戴着两只擦亮了的祖母

---

[1] 西班牙语发音的"马查多"有"市场"之意。

绿耳环。

博斯缓缓地放下手。他很确信眼前站着的就是几十年前照片里的那个女人。

"怎么了？"老太太问，"你迷路了吗？"

"我没迷路，"博斯说，"你是加芙列拉·利达吗？"

"我是，找我有事吗？"

哈勒告诉博斯，必要时刻欺骗对方一下也无妨。此时正需要，但博斯觉得没有必要也没有时间耍弄眼前这个女人。

"我是哈里·博斯，"他说，"是来自洛杉矶的私人侦探，我正在找多米尼克·圣阿内洛的女儿。"

多米尼克·圣阿内洛的名字似乎使老人的眼神锋利起来。博斯从目光中看到了好奇和关切。

"我女儿不住在这儿。你怎么知道她是多米尼克的女儿的？"

"因为我一开始调查的是他，继而查到了你。给你看点东西。"

他拿出文件夹，解下套在上面的橡皮筋，在加芙列拉面前打开。他像拿着个乐谱架一样拿着从文件夹里取出的文件和照片，以便老太太看清。看到抱着女婴的那张长方形照片时，加芙列拉伸出手，喉头哽咽了。博斯发现她眼里闪着泪光。

"太好了，"她说，"我从没见过这些照片。"

博斯点点头。

"它们随着照相机在阁楼上躺了许多年，"博斯说，"你女儿叫什么？"

"我们叫她维比亚娜，"加芙列拉说，"他要给她起这个名字。"

"随他母亲的名字。"

加芙列拉的视线从照片转向他。

"你是谁？"她问。

"可以进来的话，还能告诉你更多。"博斯说。

加芙列拉犹豫了一下，然后退了半步让博斯进门。

博斯告诉加芙列拉，他此行是因为多米尼克·圣阿内洛家有人雇他，想知道多米尼克生前是否有过孩子。加芙列拉接受了这点，之后一小时，两人坐在她狭小的客厅，博斯听她讲述了她和多米尼克之间短暂的爱情故事。

加芙列拉讲述的角度和塔拉哈西的哈莱·刘易斯有明显区别。两人在欧申赛德的一个酒吧相遇，加芙列拉本想唤醒多米尼克的文化根源和自豪感，但很快这些动机就退居次位，他俩开出爱情之花，成为恋人。

"我们为他退役回国后做了些计划，"加芙列拉说，"他想做个摄影师，我们计划去美国和墨西哥边境做个专题，他摄影，我画画。"

加芙列拉说彭德尔顿集训即将结束，在多米尼克等待越南出征令时，她发现自己怀孕了。这是个令人心碎的时刻，多米尼克多次表示他要开小差，留在加芙列拉身旁。但加芙列拉每次都说服他听令出征。她知道多米尼克在海外牺牲以后，一直为自己的坚持感到撕心裂肺的自责。

加芙列拉证实，多米尼克的确偷偷从越南回来过两次，一次是参加奇卡诺公园的落成仪式，一次是见刚出生的女儿。一家三口在科罗纳多酒店待了仅仅四小时。加芙列拉说，博斯拿给她看的照片是一个担任墨西哥民间宗教法师的艺术家朋友为他俩在海滩上举行即兴"婚礼"之后拍的。

"婚礼很有意思，"她说，"我们想，年末等他回来以后肯定能举办一场真正的婚礼。"

博斯问加芙列拉在多米尼克死后为何没去找他的家人，加芙列拉说她担心他的家人会把女儿从她身边夺走。

"我住在简陋的西班牙语区，"她说，"我没钱，我担心上法庭他们会胜诉，从我这里夺走维比亚娜。那就等于杀了我！"

博斯没有告诉加芙列拉，她的境况和与她女儿同名的祖母是多么相像，但他通过接下来的问题弄清了维比亚娜的近况和住址。加芙列拉说维比亚娜住在洛杉矶，是个艺术家。维比亚娜在市中心的艺术家聚居区做雕塑家。她结过一次婚，但已经离了。她一个人抚养那次婚姻所带来的九岁儿子。她儿子名叫吉尔伯托·贝拉克鲁斯。

博斯意识到自己又给惠特尼找到一个后代。惠特尼·万斯有个从没见过的曾孙。

27

　　圣迭戈县人口档案统计局每天开放到下午五点。四点三十五分，博斯快步穿过门，发现没有人在标着"出生证、死亡证和改名事宜"的窗口排队。博斯只需查找一份文件，这时能找到的话，博斯就不用在圣迭戈过夜了。

　　离开马查多住宅楼后，博斯便确信维比亚娜和吉尔伯托·贝拉克鲁斯是惠特尼·万斯的后代。得到证实以后，他们便能继承惠特尼的财产。基因证据当然是重中之重，但博斯希望收集足够的法律文件，作为证据链的一部分，让法庭信服。加芙列拉告诉他，登记出生证明时她把多米尼克的名字写在了上面。这类细节能让证据链显得完整。

　　到窗口以后，博斯提交了维比亚娜·圣阿内洛的名字和她的出生日期，要求得到出生证明的副本。等待工作人员去打印时，他琢磨起从加芙列拉那儿获得的其他发现和经确认的情况。

　　博斯问她是怎么知道多米尼克在越南牺牲的，她说她有一周没收到多米尼克的来信，就知道多米尼克已经死了。多米尼克给她写信从没间隔过这么长时间。当一架直升机被击落的消息登在南加利福尼亚的报纸上时，她的直觉被悲惨地证实了。飞机上的所有海军陆战队队员都是加利福尼亚人，先前驻扎在奥兰治县的埃尔托罗海军陆战队基地。牺牲的唯一一个医务兵是奥克斯纳德人，在彭德尔顿基地受训。

加芙列拉还告诉博斯，多米尼克的画像在公园的一幅壁画上。那是她多年前画上去的。这幅壁画名叫《英雄的脸》——由对几个男女的描绘组成的一张脸。博斯记得先前走过公园时见过那幅画。

"先生，给你复印件，"工作人员说，"请在左边的窗口付钱。"

博斯接过复印件，到窗口付钱。他一边走一边审视着出生证明，看见上面把多米尼克·圣阿内洛标明为父亲。这时他意识到惠特尼·万斯的委托快要完成了。他对老人没能等到这一刻感到很失望。

他很快把车开上5号高速公路向北行驶。离开前，他告诉加芙列拉，为了她好，最好别把这次谈话告诉其他任何人。他们没能很快找到维比亚娜，加芙列拉说她女儿过着与电子产品绝缘的生活。维比亚娜没有手机，在工作和生活的阁楼工作室也很少接电话。

博斯计划第二天一早去维比亚娜的工作室。在回洛杉矶的残酷高峰时间的车流中，他和米基·哈勒打了个长时通话，对方说自己也做了一番巧妙的调查。

"帕萨迪纳警方把惠特尼看作自然死亡，但会有个尸检，"他说，"卡普尔想上头条，会利用名人的死因制造一番噱头。"

伯文·卡普尔是洛杉矶县的首席法医。法医室一年要处理超过八千具尸体，由于有很多处理不当、延误的情况，他最近日子很不好过。执法部门和一些杀人案和事故的受害者的亲朋好友抱怨，有些尸检要好几个月才能完成，在调查、葬礼和结案中有极大延误。有人披露，几百具尸体被储藏在一个巨大的冷冻储藏中心——大地下室，一些尸体的脚趾被维持低温的风扇扇叶割断后再用别人的脚趾重新接上。此后媒体更是大肆炒作。

卡普尔想借惠特尼·万斯的尸检上一次不是丑闻的头条，以此举办一个超出部门和职权范围的记者招待会。

"有好戏看了，"哈勒说，"一些聪明的记者会说普通人得排队尸检，亿万富翁却不需要排队。即便在死后富人还是能享受优先权——再怎么上头条，卡普尔还是免不了被人抨击。"

博斯觉得哈勒的分析非常精准。他心想，如果有人给卡普尔出主意，怎么没提醒他这一点。

哈勒问博斯在圣迭戈找到了什么，博斯告诉哈勒，惠特尼在世上可能有两个血亲。他对哈勒复述了与加芙列拉的对话，告诉哈勒也许很快就能做 DNA测试了。他罗列了目前掌握的证据：来自惠特尼的密封基因样本，尽管没看到提取过程；多米尼克·圣阿内洛的几件物品，包括也许有血迹的一把剃须刀；一份需要时可以派上用场的加芙列拉·利达的基因样本。第二天见到维比亚娜的时候他准备再给维比亚娜提取一份样本。目前他还不准备把维比亚娜的儿子——推定的惠特尼曾孙——卷进来。

"唯一能起作用的是维比亚娜的 DNA，"哈勒说，"我们需要展示基因链，这个你已经有了。但归根结底还要看作为直系亲属的维比亚娜和惠特尼的基因是否匹配。"

"事先不该揭示受试者的姓名吧？"博斯说，"别对人说 DNA 来自惠特尼。就说是从维比亚娜身上提取的，看看他们会做何反应。"

"同意。我们不希望他们知道检测的 DNA 是谁的。我来负责这方面的工作，在我给你的那些实验室中挑一家最快的，等你提取到维比亚娜的血液样本就可以开始了。"

"最好明天就能提取到维比亚娜的血液样本。"

"那再好不过了。惠特尼的基因样本放在哪儿？"

"我家冰箱里。"

"应该不用冷藏吧，冰箱也并不怎么安全。"

"我没有刻意冷藏，只是把它藏在那儿而已。"

"和遗嘱和金笔分开存放的确是个好主意。我不喜欢把所有东西都集中放在一个地方。我只是对放在你家有点担心。要找的话，他们最先会去你家。"

"你又说'他们他们'了。"

"可事实就是这么回事。也许你该另想一个地方。"

博斯把自己和克莱顿的冲突告诉哈勒，他说他怀疑自己家也许被安上了监视探头。

"我明天一起床就检查，"他说，"今天回家的时候天一定已经黑了。今天早晨出家门时我没发现有人跟踪，在车上又没找到 GPS 跟踪器，可克莱顿不知怎么还是在月桂谷大道跟上了我。"

"兴许是该死的无人机，"哈勒说，"现在到处都有无人机。"

"我以后会抬头注意一下。你也千万注意。克莱顿说你也牵扯进这个案子里了。"

"他这么说并不奇怪。"

这时博斯透过风挡玻璃看到了中心城区的灯火。终于快到家的时候，他感受到了一天开车带来的满身疲惫。他累极了，迫不及待地想马上休息。他决定不吃晚饭多睡一会儿。

想到食物时，他意识到必须打电话给女儿，告诉她自己已经开车回家，明天不会路过校园和她一起吃饭了。父女俩的相聚必须再推迟些时日。

"哈里，你没挂手机吧？"哈勒问。

博斯从无关的念头中摆脱出来。

"你的声音消失了一会儿，"他说，"刚才经过的地段信号非常不好。你继续说。"

哈勒说他想和博斯讨论下打官司的策略，比如他们应该在哪个法庭起诉，什么时候起诉。这是一种微妙的法官选择策略。他说他觉得，遗嘱认证可能要在帕萨迪纳法院进行，那里离惠特尼生活和去世的地方很近，但那样就不需要诉讼方了。如果维比亚娜·贝拉克鲁斯下定决心了要被认证为万斯家族的后代，那找家维比亚娜出入方便的法院会更好。

选择法庭和法官不是博斯这个薪资层级能做的，他把这话告诉了哈勒。博斯这次的工作只是尽力帮惠特尼找到后代，并收集能证明血缘关系的证据。事关惠特尼遗产分配的法庭策略还得由哈勒来做。

博斯向哈勒提出了和加芙列拉对话后一直在想的问题。

"万一她们不想呢？"他问。

"你说谁不想？又是不想什么？"哈勒问。

"我是说不想要钱，"博斯说，"如果维比亚娜不想要钱又该怎么办？她们是艺术家，万一她们不想经营公司、进入世俗世界加入董事会，该怎么办？我告诉加芙列拉她女儿和外孙也许能继承一大笔钱时，她只是轻轻地耸了耸肩。她说她已经过了七十多年穷日子，不需要什么钱了。"

"等她听到钱的数量就不会了，"哈勒说，"这是笔能改变世界的钱。她会收下的。哪个艺术家不想改变世界啊？"

"大多数艺术家想用自己的作品改变世界，而不是用钱去改变。"

手机上出现呼叫等待的信号，是圣费尔南多警察局的号码。博斯心想，电话也许是贝拉打来的，想报告第二次搜查萨哈冈家的结果。博斯告诉哈勒，自己得挂手机了，等第二天找到维比亚娜并和她谈过后再找他谈。

博斯转到另一路通话，但来电的不是贝拉。

"博斯，我是瓦尔德斯局长，你现在在哪儿？"

"刚过市中心往北开。出什么事了？"

"你和贝拉在一起吗？"

"贝拉吗？为什么我会和她在一起？"

瓦尔德斯没有回答这个问题，转而问起另一个问题。局长的声音很严肃，一下吸引住了博斯的注意。

"今天和她联系过吗？"

"早晨通过一次电话，之后就再没联系过了。为什么这么问？局长，出什么事了？"

"她人不见了。手机和警方对讲机都联系不上她。早晨她在侦查处签了到，但下班时没有签名。她从来没做过这种事。特雷维里奥今天一直在和我弄预算的事情，没有去侦查处。他一直没见到她。"

"贝拉的车在停车场吗？"

"她的私人用车和她驾驶的警车都在停车场。她的女伴打电话来，说她一直没回家。"

博斯心中蒙上了一层厚厚的阴影。

"你找西斯托谈过了吗？"博斯问。

"他也没见过她，"瓦尔德斯说，"他说贝拉早晨打电话找他，问他能不能一起出现场，但他正在处理一起盗窃案，无法和她一起去。"

博斯把油门猛地往下踩。

"局长，派辆车去萨哈冈家。她要去的是萨哈冈家。"

"为什么去萨哈冈家？发生什么事了？"

"局长，派辆车去。让他们里里外外好好搜一遍，尤其是后院。之后再和你细谈。我马上过来，半小时左右到。先派辆车过去。"

"我马上派车。"

博斯挂断手机，拨打贝拉的手机号码，如果她没接局长的电话，也不太可能会接他的，但他还是打了。

通话转入语音信箱，博斯挂断手机。他心头的阴影变得更浓重了。

28

　　博斯开过市中心以后，从繁忙的车流中摆脱出来。他在超车道上超速驾驶，仅用了二十多分钟就开到警察局。博斯很庆幸自己租了辆车，他知道那辆老旧的切诺基开不到现在这个速度。

　　到了警察局后，他很快从后走廊走到局长办公室，却发现局长不在，一辆玩具直升机在头顶空调风口微风的带动下沿圆形轨迹飞行。

　　接着他走到侦查处，看见局长、特雷维里奥、西斯托和当晚的值班警长罗森博格一起站在贝拉的小隔间。从他们发愁的表情来看，失踪的贝拉应该还没找到。

　　"检查过萨哈冈家了吗？"博斯问。

　　"我们派了辆车过去，"瓦尔德斯说，"她不在，似乎根本没去过。"

　　"该死，"博斯说，"你们还去哪儿找过？"

　　"先不提这个，"特雷维里奥说，"今天你去了哪儿？"

　　特雷维里奥一副教训人的口吻，好像博斯应该知道失踪警官的下落一样。

　　"我有事去了圣迭戈，"博斯说，"调查私人接的一起案子，去那儿以后又回来了。"

　　"这个艾达·汤·福赛思是谁？"

博斯看着特雷维里奥。

"你说什么？"

"我再问你一遍，这个艾达·汤·福赛思是谁？"

特雷维里奥举起艾达的机动车辆管理局信息的一份打印件，博斯突然觉察到，自己被叫去前台见克莱顿的时候，把打印的这份文件忘在打印机托盘了。

"我忘说了，早晨我的确来过二十分钟，"他说，"这份文件是我打的，但它和贝拉一点关系都没有。"

"我们可不知道，"特雷维里奥说，"我们想弄明白这里到底发生了什么。我在打印机里找到这份东西，然后登录机动车辆管理局账户，想知道贝拉是不是在查这个人，结果发现查询的人是你。这个人究竟是谁？"

"听着，艾达·福赛思和我们查的案子半点关系都没有。她只是我私人查案调查的一个对象。"

博斯知道这等于承认自己做了不该做的事情，但他不想在这种事上和特雷维里奥纠缠，想尽快把重心转到贝拉的事上。

特雷维里奥露出幸灾乐祸的表情。博斯知道特雷维里奥这么高兴，是因为他当着博斯介绍人的面让他出了一回丑。

"这事不能就这么算了，"特雷维里奥说，"你犯下了足以被开除的错误，我们甚至可以控告你。"

说话时特雷维里奥一直在看着瓦尔德斯，似乎在对他说，我告诉过你他是拿我们当跳板的。

"警监，"博斯说，"等找到贝拉，想开除、想指控随你的便。"

博斯转过身，对瓦尔德斯问了下一个问题。

"还做了些什么？"他问。

"让全员都回到警局，让他们出去找人，"局长说，"我们还联系了洛杉矶警察局和县局，让他们也帮着找。你为什么叫我们去查萨哈冈家？"

"因为早上她告诉我她会再去搜一次。"博斯说。

"为何要再去搜一次？"

博斯迅速复述了一遍早晨和贝拉的对话，他说"割纱工"可能丢了逃离用车的车钥匙，要不然他不会在逃跑时拉路边车的车门，看哪辆没上锁。

"现场没有车钥匙，"西斯托说，"不然我早就发现了。"

"用新视角再找一次也并不为过，"博斯说，"贝拉打电话找你出现场时，有没有问过你周五二号区域是否发生过偷车案？"

西斯托突然发现自己还没跟局长和警监谈到这个细节。

"没错，她问了，"西斯托说，"我告诉她我暂时没空查周五的偷车案。"

特雷维里奥飞快地走到西斯托办公桌后面墙上挂着的那排剪贴簿前。每本剪贴簿包含一类财产犯罪的报告。特雷维里奥抓起标注"偷车案"的一本剪贴簿，看着第一页。然后又连翻了几份报告。

"三号地区周五发生了一起偷车案，"他说，"周六也有一起。"

瓦尔德斯转身叮嘱罗森博格。

"欧文，带上这些报告，"他说，"派辆车去每个失窃点，看看贝拉有没有去那儿做过调查。"

"明白，"罗森博格说，"我亲自去跑一趟。"

罗森博格从特雷维里奥手中接过一整本剪贴簿，飞快地朝侦查处办公室外面走。

"市政管理局还有人吗？"博斯问。

"现在是晚上，他们下班了，"瓦尔德斯说，"这事和市政管理局有什么关系？"

"我们能进去吗？早晨贝拉说她会去那儿借把金属探测器，用探测器在萨哈冈家搜一搜。"

"可以进他们的院子，"特雷维里奥说，"我们的车在那儿加油。"

"我们走。"瓦尔德斯说。

四人从前门离开警察局，快速穿过街道，走到市政管理局前。他们沿着大楼左边走到存车场前，瓦尔德斯从钱包里拿出一张钥匙卡，用钥匙卡打开门。

走进存车场以后，四人分头在市政管理局的小卡车和其他工程用车之间寻找着贝拉。博斯朝后墙一处有棚顶的工棚和几张放着各式工具的工作台走去。身后不断传来此起彼伏的车门开闭声和局长声嘶力竭地叫喊贝拉的声音。

但始终听不到贝拉的回答。

博斯用手机灯光找到了工棚的荧光灯开关。工棚里有三张工作台垂直靠着后墙放着。工作台的架子上放着各种工具，材料以及割管机、研磨机、木工用的钻孔机和锯子等各种机械。这些机械和器具散乱地放着，像是用了一半丢在那儿似的。

第三张工作台上放着一个悬在头顶的架子，架子上放着几根八英尺长的不锈钢管。博斯想起贝拉曾说他们用金属探测器寻找地下的管道。他心想第三张工作台上放着的应该是与管道工程相关的机械器具。工棚里如果找得到金属探测器，那一定就在这儿了。

贝拉说金属探测器像割草机一样带轮子，不是海滩上寻找财物用的那种手持探测器。

博斯什么都没找到，他扫视周围，查看工作台及周围所放的仪器设备。最后，他终于看见从一张工作台下伸出一个横木把手。他走上前，从工作台下取出一件只有割草机一半大小的手推式亮黄色工具。

他得仔细研究才能知道这是什么。横木把手边有块控制板。他按下开关。控制板的荧光显示屏和其他控制范围和深度的数位显示装置都亮了起来。

"在这儿呢！"他说。

瓦尔德斯、特雷维里奥和西斯托什么都没找到，纷纷跑了过来。

"如果她用过，那一定已经还回来了。"瓦尔德斯说。

局长用厚重的靴子踢了下地，对又一条线索没有开花结果感到失望。

博斯把双手放在金属探测器的手柄上，把它提了起来。两只后轮离开地面，但费了博斯很大一番力气。

"这东西很沉，"他说，"如果她用了的话，一定得找人搬到萨哈冈家。仅仅一个人的力气是搬不动的。"

"我们要进去找她吗？"西斯托问。

局长转过身，看着通往办公楼的门。他和特雷维里奥、西斯托朝门口走去，博斯把金属探测器归回原位后也跟了过去。瓦尔德斯推了推门，发现门被锁死了。瓦尔德斯看着几个人里最年轻的西斯托。

"去踢开门。"他说。

"局长，这是扇金属门啊。"西斯托说。

西斯托用脚连续踢了三次门，一次比一次重，但哪次都没能踢开。西斯托棕黄色的脸渐渐憋红了。他做了个深呼吸，正准备踢第四下，局长抬起手臂制止他。

"打住，快打住吧，"瓦尔德斯说，"看来是打不开了，得找个有钥匙的人。"

特雷维里奥看着博斯。

"大侦探，带撬锁工具了没？"他问。

特雷维里奥从没当面这么称呼过他，这个称呼显然和博斯在洛杉矶警察局所取得的辉煌履历有关。

"没带。"博斯回答说。

博斯离开众人，往边上的一部工作卡车走过去。他走到罩盖旁，拿起雨刷往右拧了一下又往左拧了一下，然后猛地把雨刷从卡车上扯了下来。

"哈里，你这是在干吗？"瓦尔德斯问。

"等会儿你们就知道了。"博斯说。

他把雨刷带到一张工作台前，用老虎钳把橡皮刮刃和后面薄薄的一块金属条分开，用铁丝剪剪下两段三英寸长的金属条。接着他又拿起老虎钳，把两段金属条嵌进一个叉子和一个扁平钩里。不到两分钟，博斯就把工具做好了。

博斯走到门前，蹲在锁边开始撬锁。

"看来你已经是个老手了。"瓦尔德斯说。

"干过几回，"博斯说，"来个人帮我把手机的灯光打上去。"

瓦尔德斯、特雷维里奥和西斯托打开手机自带的手电筒，把灯光打在锁上。博斯用了三分钟撬开锁，开了门。

"贝拉，你在哪儿？"瓦尔德斯一进门就大喊。

没有人应答。西斯托打开电源开关。日光灯依次被打开，光明替代了黑暗，四位警察沿着走廊里的办公室逐个找过去。瓦尔德斯不停地喊着失踪的贝拉的名字，但办公室像非礼拜日的教堂夜晚一样安静。走在最后的博斯进入执法办公室，这里和街对面的侦查处办公室一样，有三个拥挤的小隔间。博斯绕着三个小隔间走了一圈，并没发现贝拉的踪影。

西斯托很快跟了进来。

"有什么发现吗？"

"没有。"

"真该死。"

放在一张办公桌上的名字牌使博斯想起早上和贝拉谈话的另外一些事情。

"西斯托，贝拉和多克韦勒有什么过节吗？"

"你是什么意思？"

"今早贝拉要来这儿借金属探测器时，说会找多克韦勒帮忙。接着她又说，要是能碰到多克韦勒心情好的时候就好了。贝拉和多克韦勒有过矛盾吗？"

"也许贝拉留下，多克韦勒被调到市政管理局算个矛盾吧。"

"应该还有别的。"

西斯托深入细想一番以后，说出了另外一个见解。

"哦，我记得他在侦查处的时候，和贝拉发生过一点摩擦。但我觉得多克韦勒一开始没有就她在给别的队干活找她麻烦。他就女同性恋的问题说了一些闲话——我忘了他在说谁，只记得他说她只能靠口交过瘾之类的话。贝拉听了这话后，马上愤而反击，两人的关系僵持了很长一段时间。"

博斯看着西斯托，希望挖到更多的内容。

"就这个吗？"他问。

"是啊，"西斯托说，"其他我就不知道了。"

"你呢？你和他有过节吗？"

"我吗？没什么过节，我们处得很好。"

"平时和他一起聊天吗？"

"聊过一些，但不算很多。"

"他是不喜欢女同性恋，还是单单不喜欢女人？"

"如果你想问他本人是不是同性恋，那我可以明确地告诉你他不是。"

"我没想问这个。西斯托，他是个什么样的人？"

"朋友，我不怎么了解他。不过有一次他告诉我，他们在韦赛德的县监狱对同性恋犯人做过什么。"

博斯突然想到了什么。韦赛德荣誉牧场是个坐落在圣克拉丽塔的县级监狱。所有警校生毕业后都要分配到监狱干一段时间狱警。贝拉告诉过博斯，她用了好几年才觅得机会调离狱警岗位，申请去别的部门，结果被分到圣费尔南多警察局。

"他们干了什么？"

"他说他们会把同性恋犯人放到不友好的地方，也就是会遭歧视、遭虐待的监区。他说他们相互打赌，看那些同性恋犯人能忍多久。"

"他在监狱时就认识贝拉了吗？"

"我不知道，我从没问过。"

"他俩谁先来的？"

"当然是多克。"

博斯点点头。多克韦勒比贝拉资深，经费不足时遭裁的却是多克韦勒。这也许就是造成敌意的根源。

"他离开警局时怎么样？"博斯问，"是不是特别生气？"

"谁能不生气？"西斯托说，"但他表现得很酷。上面给他安排了个地方。他照拿工资——这只能算是种调动。"

"只是没了警徽和枪。"

"市政管理部门应该有徽章。"

"西斯托，那是不一样的。听说过'如果你不是个警察，那你就是个小人物'这句话吗？"

"没听说过。"

博斯看着多克韦勒的桌面不说话了。这里没有任何可疑的地方。他听见西斯托的手机铃声响了。

分隔多克韦勒和旁边一张桌子的墙上钉着张城镇地图，和警方的巡逻区域类似，市政管理局把圣费尔南多分成了四个管理区域。地图旁列出了车库违章改建包括哪些情况，并且加上了图示：

从房屋往车库接电线和水管；

在车库门缝上贴胶带；

在车库墙上装空调；

烤架离车库比离主屋更近；

把本应放在车库里的游艇和自行车等物品放在车库外面。

看到这张列表。博斯想起了"割纱工"系列强奸案发生的那些房子。仅仅三天之前，他还开车在四个案发地点兜过一圈。现在他看到了当时没有注意到的事情。"是他干的，他拿着钥匙。"博斯轻声说。

"什么钥匙？"西斯托说，"你在说什么？"

博斯没有回答，他在琢磨，把线索整合在一起。多克韦勒离开警察局时保留了备用钥匙。博斯把这些案子联系在一起后，多克韦勒潜入警察局，偷看了博斯锁在抽屉里的文件。多克韦勒知道博斯知道的一切，知道博斯每一步调查都做了些什么。最让人感到可怖的是，把贝拉送到多克韦勒手里的正是博斯本人。恐惧和罪恶感让博斯不得安宁。他从桌子旁转过身，看见西斯托正在给人发短信。

"是多克韦勒吗？"博斯问，"你在给多克韦勒发短信吗？"

"不，我在给女朋友发短信，"西斯托说，"她想知道我在哪儿。我为何要给多克韦勒发短信——"

博斯从西斯托手里夺过手机，检查手机屏幕。

"嘿，你这是在干什么！"西斯托大声呵斥。

博斯看了看短信内容，确认这只是条"我马上能回家"的私人短信。他把手机扔还给西斯托，但两人的距离太近，博斯扔得又太重，手机从西斯托的双手间飞过，砸在他的胸膛上，然后哐当一声掉在地上。

"你这个杂种，"西斯托一边喊一边去捡掉在地上的手机，"要是手机坏了，看我——"

西斯托重新站起身以后，博斯一把拉住他的衬衫前襟，将他拽到门前，把他的头和背重重地抵在门上，然后冲着他的脸大嚷。

"懒虫，你应该和她一起去的。现在她不见了，我们必须找到她。你明白不明白？"

博斯又一次重重地把他摔在门上。

"多克韦勒住在哪儿？"

"我不知道！离我远点！"

西斯托用力挣脱博斯，几乎把博斯推到对面的墙上。博斯的大腿撞到一张茶几上，茶几上的空咖啡壶从电热板上飞了出去，在地上摔了个粉碎。

听见吵闹声和玻璃摔碎的声音，瓦尔德斯和特雷维里奥飞快撞进门。门重重地砸在西斯托的后背上，把他弹到一边。

"究竟怎么回事？"瓦尔德斯问。

西斯托一只手抱着头，一只手指着博斯。

"他疯了！让他离我远点！"

博斯也指着他。

"你应该和她一起去的。可你只是给了她一个扯淡的理由，让她一个人去了。"

"那你呢，老家伙？这是你们的案子，不是我的案子。该去的是你而不是我。"

博斯转过身，看着瓦尔德斯。

"多克韦勒住在哪儿？"博斯问局长。

"我想应该是在圣克拉丽塔，"瓦尔德斯说，"至少在我手下时他住在那儿。为什么会问到他？发生了什么？"

瓦尔德斯把一只手搁在博斯肩膀上，防止他再次冲向西斯托。博斯把局长的手甩开，像指着只有他能看见的确凿证据一样指着多克韦勒的办公桌。

"是他干的，"博斯说，"多克韦勒就是割纱工。他抓住了贝拉。"

29

　　四人分乘两辆警车沿 5 号高速公路向北朝三号区域进发。瓦尔德斯开车，和博斯坐在前面一辆车上。局长明智地把博斯和西斯托分开，让西斯托开后面那辆车。坐在后面那辆车的副驾驶座上的特雷维里奥也许闻到了博斯和西斯托之间的紧张气氛，知道因为这个，他和局长才会分乘两辆车。

　　瓦尔德斯对着对讲机大叫，给联络中心的某人发出指令。

　　"我不管，"他嚷道，"该给谁打电话就给谁打电话。把地址拿来就好。需要派车的话就派车去问。"

　　切断通话以后，瓦尔德斯抱怨了一声。过了这么久，联络中心还没和市政管理局的长官或执行长官联络上，没拿到局里的工资支付登记表和多克韦勒家的地址，也难怪局长会发这么大的火。离开警察局以前，他们查看了机动车辆管理局的记录，发现多克韦勒通过自己设法制造空子或是钻管理上已有的空子，在离开警局五年后，其地址仍然受执法人员信息管理条例的保护。

　　于是他们只能靠瓦尔德斯五年前的记忆去圣克拉丽塔山谷找寻多克韦勒住的地方。

　　"到那儿以后，也许我们就不知道该往何处找了。"瓦尔德斯说。

他用张开的手掌重击了一下方向盘，然后改变了话题。

"哈里，你刚才跟西斯托是怎么回事？"他问，"我从没见你这样过。"

"局长，很对不起，"博斯说，"我失控了。我本应把错归到自己头上，却怪罪起了西斯托。"

"你犯了什么错？"

"今天我本应和贝拉一起去的。这是我的案子，我应该出现场。我却让贝拉带上西斯托一起去。我很清楚，如果西斯托不肯去，贝拉肯定会一个人去。"

"别怪罪自己，现在还不知道多克韦勒是不是真正的犯人呢。你现在得集中精力。"

瓦尔德斯指着风挡玻璃的北边。

博斯想通过别的方法拿到多克韦勒家的地址。如果多克韦勒仍受执法人员信息管理条例保护的话，他们将很难拿到他家的地址。他琢磨着是否要打个电话去韦赛德，看看认识多克韦勒的狱警中是否有人碰巧知道他家的地址。多克韦勒很久前就离开了县监狱，这种可能性应该不会很大。

"他是什么时候到圣费尔南多警察局来的？"博斯问。

"我想不是二〇〇五年，就是二〇〇六年，"瓦尔德斯说，"我来的时候他已经在了。哦，多半是二〇〇六年。我记得我必须开掉他时，他来这儿刚过五年。"

"西斯托告诉我，他在韦赛德监狱的时候，曾经和几个狱警策划把同性恋犯人和敌视同性恋的犯人们关在一起，挑动双方发生打斗。"

"我记得那时警方处理过一批腐败的狱警。还记得'韦赛德白鬼子'这个称呼吗？"

博斯记起来了。他不记得腐败狱警具体包括哪些人，当时又发生了哪些事。过去十来年，县监狱的各种丑闻一直没消停过。上一任狱长在联邦调查局对监狱的调查中屈辱地引咎辞职。他面临贪腐的审判，几个手下入了狱。贝拉·卢尔德告诉过博斯她必须离开狱警岗位的几个原因，这便是其中之一。即便入职的是圣费尔南多警察局这种小分局，她也要离开。

"你为什么开掉他,而没有开掉贝拉?"博斯问,"他不是资深一些吗?"

"他的确资深一些,但我必须为整个警局考虑。"瓦尔德斯说。

"很稳妥的答案。"

"这是事实。你了解贝拉。她很能干。还很喜欢这一行,希望能在事业上做出贡献。多克韦勒就不一样了……他有点仗势欺人。所以当马尔文告诉我可以在市政管理局安排一个人的时候,我留下贝拉,把多克韦勒调了过去。我觉得多克韦勒很适合市政管理的岗位,让人整理草坪、修剪树篱什么的。"

马尔文是市政管理局的执行长官马尔文·霍奇。局长的回答使博斯想起自己在"割纱工"一案上的失败,他不禁摇了摇头。

"怎么了?"瓦尔德斯问,"我觉得我做了正确的选择。"

"我不是在否定你,"博斯忙说,"你的选择很对。只是在我的问题上你也许没看准人。在处理这个案子上我出现了很多错漏。我想我太久不查案了,已经不灵光了。"

"你错漏了什么?"

"上周五我开车经过前四起案件的案发地——我们已知的四起案子的案发地。按案发的先后顺序走了一遍。之前我从没这么干过。之所以要走这么一遍,是想看看能不能找到什么启示,是否能找到这些案发地之间的关联。但我没能找到。我去了四处案发地,却连这些房子都带车库这么明显的关联都没发现。"

"有车库很普遍。事实上,二战后建的房子都会有车库。在圣费尔南多,几乎家家户户都有车库。"

"尽管如此,我还是应该能看出来。我敢打赌,我们会发现多克韦勒去这些房子及其车库,检查过违章改建和居住情况——他在小隔间的墙上钉了违章改建的列表。多克韦勒就是根据那个挑选受害人的。戴面具也是因为那个,受害人会想起检查时见过他。"

"哈里,我不付你工资,你不必为自己的错漏感到内疚。"

"发生了这么大的错漏,我哪有脸要什么工资?"

"多克韦勒的事迄今为止只是推测。我们没有他是'割纱工'的丝毫证据。

你的推测听上去不错，但没有经过证实。"

"他就是'割纱工'。"

"说再多遍也并不意味着事实是如此。"

"他最好是'割纱工'，否则我们还要去别处找贝拉。"

博斯的话语使车上一时间陷入沉默。为了不把思绪过多投到贝拉身上，沉默良久以后，博斯开始问其他问题。

"为什么赶走多克韦勒？"他问局长。

"这么说可不好听，"瓦尔德斯说，"每次经费裁减时，我们都会想尽办法安置他们，或是为他们制订一个可行的计划。我之前说了，马尔文给我提供了一个市政管理局的职位，我于是就问多克韦勒愿不愿意去。他接受了这个职位，但不是很高兴。他希望市政管理局的职位能转到市警察局，但这根本不可能。"

"他对贝拉和西斯托没在他之前被裁是否心怀怨恨？"

"不知道你是否了解，西斯托是市议会常任议员的儿子，他一定不会被裁，多克韦勒对这点心知肚明。于是他只能把怨气发泄在贝拉身上，说贝拉能留下是因为她是个女人，他还问我同性恋的身份是不是给贝拉又加了一分。"

局长的手机响了，他飞快地接通了手机。

"直接讲。"局长说。

他听了一会儿，然后报出索格斯区斯托宁顿道上的一个地址，让博斯记下。博斯知道那个地方，对多克韦勒就是凶犯更为确定了。

"有意思，"局长对着手机说，"把地图上的方位标出来。打电话把特别行动队的人叫来。我们在那儿有发现后，再决定要不要他们过来。所有人集中后，再发个短信给我。"

博斯知道特别行动队相当于警方的特种部队。行动队队员来自局里各个部门，都接受过高标准的武器训练，经历过各种危急事态。

瓦尔德斯挂断手机。

"在跟踪器上找过那个地点吗？"他问。

"不用，"博斯说，"我已经知道该怎么去那儿了。那个地方在哈斯克尔水渠，我和贝拉周六去那儿找过'割纱工'用的刀子。"

"别开玩笑了。"

"我没在开玩笑。多克韦勒就是我们要找的人。那把刀原来的主人报告说刀在家里的车道上失窃了。他告诉我们，当时街对面住着县治安办公室的警察。多克韦勒也许认识住在那儿的警察。也许他见过刀的原主拿刀的样子。我不清楚究竟是怎么回事，但我知道这不会只是个巧合。世上没有那样的巧合。偷刀的人就是多克韦勒。"

瓦尔德斯点点头，他相信多克韦勒就是他们要抓的人。

"哈里，这就对上了。"他说。

"希望现在去找贝拉还不晚。"博斯说。

30

　　博斯指引瓦尔德斯开车进入索格斯区，把车开到哈斯克尔水渠另一边"割纱工"从原主那儿偷走刀的地方。

　　路上，局长把联络中心电话里说的第二部分内容告诉博斯。他说市里有条政策，雇员要打第二份工必须事先得到批准。这有助于防止政府雇员牵扯进利益冲突，也可以防止他们干些让政府丢份的事情。十年前，《洛杉矶时报》报道说，政府有个助理执行官化名托里德·托利制作和出售黄色录像，这项制度便应运而生。

　　"两年前多克韦勒想在峡谷区的哈里斯影视基地做夜间保安工作，他提交申请并得到了批准，"瓦尔德斯说，"联络中心根据这个给了我第二处地址，你去过那个影视基地吗？"

　　"从没去过。"博斯说。

　　"那地方很漂亮。我和当剧作家的妹夫去过那儿几回。那地方很大，应该有几百英亩，摄制组在那儿拍摄各种类型的电影、电视，有西部片、侦探片，甚至还有科幻片。林子里有各种类型的建筑物可以用来拍摄。如果多克韦勒能够自由出入那里，要搜个彻底至少得搜到明天早上。因此我让特别行动队的人待命。到多克韦勒家搜个大概以后，我们再决定下一步该怎么办。"

博斯点点头，这个方案不错。

"你准备怎么搜他家，"博斯问，"直接进去，还是先做图解？"

"先做什么？"瓦尔德斯问。

"图解。忘了在洛杉矶警察局干过这个了吗？图解是'绘制建筑概要图'的简称。先了解建筑的大致结构，再定行动方案。而不是直接敲门进去。"

"我觉得我们应该事先做个图解。你觉得呢？"

"完全同意。"

瓦尔德斯打电话给特雷维里奥，把包括之后可能会搜到影视基地在内的所有事都告诉他。局长把经过确认的多克韦勒家的地址告诉特雷维里奥，和他商定了行动方案，决定两辆车分别从两侧街区驶入，停车以后，四人徒步朝多克韦勒家房子进发，并大致探寻一番。可以进入那幢房子的话，他们约定在多克韦勒家的后院会合。

"别忘了，"瓦尔德斯说，"那家伙曾是个警察。必须预料到他可能拥有武器。"

电话通完的时候，两辆车已经开到了多克韦勒家附近，必须分头行动了。瓦尔德斯熄了车灯。他从北面进入街区，把车停在离多克韦勒家不到三幢房子远的地方。下车前，博斯和瓦尔德斯拿上武器，打开弹夹确定里面装上了子弹，然后把枪塞回皮套。

博斯觉得自己比局长拥有更多的实战经验，因此二话没说走在前面。瓦尔德斯跟在他后面沿街朝多克韦勒家走去。这里不是市区，街上没有停车，连住宅车道上的车都很少。街上的遮挡物很少，博斯很容易就跟上了房子另一边同样朝多克韦勒家进发的西斯托和特雷维里奥。

博斯突然闪到多克韦勒家隔壁门前，躲在车库一角的后方。瓦尔德斯藏在他后面，和他一起查看多克韦勒家的情况。多克韦勒的房子很大，是座牧场式住宅，房子的后院没有装篱笆做阻隔。这意味着里面多半不会养狗。多克韦勒家门前的灯开着，屋内却不见亮光。

博斯对瓦尔德斯点点头，两人从多克韦勒家的侧面往后院走。博斯试着从他们经过的每扇窗户往里看，但不是拉着窗帘，就是太暗而看不清里面的情形。

博斯和瓦尔德斯到后院的时候，西斯托和特雷维里奥已经站在户外的烧烤架旁。后门上也有盏灯，但功率不够，照不到太远的地方。

四人集中在烧烤架旁。博斯朝周围看了看。从后院一直下坡就是黑漆漆的水渠。他再次查看房子背面，发现房子右边建了一间大半是玻璃墙的小屋。小屋看上去和房子本身很不协调，博斯猜测这是作为市政管理官员的多克韦勒违章搭建的。

"里面好像没人。"西斯托说。

"必须确保这点，"博斯说，"你们守在这儿，我和局长去前面敲门怎么样？"

"这个主意不错。"瓦尔德斯抢在西斯托和特雷维里奥反对执行后援任务之前说。

博斯从房子的一侧退回前门，瓦尔德斯在命令埋伏在后院的西斯托和特雷维里奥保持警觉后跟了上去。快到前门的时候，突然有辆车拐进车道，车头灯扫过草坪。

博斯猫着腰靠在墙边，瓦尔德斯紧贴在他背后。两人听见一阵轰隆声，博斯知道这是车库门打开的声音。但车并没有开进车库。博斯听见车熄了火，接着是车门打开又关上的声音。过了一会儿，传来一声博斯辨认不出的重金属撞击声。

博斯回头看着瓦尔德斯点点头。他蹑手蹑脚地朝前走到墙角，往前院张望。眼前的车是辆打了敞篷的小货车。博斯发现有个人下车后站在车的后门旁。那人把身子探进车门，博斯看不到对方在干什么。车里车外没有其他人。博斯转身对瓦尔德斯轻声交代了两句。

"跟我换个位置，看看是不是他。"博斯说。

两人交换了位置，瓦尔德斯把头探出墙角往前看。那人把头从车门里缩回来以后，瓦尔德斯才看了个清楚。他竖起拇指，对方正是多克韦勒。

"看见他在做什么了吗？"博斯问，"贝拉在车里吗？"

瓦尔德斯摇摇头。博斯不知道这是对两个问题还是仅对第一个问题的回答。

局长身上突然传来手机的响铃声，他飞快地从腰带上拿起手机，关掉声音。

当然，这已经太晚了。

"站在那儿别动！"

前院传来叫嚷声，是多克韦勒的叫声。

"别他妈乱动！"

博斯站在瓦尔德斯背后，看不见多克韦勒。博斯紧贴在墙边，心想如果多克韦勒觉得只有一个潜入者，也许能利用这种错觉做些什么。

"我有枪，而且是个合格的狙击手，"多克韦勒大喝道，"举起双手，从墙边出来！"

手电筒灯光照在墙角边缘，瓦尔德斯待的墙角像个靶子被瞄准了。博斯看不见瓦尔德斯面对的场景，但知道多克韦勒正拿着把枪耀武扬威。瓦尔德斯举起双手，走到手电筒光束里。局长的行动很勇敢，博斯知道他是想把多克韦勒的注意力从墙角转移到自己身上。

"嘿，多克，别那么冲动，"瓦尔德斯说，"你可以把枪放下，我是瓦尔德斯局长。"

多克韦勒的声音听上去十分吃惊。

"局长吗？你来这儿干什么？"

瓦尔德斯从墙角向街边走去。博斯小心翼翼地把手枪拿出皮套，双手紧握住枪。一旦听见扣动扳机的声音，他便会从墙后面跳出来，把多克韦勒击倒。

"我在找贝拉。"瓦尔德斯说。

"贝拉？"多克韦勒问，"你是说贝拉·卢尔德吗？她不是在城里吗？怎么到这儿来找？"

"多克，把枪放下。你了解我，知道我对你不会有威胁。我站在开阔地里，你可以把枪放下了。"

博斯不知道西斯托和特雷维里奥有没有听见房子这边的情况，听见后又是否会采取行动。他沿着房子侧面向后院望去，没有看见一个人，但他们也许会从房子的另一边过来。从另一边过来会比较好，会对多克韦勒形成夹击之势。

他转过身紧贴墙角站着。瓦尔德斯这时离房子有二十英尺，站在房子和街道的中间。他举着双手，在手电筒的灯光下，博斯发现局长的球衫服帖地穿在身上，才知道他没有穿防弹背心，接下来要如何行动必须考虑到这个细节。想保护好局长，就得不让多克韦勒首先开枪。

"局长，你为什么来这儿？"多克韦勒问。

"我已经告诉过你了，"瓦尔德斯镇定地说，"我在找贝拉。"

"谁让你来这儿找的？是博斯那家伙吗？"

"怎么提起他来了？"

多克韦勒还来不及回答，前院另一侧异口同声地发出两声怒吼，是西斯托和特雷维里奥的声音。

"把枪放下！"

"多克韦勒，把枪放下！"

博斯离开墙角往前走，多克韦勒已经把枪和手电筒对准了房子的另一面。西斯托和特雷维里奥肩并肩，半蹲下身体，做出要射击的姿势。

博斯意识到多克韦勒把全部注意力放在了另一边的三个人身上，不会想到这边还会有一个人。趁多克韦勒不注意，博斯很快走到小卡车背后。

瓦尔德斯注意到博斯移动了，知道博斯采取行动前应该让多克韦勒的枪不再指着西斯托和特雷维里奥。

"多克，这边！"局长大声喊。

多克韦勒把手电筒转向瓦尔德斯，枪口也随之转向。博斯用身体撞向多克韦勒，把胸膛撞进多克韦勒的左臂和上半身。多克韦勒猛吸一口冷气，呼的一声重重地倒在地上。博斯从大块头身上跳开，滚到另一边。

双方都没有开火。惊魂未定的西斯托走过来，跳到多克韦勒身上。他用双手拽住多克韦勒拿枪的手，把枪从多克韦勒手里松开，扔在远处够不到的草坪上。瓦尔德斯很快也压在多克韦勒身上，比四个警察都壮的多克韦勒终于被控制住了。博斯慢腾腾地走过来，压住多克韦勒的腿后部。特雷维里奥把多克韦勒的双手扣在背后，给他戴上手铐。

"该死的这到底是怎么了？"多克韦勒大声问。

"她在哪儿？"局长的声音一点都不弱，"贝拉在哪儿？"

"我不知道你在说什么，"尽管西斯托把多克韦勒的脸压在草坪上，但他还是努力发出了声音，"我已经两年没有见过那娘们儿，更别提跟她说话了。"

瓦尔德斯摆脱人堆站起身。

"让他起来，"他下令道，"先把他弄进屋，再看看他身上有没有钥匙。"

手电筒掉在草坪上，灯光指向别处。博斯伸手拿过手电筒，在草坪上四处扫，寻找枪的踪影。看到枪以后，他站起身过去拿。

多克韦勒想趁机起身摆脱。特雷维里奥的膝盖在他的身侧一顶，阻止了他的企图。多克韦勒不再反抗了。

"好了，好了，"他说，"我认输。你们这些王八羔子，这算怎么回事？四个人对付我一个吗？去你们的。"

特雷维里奥和西斯托开始在多克韦勒的口袋里找钥匙。

"多克韦勒，你才他妈的该死，"西斯托说，"告诉我们贝拉在哪儿，我们很清楚她被你抓了。"

"你们真是疯了。"多克韦勒答道。

博斯把手电筒照在卡车开着的后门上。他转换角度，把光对准车里的敞篷下面，对将要看到的情形感到担心。

但车厢后部只是堆了些工具，他不是很明白他们在墙角监视时多克韦勒在车后门干些什么。

后门边有个钥匙环，博斯把钥匙环拿了起来。

"我拿到了钥匙。"他对其他几个警察说。

西斯托和特雷维里奥扶多克韦勒站起来，瓦尔德斯走到博斯跟前，和博斯一起探查卡车后部的情况。

"程序上不太合法，"博斯说，"接下来该怎么办？没有搜查证，又没得到他的同意，我们无法到他家去。"

"规矩是人定的，别管那么多了，"瓦尔德斯说，"我们必须进屋，把门打开吧。"

博斯同意瓦尔德斯的观点，但决定由局长做出会比较好。搜查证上需要有搜查的理由和法官签字，但紧急情况下可以不需要搜查证。法律条文中没有明确定义紧急情况的范围，也没有说明哪些情况可以不需要出示搜查证。不过博斯觉得一个警察失踪了以及一个退役警察拿出枪耀武扬威这两个事实足以在事后说服任何一名法官。

博斯走向前门的时候，往打开的车库里看了两眼，发现车库里堆满了箱子和货板。车库里没地方可以停车，多克韦勒为何还要打开车库？

走到门前，他把手电筒对准钥匙环。钥匙环上有好几把钥匙，其中一把是能打开所有警车和市政车辆的通用钥匙，还有一把能打开小锁的铜钥匙。博斯把手伸进口袋，拿出自己的钥匙。他把自己侦查处小隔间办公桌放文件的抽屉的铜钥匙和手上的钥匙做对比，发现钥匙上的齿牙完全吻合。

没有疑问了。多克韦勒被调到市政管理局以后，仍然保留着侦查处办公桌的钥匙，频频偷看"割纱工"一案办案文件的正是多克韦勒。

博斯试到的第二把钥匙就开了门。他敞开门，让西斯托和特雷维里奥押着多克韦勒进去。

瓦尔德斯最后一个进门。博斯举起钥匙环上的抽屉钥匙。

"那是什么？"瓦尔德斯问。

"我义件抽屉的钥匙，"博斯说，"我发现上周有人看过我的文件——翻动最多的就是'割纱工'一案的文件。我原以为是局里人干的。但看我义件的是这个家伙。"

瓦尔德斯点点头。又一个细节被证实了。

"把他关在哪儿？"西斯托问。

"有桌子和椅子的话，就关在厨房吧，"特雷维里奥说，"把他铐在一把椅子上。"

博斯跟着局长走过门廊，然后向左走进厨房，看着西斯托和特雷维里奥用两把手铐把多克韦勒固定在小餐厅杂乱桌子前的一把椅子上，博斯发现小餐厅正是自己方才在后院时看见的那个玻璃小屋。小屋三面都是落地玻璃，玻璃外面装了活动百叶窗以遮挡太阳的暴晒。博斯很想知道多克韦勒在搭建这间违章厨房时是不是考虑到了这点。

"你们完全是在胡扯，"前警官多克韦勒被铐在椅子上后说，"你们没有搜查证，没有具体的案子查，完全站不住脚。这是要出事情的，我要让你们这些王八羔子和圣费尔南多当局都付出代价。"

前院草坪上的一番争斗以后，多克韦勒的脸很脏。但在厨房屋顶炽烈日光灯的照耀下，博斯发现他的眼角有点污渍，鼻子上部有些不自然的青肿。这些残留的青肿显然来自一次剧烈的撞击。看得出，多克韦勒显然用化妆品遮掩过这些紫黄色的淤肿。

厨房的桌子像某个收费站的账台似的。桌子左边凌乱地放着信用卡发票和两本支票簿。右边堆着工资单存根、收支记录和许多没打开的信。桌子中间是一个放满了钢笔和铅笔的咖啡杯和一只烟蒂要溢出来的烟灰缸。屋子里到处是烟味，一进来就知道屋主是个烟鬼。呼吸的每一口气中都有浓烈的烟味。

博斯走到厨房水槽上的窗户前，打开窗让新鲜空气进来。接着他走到桌子边，把咖啡杯挪到桌子左边，博斯希望和多克韦勒交谈时没东西在中间阻隔。他把桌子对面的一把椅子拉过来，知道在如此紧要的关头可以从两方面进行审讯：贝拉·卢尔德的失踪和"割纱工"的系列强奸案。

博斯刚想坐下，特雷维里奥却让他别这么急。

"稍等，你稍等。"

他指着门廊。

"局长，我们出去谈一会儿，"特雷维里奥说，"博斯，你也过来。西斯托，你留下盯着他。"

"嘿，你们这些家伙出去好好谈谈吧，"多克韦勒以嘲弄的口吻说，"看看你们是怎么搞砸这件事的，怎么再挽救回来。"

博斯转身朝连接厨房和门廊的拱道走去。博斯看了眼多克韦勒，然后又看了看西斯托，朝他点了点头。尽管博斯和西斯托及特雷维里奥存在分歧，但西斯托和特雷维里奥从房子另一边出现，这件事他们做对了。如果西斯托和特雷维里奥没有及时出现，局长现在很可能已经被多克韦勒枪杀了。

西斯托朝博斯也朝他点了下头。

特雷维里奥领头，博斯和瓦尔德斯在后面跟着从拱道走向前门。三个人低声交谈着，特雷维里奥很快把自己的意思说了出来。

"我负责问话。"他说。

博斯的目光从特雷维里奥转移到局长身上，指望局长会反对。但过了半晌局长都没说话。博斯把目光重新投到特雷维里奥身上。

"等等，"他说，"这是我的案子。我比任何人都了解这个案子。该进行问话的人是我。"

"现在该优先考虑的是贝拉，"特雷维里奥说，"而不是'割纱工'的案子。我比你更了解她。"

博斯像是不明白特雷维里奥的意思一样直摇头。

"这说不通，"他说，"这跟是否了解贝拉完全没关系。他就是那个'割纱工'。他是因为贝拉对案情掌握太多或被贝拉识破才抓她的。我去和他谈。"

"现在我们还无法确认他是不是'割纱工'，"特雷维里奥说，"我们首先得——"

"你看到他的眼睛了吗？"博斯打断他的话说，"被比阿特丽斯·萨哈冈的笤帚打得还青肿着。他试图用化妆品遮掩眼睛旁边的青肿。他是'割纱工'，这已经板上钉钉了。你也许不确信，但我非常确信。"

博斯再次望着瓦尔德斯希望得到他的声援。

"局长，审问应该由我来做。"

"哈里，"局长说，"贝拉的事情发生之前，我和警监就讨论过能不能让你审问犯人的事情。我们怕到了法庭上，辩护人会拿你的过往说事。"

"什么过往？"博斯问，"你是说我破了一百多起杀人案的过往吗？是吗？"

"你知道我在说什么，"特雷维里奥说，"关于你的那些争议会成为辩护律师的靶子，将你置于不利的境地。"

"还有身份方面的考虑，"瓦尔德斯补充道，"你是个预备警官，不是全职的，有些律师会在法庭上拿这个说事，陪审团不会很认同这个。"

"我每周上班的时间可能和西斯托一样多。"博斯说。

"那是两码事，"特雷维里奥说，"你是预备警官，关键在于这里。审讯由我来做，我希望你在房子里走一遍，寻找贝拉或是他曾经带贝拉来这儿的痕迹。搜过房子以后，你再到卡车那边搜一搜。"

博斯第三次看了看瓦尔德斯。但很明显，局长在这个问题上站在特雷维里奥那一边。

"哈里，快去搜，"局长说，"就算是为了贝拉，好吗？"

"好，为了贝拉，"博斯说，"需要我的时候给我打电话。"

特雷维里奥转过身，朝厨房走去。

瓦尔德斯犹豫了一会儿，朝博斯点了点头，跟在警监后面往厨房走去。博斯对被隔离出自己的案子感到非常沮丧，但不想把职业尊严和个人情感作为最终目标，在贝拉下落不明的眼下就更不想了。博斯确信更该由自己来主导审讯，他的审讯能力无疑比特雷维里奥强，更有可能从多克韦勒那里问出关键信息。但他觉得自己最终肯定能得到审讯多克韦勒和证明自己实力的机会。

"警监？"他叫了一声。

特雷维里奥转身看着他。

"别忘了告知他有哪些权利。"博斯说。

"当然不会忘。"特雷维里奥说。

特雷维里奥穿过拱道走进厨房。

31

　　博斯走进客厅，然后沿着通向卧室的走廊往前走。他知道自己必须相当谨慎，不能感情用事。他觉得因为警官失踪而搜查多克韦勒家的房子不会遇到法律上的风险。但寻找"割纱工"一案的证据就不一样了。需要搜查证才能在这里搜索"割纱工"案件的证据。两者间的矛盾使他走进了法律上的困局。他可以在房子里寻找贝拉或贝拉被藏在哪儿的迹象或证据，但无法更深地挖掘多克韦勒强奸的证据。

　　同时，他还必须现实一点。新发现的多克韦勒的证据表明，他有侦查处办公桌抽屉的钥匙，潜入警察局偷看过调查案卷，无疑就是"割纱工"本人。有了这个结论以后。博斯觉得他们找到贝拉时她不太可能还活着，也许永远不会找到她。现在他必须把"割纱工"的案子放在首位，并确保搜查过程在法庭上不会受到质疑。

　　他戴上一副橡胶手套，从卧室开始，沿着走廊朝厨房方向进行搜查。房子里有三间卧室，但只有一间在用。他先搜查了多克韦勒的卧室。卧室里一团乱，床周围的地板上胡乱丢着衣服和鞋子，多半是脱下时随手扔的。床没铺，床单灰蒙蒙的。墙壁呈蜡黄色，但并不是有意被漆成这样。除了烟味，卧室里还有一股汗酸味。在卧室里走动时，博斯一直拿戴着橡胶手套的手捂住嘴。

卧室的卫生间同样又脏又乱，浴缸里扔了许多衣服，马桶非常臭。博斯从地上拿起一个衣架，用衣架往散落在各处的脏衣服下面捅，确定脏衣服下面没有藏着人和物。浴缸里的衣服看上去和卧室地板上的脏衣服有些不同，博斯觉得上面似乎蒙着一层灰色的尘土颗粒。他心想这可能是多克韦勒在进行违章建筑检查或进行公共建设项目时蒙上的尘土。

淋浴房里空空如也，白色地砖和床上的床单一样脏，水管上有更多的混凝土粉末和颗粒。博斯走进卫生间里的步入式衣帽间，发现这里很整洁，也没有几件衣服，兴许他的大多数衣服都扔在卧室地上和浴缸里了。

另两间卧室是储物用的。小卧室里有排带玻璃门的枪柜，枪柜里陈列着一些手枪和步枪。大多数枪支的扳机护环上都带有标签，注明枪支装的是什么子弹。大一些的客房储存维持生命的物资，包括几个货板的瓶装水和能量饮料，几箱可能早已过期的罐装及粉末状食品。

两个卧室的壁橱同样堆放着些杂七杂八的东西，房子这边没有贝拉的踪影。走过三间卧室以后，博斯听见厨房里传来低沉的说话声。他分辨不出他们到底说了些什么，但能听清谁在说话，又在以何种语气说话。基本上是特雷维里奥在说话，他从多克韦勒身上什么都挖不出来。

博斯在卧室旁走廊里发现天花板上有个阁楼的进出门。进出门的门框旁有些指纹印，但看不出指纹印是什么时候留下的。

博斯向两边看了看，发现墙角靠着个四英尺长、末端带挂钩的木销。博斯拿起木销，把挂钩扣在阁楼门金属扣眼上，然后用力一拉把阁楼门打开，发现这个阁楼和奥利维娅·麦克唐纳家的阁楼非常像。他用木销把带铰链的扶梯拉下来，开始往扶梯上爬。

博斯找到头顶灯的拉线，开始审视阁楼。阁楼空间很小，储存维持生命的物资的盒子一直堆到了屋顶椽条处。他爬到扶梯顶端，打量阁楼的各个角度，确认贝拉·卢尔德不在阁楼上。接着他爬下扶梯，但没收梯子没关门，拿到搜查证以后他还要到那儿好好搜搜。

博斯走到客厅里吃饭的区域，这里能清晰地听见厨房里的声音。多克韦勒还是不肯合作，特雷维里奥转而进行威胁式的审问，但博斯知道这一套很难成功。

"朋友，你逃不掉了，"特雷维里奥说，"用 DNA 就能查明真相。一旦用你的 DNA 和从受害人身上收集到的 DNA 做比对，案子就结束了，你也彻底完了。你会被判很长的刑期，永远无法从监狱里出来。要救自己，只有把贝拉交出来。告诉我们她在何处，我们会帮你求情，在地方检察官或法官面前求情都可以。"

特雷维里奥的请求得到的是多克韦勒的沉默。警监的每句话都对，但很难让"割纱工"这种类型的犯罪嫌疑人开口合作。博斯知道正确的审讯应该让嫌疑人自我陶醉，恭维他的天赋。如果由他来主持审讯的话，他会让多克韦勒觉得自己掌握了审讯的主导权，然后挤牙膏似的套出多克韦勒的话来。

博斯穿过客厅，走进门廊通道。他看见瓦尔德斯靠在厨房边拱道的墙上，正关注着对多克韦勒审讯的走向。看到博斯，瓦尔德斯抬起下巴，问他是否有所发现。但博斯摇了摇头。

厨房入口前面有扇门通向车库的门。博斯走进车库门，打开顶灯，然后关上门。车库同样是用来储存维持生命的物资的。这里的货板比卧室更多，混杂地摆放着罐装食品、水和粉末状食品。不知通过什么渠道，多克韦勒拥有美军的野战口粮[1]。这里也有非食用物资。门后面的箱子里装着电池、提灯、急救包、工具包、二氧化碳净化器、净水器，以及用于净水和化学卫生间的酶制剂。他还找到了几箱荧光棒，几箱聚维酮碘和碘化钾之类的医疗物资。当年苏联的核威慑看上去确有其事，博斯在军队训练时见过这些东西。聚维酮碘和碘化钾用于甲状腺的保护，可以使甲状腺不受致癌的辐射伤害。多克韦勒似乎做好了遭受从恐怖袭击到核爆炸伤害的准备。

---

[1] MRE，即"Meal, Ready-to-Eat"，由美军开发的一种完备且轻量化的个人野战口粮，提供给在战斗中或没有提供完善供餐设备场域的成员。

博斯打开门，把头伸进走廊。引得瓦尔德斯的注意后，他示意瓦尔德斯到车库来一趟。

局长走进车库以后，目光被车库中间成堆的各类物资吸引住了。

"这都是些什么东西？"他问。

"多克韦勒是个怕死鬼，"博斯说，"想必他把所有钱都用于保命了。阁楼和两个卧室里都是武器和用于危急时刻的给养。他的一个卧室里有个军火柜。如果不介意吃部队牛肉罐头的话，他似乎能生存三四个月。"

"希望他别忘了备个开罐器。"

"这在某种程度上也许能解释他的动机。到世界末日时，人们会原形毕露，到外面去抢他们所需要的东西。对了，特雷维里奥的审讯有收获了没？"

"没有，一无所获，多克韦勒在跟我们兜圈子，什么都不肯承认。他言辞闪烁，暗示自己也许知道些事情。"

博斯点点头。他觉得搜索结束后能得到审问多克韦勒的机会。

"我去卡车那儿快速看一看，然后打电话找法官。我想得到合法授权，对这个地方做次彻底的搜查。"

"你觉得贝拉已经不在了，是吗？"

博斯犹豫了一会儿，但马上阴沉地点了点头。

"我是说，他为何要留活口呢？"他说，"局里的侧写师说，'割纱工'迟早会从强奸演变成杀人。贝拉能指证他。他怎么会让贝拉继续活着呢？"

瓦尔德斯大惊失色。

"局长，对不起，"博斯说，"我只是在就事论事。"

"我明白你的意思，"瓦尔德斯说，"但不论是死是活，我们都必须找到她。"

"我会继续全力搜索。"

瓦尔德斯拍了拍博斯的肩膀，穿过门走进房子。

博斯穿过堆着的货物之间的一条狭窄通道走到车道上多克韦勒的卡车前。驾驶室的车门没有锁，博斯打开副驾驶座那边的门，副驾驶座上更有可能找到贝拉是否上过这辆车的线索。副驾驶座上有个麦当劳餐厅的闭合餐包。博斯脱下一只手套，手指背面抵在餐包上。餐包摸上去有点热，多克韦勒多半是先去取了晚餐再回家的。

博斯戴上手套，打开餐包。他仍旧带着前院草坪上捡来的手电筒。他从后侧口袋里拿出手电筒，把光照进餐包，发现里面有两个放着三明治的纸盒和两大袋薯条。

博斯知道多克韦勒这样的大块头完全吃得下这么多东西，但也可能是两人份的食物。打从进入多克韦勒家以后，他第一次燃起了贝拉还活着的希望。他考虑着多克韦勒是想把食物带到关在别处的俘虏，之后再回家，还是贝拉就在这里，只是自己还没找到。博斯想到多克韦勒家前面的那道水渠，多克韦勒也许把贝拉藏在水渠的什么地方了。

他把餐包放回副驾驶座，用手电筒灯光照着黑乎乎的地毯和副驾驶座两侧，没有发现任何能吸引他注意力或表明贝拉坐过这辆车的线索。

他让手电筒开着，照向卡车后部。手电筒灯光直指卡车车厢的远端角落和车棚，但还是没找到任何与贝拉或是"割纱工"有关的痕迹。但局长手机铃响时，多克韦勒显然在后门边做什么。多克韦勒打开车库门，但没想把车停进去。博斯还是不知道他想干什么。

卡车后部放着一部翻转的独轮车，一辆两轮推车和几件长柄工具——三把铲子、一把锄头、一把推式路帚和一把鹤嘴锄——还有几块做工时罩在家具、地板上的罩单。三把铲子不是同一型号的，一把有挖地的尖头，另两把有不同宽度的直边。博斯知道后两把铲子是用于铲取灰土碎片的。每把铲子都很脏——尖头铲上沾着深红色的泥土，直边铲上有许多和浴室里一样的灰色尘土。

博斯把手电筒照在独轮车的橡皮轮子上，发现轮轴上有大块的灰泥。多克韦勒最近多半在搞什么灰泥工程项目，博斯尽量不去想这是他在掩埋贝拉·卢尔德时留下的痕迹。浴缸里有很多带有同样灰泥的衣物，应该是不同时候换下的，这表明他正在进行一个长期的工程。多克韦勒没必要在贝拉失踪的八小时内多次换衣服。

但尖头铲上的深红色泥土却让他深思。尖头铲在任何时候都可能被弄脏。

博斯把推车推出车后门仔细打量。他觉得多克韦勒搬动家里和车库这么多箱子可能用的就是这辆车。这时他注意到两个橡胶轮之间的轴上有块标贴，标贴上写着：

圣费尔南多公用财产

市政管理局

这辆推车是多克韦勒为了私用偷来或借来的。博斯心想如果够仔细，一定会发现卡车和车库的绝大部分工具都是从市政管理局工棚里的工作台上拿来的。但博斯不知道多克韦勒在车后门干的事情和推车有什么关系。

博斯觉得事态到了非常紧急的关头。他从卡车边后退，从兜里掏出手机。他把手机上的联系人列表滑动到字母"J"处，他在这个字母下保存着跟他共事愉快的法官的手机号码。这些号码有的是要来的，有的是对方主动给的。

他先打电话给罗伯特·奥尼尔法官。奥尼尔负责过一次长达四个月的谋杀案审判，那起谋杀案是当时作为探长的博斯侦破的。拨通手机后，博斯看了看表，发现还没到晚上十一点，这是法官们的休息时间了。过了这个点，即便事情再紧急，法官们也会因为拨来的电话而感到生气。

奥尼尔很快接了手机，语气里没有睡觉和醉酒的迹象。博斯得把这点记下来。他碰到过一个案子，辩护律师因为搜查证是法官在凌晨三点被博斯叫醒后签发的，对搜查证的有效性提出了质疑。

"奥尼尔法官，我是哈里·博斯，希望没吵醒您。"

"哈里，我还没睡，你最近好吗？最近我上床很晚，睡得就更晚了。"

博斯不知道奥尼尔"睡得很晚"这句话代表什么意思。

"先生，您在度假吗？现在您还能通过电话批准搜查证吗？我们这儿失踪了一个——"

"哈里，就此打住。你肯定没看新闻。我已经离开法院，在三个月前退休了。"

博斯感到很羞愧,同时又有几分吃惊。从洛杉矶警察局退休以后,他很少关心福尔茨刑事司法中心的人员变动情况。

"您退休了吗?"

"我退休了,"奥尼尔说,"我上回听说你也退休了。你是在跟我开玩笑吗?"

"先生,我没在跟您开玩笑。现在我在帮圣费尔南多警察局干活。我必须挂断手机了。这里的事态很紧急,很抱歉打扰到您。"

博斯很快挂断手机,这样奥尼尔就无法问东问西,浪费他的时间。他打开联系人列表,删除了奥尼尔的手机号,拨了对他友好的第二个法官约翰·霍顿的手机。在洛杉矶的警察和律师中,霍顿法官以"开枪霍顿"而闻名。他有携带枪支的许可证,在一次对墨西哥黑帮的审判中,为了制止几个被告人之间的争吵,维持法庭秩序,他朝法庭的天花板开了一枪。事后他受到了县司法委员会和加利福尼亚州律师公会的责难,检察官办公室也指控他"非法使用武器"。尽管如此,每次在法官的选举中他都会以压倒性的胜利获得连任。

他的声音同样很清晰。

"哈里·博斯吗?我以为你退休了呢!"

"法官,退休后又返聘了。现在我在圣费尔南多警察局做兼职,帮他们处理积案。但我现在打电话来是因为发生了调动全员级别的紧急情况——有位警官失踪了——我正在嫌疑人的房子外面,准备对房子进行搜查。我们希望找到女警时她仍然活着。"

"是位女警官吗?"

"是的,是个警探。我们认为系列强奸案的案犯七八个小时前掳走了她。我们按紧急事态下的标准处理办法粗略地检查了一遍他的房子。现在我们想进行深入搜查,寻找警官以及前面提到的强奸案的有关线索。"

"我明白了。"

"事态发展得很快,我没时间回局里提交申请书。我能否向你口头陈述一下相当理由,等明天早上再提交书面申请?"

"没问题，包在我身上。"

第一个坎过了，博斯用五分钟时间叙述了他们采取的步骤以及他们认为多克韦勒就是"割纱工"的证据。他还陈述了些其他信息，这些信息虽然与"割纱工"和贝拉被掳都没关系，但有助于法官了解大致情况从而批准搜查证。比如卡车里的挖掘工具、两人份的热麦当劳餐包、屋里的脏乱程度。他告诉霍顿，这些情况出现在前警官多克韦勒身上非常可疑。博斯很快说服了法官，霍顿批准了他对多克韦勒的房子和车辆进行搜查。

博斯热情地感谢了法官，承诺第二天就补上搜查证的书面申请。

"我可不会忘的。"霍顿说。

32

博斯挂断电话以后，回到屋里，对回到厨房边拱道入口的瓦尔德斯做了个手势。

局长飞快走到博斯所在的门廊处。博斯听见厨房里有说话声，但这回说话的不是特雷维里奥，而是多克韦勒。

博斯还没告诉局长他打电话申请到了搜查证，瓦尔德斯却先说话了。

"特雷维里奥击溃他了，"他小声却兴奋地说，"他说她还活着，马上就告诉我们她在哪儿。"

这消息让博斯吃了一惊。

"特雷维里奥击溃他了吗？"

瓦尔德斯点点头。

"多次否认以后，他不得不说'好吧，被你们抓住了'。"

博斯必须亲眼验证一下。他沿着走廊走向厨房，心想是否虚荣心和受伤的荣誉感使自己质疑特雷维里奥的成功，或者是别的原因。

他走进厨房，多克韦勒的手被反铐在身后的椅子上，仍旧坐在餐桌一旁。抬头看到来人是博斯而不是瓦尔德斯，多克韦勒的脸上闪过一丝不快。博斯不知道这是失望，还是别的什么反应。在这个夜晚之前，他从来没见过多克韦勒，没法读懂他的面部表情。但很快他就得到了答案。

多克韦勒用下巴指了指他。

"我不希望他在这儿，"多克韦勒说，"他在我什么都不说。"

特雷维里奥转过身，发现让嫌疑人不高兴的是博斯而非瓦尔德斯。

"博斯警官，"特雷维里奥说，"你为何——"

"怎么了？"博斯以高过警监的音调说，"生怕我知道你们在废话来废话去吗？"

"博斯！"特雷维里奥咆哮，"现在就给我离开厨房。他答应全力配合我们。如果他要你出去，那你就得出去。"

博斯一动不动。这简直太荒谬了。

"她那儿的空气不多了，"多克韦勒说，"想玩游戏的话，博斯，你就得承担后果！"

博斯发觉上臂被瓦尔德斯从后面抓住。局长像是要把他拉出厨房。他看了眼特雷维里奥背后靠在橱柜上的西斯托，西斯托一边笑一边得意地摇了摇头，仿佛博斯是个可怜的讨厌鬼似的。

"哈里，我们出去。"瓦尔德斯说。

博斯最后看了多克韦勒一眼，试图看出他在想什么。但多克韦勒的眼睛却像精神病患者似的没有一丝生气，无法解读。他走出厨房，沿着走廊走向前门。瓦尔德斯紧跟在他后面，防止他折转回去。那一刻，他知道他肯定在耍什么花样，只是他不知道这花样到底是什么。

博斯感觉瓦尔德斯扯了一下他的手臂，他终于转向走廊。他走出厨房，沿着走廊往前门走去。瓦尔德斯跟在身后，确保他不会再折返回来。

"我们出门吧。"瓦尔德斯说。

出门以后，瓦尔德斯关上门。

"哈里，我们必须按他说的来，"瓦尔德斯说，"那家伙说会带我们去见她。我们只能听他的。"

"这是他的计谋，"博斯说，"他只是在找合适的机会展开行动。"

"我们不傻，知道他在耍花样。我们不会半夜带他出现场。如果他真肯配合，告诉我们贝拉在哪儿，他可以给我们画张地图。如果他肯待在椅子上不动，一切就全无问题。"

"局长……有些事情不太对劲。卡车、房子和其他所有一切似乎有些不太协调。我们得——"

"怎么不协调了？"

"现在还说不好。如果可以进去听他说些什么，或是让我提些问题，也许我能摸出个门道来。可——"

"我回去监督那里的情况，你待在这儿别动。等得到需要的情报时，我再把情报传达给你。到那时我让你打头阵去找贝拉。"

"我可不想当什么英雄——最要紧的是要找到贝拉。但我还是觉得他在胡扯。他才不会告诉我们贝拉的下落。你看过'割纱工'的档案，知道他是什么样的角色。他那种人不会承认任何事情。他们不会感到愧疚，因为没有什么好承认的。到最后他们都能操控局面。"

"哈里，我不想跟你一直争论下去。我得进去了。你留在屋子外面。"

瓦尔德斯转身走进门。博斯在门外站了好长一会儿，试着琢磨透过多克韦勒脸上看到的表情。

过了一会儿，他决定绕到屋子后面，看看厨房里现在是什么情况。瓦尔德斯命令他留在屋子外面，而没有规定具体的方位。

博斯快步从屋子旁边走到后院。厨房在屋子另一面的角落里，多克韦勒和特雷维里奥面对面坐的那张桌子在玻璃日光浴室的一角。百叶窗拉开了四分之三，灯光把厨房照得亮堂堂的。博斯知道里面的人只能看见自己在玻璃上的影子，却无从看见站在外面的他。

水槽上的窗开着，他能听见里面的人说了些什么。主要是多克韦勒在说话。他一只手上的手铐被解开了，正用铅笔在桌面上的一大张展开的纸上画地图。

"他们把基地的这部分区域叫作'四十次的约翰·福特'[1]，"他说，"我觉得约翰·韦恩的西部片有些可能是在那儿拍摄的，那里大多拍些西部片和恐怖片——他们不断拍一些有人在林中小屋尖叫的电影，直接就能在线收看。那里有十六间不同的小屋，都可以用来拍电影。"

"那贝拉在哪儿？"特雷维里奥问。

"她在其中的一间。"

多克韦勒用铅笔在地图上画了些东西，他背过去的上身却挡住了博斯的视线。没一会儿，多克韦勒把铅笔放在桌子上，用手指在地图上比画着什么。

"你们从这儿进去，告诉看守的人你们要去邦妮屋[2]。他们会把你们带去，到了那儿就能找到她。屋子里的墙、窗户、地板，以及其他东西都是可分离的，毕竟是拍电影用的。你们要找的人在地板下面拍摄用的沟里，地板略微有点凸起。"

"多克韦勒，你最好不是在胡扯。"瓦尔德斯说。

"我不是在胡扯，"多克韦勒说，"要人带路的话，我可以带路。"

多克韦勒做了个手势，似乎想说，何不给我个机会呢。做手势时他的肘关节碰到铅笔，铅笔滚下桌子，从腿的一侧弹到地上。

"哎呀！"他大叫一声。

他倾下身子，从地板上捡铅笔。因为左手被铐在背后椅子的横梁上，他的动作看上去很艰难。

博斯站在多克韦勒身后的窗户后面，可以比同事们更快地发现将要发生些什么。透过窗户，多克韦勒的动作像慢动作一样慢慢展开。多克韦勒手臂一挥，想抓住地板上的铅笔，却因为左手被铐没有够着。但这一挥却把他的右臂抬到了桌子底下。他抓住桌下附着的什么东西，然后把胳膊甩出，抬到桌子上方。

这时他拿着把枪对着桌子对面的特雷维里奥。

"都别动！"

---

[1] 著名导演奥森·威尔斯为了拍摄电影《公民凯恩》，看了四十多遍约翰·福特执导的《关山飞渡》。

[2] 一种木匠哥特式建筑。

面对多克韦勒的三个警察都僵硬不动了。

博斯轻声而又缓慢地把枪拿出皮套，两手握枪对准多克韦勒的背部。他知道从法律意义上来说这时开枪算正当防卫，可特雷维里奥坐在桌子的另一边，击中多克韦勒之后，博斯无法保证子弹不会弹射到特雷维里奥身上。

多克韦勒拿枪指着厨房另一端的瓦尔德斯。局长把双手举在胸前做顺从状。

多克韦勒面前的厨房料理台呈 U 形，瓦尔德斯和西斯托正站在料理台旁边。多克韦勒让特雷维里奥起身，去料理台边和他们站在一起。

"别激动，"特雷维里奥一边退后一边说，"我想我们是在商量，商量把事情解决好。"

"说话的一直是你，"多克韦勒说，"快把你的狗嘴给闭上。"

"好，好，完全没问题。"

多克韦勒让他们依次解开皮套拿出手枪，把手枪放在地板上往他那边踢。多克韦勒从椅子上站起来，挥起左臂，椅子在手铐上摇晃着。他把手放在桌子上，让西斯托过来帮他从手腕上解开手铐。西斯托依照他的吩咐解开手铐，然后回到 U 形料理台那边。

多克韦勒站起来以后，博斯的射击目标就大了，可他还是无法保证不会射中其他人。他对弹道学原理知之不多，不知道打穿玻璃的子弹会朝何处偏离。他只知道如果射出好几颗子弹，第一颗子弹之后的几颗子弹会直接击中目标。

如果第一发穿过玻璃的子弹无法击中目标，多克韦勒也许就会扣下扳机。

博斯低头看了一眼，确认自己站在水泥平台上，然后朝前走了一步。隔着不知道有多厚的玻璃，多克韦勒和他之间的距离不到八英尺。博斯必须开枪之前，最好别再向前了。

"博斯在哪儿？"多克韦勒问。

"他去搜你的卡车了。"瓦尔德斯说。

"我想要他过来。"

"我可以去找他。"

瓦尔德斯朝拱道走了一步，多克韦勒立刻拿手枪对准他。

"别犯傻，"多克韦勒说，"打电话叫他过来。别告诉他原因，就说叫他过来。"

瓦尔德斯缓缓地把手伸到腰带掏出手机。博斯意识到手机要是响了，屋里人很快便会知道他就站在窗外。他正想把手伸向口袋将手机调到静音状态，但很快又想到手机响起来正合自己的意。

博斯往右移了一步，让多克韦勒位于枪的准心和瓦尔德斯之间。特雷维里奥和西斯托站在射击不会波及的地方。博斯指望瓦尔德斯还没忘记洛杉矶警察局的行动准则，知道救援的人应该何时开枪。

他双手握枪，等待手机铃响。手机先是嗡了一声，紧接着传来鸟叫的铃声——女儿很久以前选的尖亮的铃声。博斯把枪的准心对准多克韦勒宽阔的背部，眼睛却紧盯着他的头部后侧。

他看见多克韦勒有动静了。多克韦勒听见了手机铃声。他把头稍稍左转并抬高了几厘米，想确定声音来源。博斯又等待了几秒让瓦尔德斯做出反应，然后才对准目标开了火。

博斯在几秒钟内连发了六颗子弹。射击声在玻璃和屋顶回响，发出震耳欲聋的爆裂声。子弹打破玻璃和百叶窗，玻璃破裂，百叶窗碎成条状。博斯小心翼翼地把枪保持水平。他不想把准心对准地板，他希望瓦尔德斯蹲在那儿。

多克韦勒往前倒在桌上，然后又向左滚到地上。博斯抬起枪，看见特雷维里奥和西斯托呆立了一会儿之后朝倒在地上的多克韦勒跑去。

"别开枪了，"特雷维里奥大喊，"他倒下了，他倒下了！"

窗框上的玻璃掉落，挂着的百叶窗被打成碎片。博斯闻到一股火药的烧焦味。他抓住百叶窗，把它拽下来，跨进和门差不多大的窗户。

博斯先去查看坐在地上的瓦尔德斯，局长双腿张开，背靠在橱柜最下面的抽屉上。他手里拿着手机，只是通话进入了留言模式。瓦尔德斯盯着离他五英尺远的多克韦勒看了一会儿，然后抬头看着博斯。

"大家都没事吧？"博斯问。

瓦尔德斯点点头，博斯发现离瓦尔德斯头部两英尺远的抽屉上有个弹孔。

之后博斯低头审视着多克韦勒。壮汉胸部伏在地上，脸侧向左边。他一动不动，但眼睛睁着，鼻子仍然在呼吸，每次吸气时都会发出不自然的啸叫声。博斯看到他身上有三个子弹伤口，一个在后背的中下部，一个在左臀上，另一个在左手的手肘上。

博斯蹲在多克韦勒身边，看着他的躯体另一边的特雷维里奥。

"好枪法。"特雷维里奥赞叹道。

博斯点点头。他猫下腰，看着桌子底下，发现台面下附着一个手枪皮套。特雷维里奥循着博斯的视线往桌子底下看，也发现了手枪皮套。

"狗娘养的！"特雷维里奥骂道。

"怕死鬼总会做好各方面的准备，"博斯说，"我想我们在这里一定能找到他随处藏着的武器。"

博斯从口袋里掏出一副橡胶手套，他一边把手套戴上，一边弯下头凑近多克韦勒的脸。

"多克韦勒，听得见我说话吗？"他问，"能说话吗？"

多克韦勒猛吞了一口口水，然后张口说话。

"快……把我……送医院去。"

博斯点点头。

"我们会送你去医院的，"博斯说，"可我们首先得知道贝拉在哪儿。告诉我们贝拉在哪儿，我们就帮你叫救护车。"

"哈里。"瓦尔德斯说。

博斯把腰向后倾斜。

"让我来，"博斯说，"你们也许不想和这事沾边。"

"哈里，"瓦尔德斯又发话了，"这事不该这么做。"

"你想让贝拉生还吗？"博斯问。

"之前你不是说贝拉不可能还活着吗？"

"那是我在卡车里找到给贝拉的食物之前说的话。现在我确定她仍然活着，他会告诉我们贝拉在哪儿。"

西斯托走到桌子边上，拿起多克韦勒刚才在画的地图。

"我们拿到了这个。"

"那只是张骗人的藏宝图，"博斯说，"如果你觉得她在那儿，就去那儿英雄救美好了。"

西斯托看了看瓦尔德斯，又低头看着特雷维里奥，这才明白多克韦勒跟他们周旋这么长时间，就是为了解开一只手上的手铐去拿桌子底下藏着的枪。

瓦尔德斯拿起手机，挂断了和博斯之间的通话，然后按下一键通话的快捷键。

"我们需要派辆救护车到这个地址，"他说，"嫌疑人被击中，身上有好几处伤口，需要有人过来换班，让他们把枪击组的人也叫来。"

瓦尔德斯挂断手机后看了看博斯，示意他必须按照标准流程处理此事。

博斯弯下腰，再一次试着从多克韦勒口中问出些信息来。

"多克韦勒，她人在哪儿？"博斯问，"现在就告诉我们，不然你不可能活着到医院。"

"哈里，"瓦尔德斯说，"起来给我出去。"

博斯没理他，凑近多克韦勒的耳朵。

"她在哪儿？"博斯又一次问道。

"去……去你妈的，"多克韦勒急喘着气说，"告诉你，怎么问我都会不告诉你。你最好明白……辜负她的人是你。"

他勉强抿起嘴，做出想笑的样子。博斯伸出一只戴着手套的手，往多克韦勒背上的枪伤处摸过去。

"博斯，"瓦尔德斯大喊，"快给我出去，这是给你的命令！"

局长站起身走过来，想在博斯没惹麻烦之前把他从多克韦勒身上拉开。博斯抬头看了他一眼，然后站起身。两人对视了一会儿以后，博斯熬不住说话了。

"我知道她就在这儿。"他说。

33

　　博斯知道，留给他的时间不多了。县治安办公室的警员枪击组的人赶到现场以后，他和其他圣费尔南多警察局的警察就得撤出这个案子。当急救队的人给多克韦勒做固定，把他抬上救护轮床的时候，博斯从车库的箱子里拿出一把高功率手电筒，沿着后院下坡朝哈斯克尔水渠走去。

　　博斯走了四十码，听见身后有人在喊他。他转过身，发现西斯托追了上来。

　　"你在干什么？"西斯托问。

　　"去搜水渠。"博斯回答说。

　　"找贝拉吗？我来帮忙吧。"

　　"多克韦勒怎么样了？谁送他去医院？"

　　"我想应该警监去。但有没有人护送根本无所谓。多克韦勒哪儿都逃不了。我听见了急救队员的谈话。他们说他的脊髓多半被子弹打穿了。"

　　博斯想了想。多克韦勒活下来以后要在轮椅上度过残生，这个念头丝毫没有让他产生同情。多克韦勒对包括贝拉在内的受害人所做的一切——尽管博斯还不太清楚贝拉遭受了些什么——使他不配得到任何类似于同情的情感。

"好的，但我们行动必须快，"博斯说，"枪击组的人到了之后，我就出局了，我们都出局了。"

"你想让我怎么做？"

博斯把手伸进口袋。他仍旧拿着前院草坪上找到的手电筒备用。他打开手电筒，把它扔给西斯托。

"我负责找一边，你负责另一边。"

"你觉得她被绑在树一类的地方吗？"

"谁知道啊？也许吧。我只希望她还活着。到了水渠边，我们再分头寻找。"

"收到。"

博斯和西斯托继续下坡。因为发洪水的潜在威胁，水渠没有整修过，看上去像一道杂木丛生的地沟。博斯估计这里大多数时候只是条小溪，但到了发洪水时会变成河流。他们经过一块标明暴雨时期可能泛洪的警示牌，竖这块警示牌的目的是不让孩子到水渠里玩。

坡度减缓以后，地面变软了，博斯注意到小路上有串足迹。足迹有三英寸深，不到六英寸宽。他沿着足迹走到水渠边。和西斯托分开前，他把高功率手电筒的光束打向水渠，发现小水渠像个轮胎面。

博斯把光束抬高一点，光沿着足迹照在水渠的浅水上。水渠里的水清澈见底。他看见水渠底部有的地方有灰色的沙土，有的地方有石块。还有一些明显经过抛光切割的石头。这些石头是水泥硬化后再拆除粉碎的，应该是建筑垃圾。

"哈里，我们这就去找贝拉吗？"

"等等，"博斯说，"站在那儿别动。"

博斯关上手电筒站在水渠边。他思考着所见和已知的一切——建筑垃圾、枪、给养、从市政管理局偷来的独轮车和手推车，以及小卡车副驾驶座上的热食。博斯明白多克韦勒的意图和先前被局长铃声打断时他在小卡车后门干什么了。

"多克韦勒在建造什么东西，"他说，"他用手推车把泥土和石块运到这里来，丢弃到水渠里。"

"这又意味着什么呢？"西斯托问。

"这意味着我们找错地方了。"博斯说。

他猛地起身打开手电筒，然后转过身，看着斜坡上亮着灯光的多克韦勒家的厨房。

"我搞错了，"他说，"我们得回去。"

"你说什么？"西斯托问，"我以为我们要——"

看到博斯跑上斜坡，西斯托不再说话，紧跟着跑了上去。

跑上坡让博斯一阵气喘，他不再奔跑，快步从屋子的一侧往前走。经过日光浴室旁边的窗户时，他看见厨房里站着几个穿制服的男人，县治安办公室的警员显然已经到现场了。博斯不知道他们是不是枪击组的，也不想停下脚步一探究竟。瓦尔德斯局长和县治安办公室的人在一起。局长正在比画着什么，多半正在给警员们介绍大致案情。

博斯沿着房子一边继续往前走，很快到了前院。

前院里停着两辆县治安办公室的巡逻车和一辆跟踪时打掩护的普通车辆，不过所有警员似乎都进了屋。博斯直接走到小卡车后门，开始往下拉两轮手推车。在小卡车后面的西斯托赶上他，帮他一起把沉重的手推车搬到地上。

"哈里，我们这是在干什么？"

"我们得搬掉车库里的箱子。"博斯说。

"为什么要搬？箱子里有什么？"

"箱子里的东西无关紧要。关键是箱子下面的东西。"

他把手推车往车库推。

"多克韦勒想从小卡车中搬出手推车，用来搬动这些箱子。"他说。

"哈里，我没明白你的意思。"

"西斯托，别管那么多，先和我一块搬箱子吧。"

博斯推着手推车冲向第一排箱子，把车身上的铲子伸进底部的一个箱子下面，倾斜手推车，将几个箱子叠放在上面。他飞快地退出车库，把手推车推到小卡车前，倾斜手推车，把箱子堆到地上，然后回车库搬运更多的箱子。西斯托没有用工具，靠自己的蛮力搬箱子。他每次搬两到三个箱子，把它们堆在小卡车旁的车道上。

不到五分钟，他们已经在车库里开拓出一条小道来，博斯发现车库地板上铺着一条用来接住汽车滴下来的油的橡胶垫。又搬了些箱子以后，博斯弯下腰卷起橡胶垫。

水泥地上有个圆形的金属盖，盖子上压印着圣费尔南多市政当局的章。博斯弯下腰，把两只手指放在两个气孔似的小孔里面，试着拉起厚重的金属盖。盖子重得拉不起来。博斯四处张望，寻找西斯托的身影。

"帮我把这个抬起来。"他说。

"哈里，你等会儿。"西斯托说。

西斯托走出车库，离开了一会儿。回到车库的时候，他带来了一根一端是手柄，一端是铁钩的长铁条。

"你是怎么找到这东西的？"博斯闪到一边问。

"在工作台上看到的，但当时不知道是用来干什么的，"西斯托说，"但后来我想起来了。我在街上看见市政管理局的人用过这个。"

他把钩子放进铁盖上的一个小孔，把铁盖往上拉。

"也许就是从街上偷来的，"博斯说，"需要帮忙吗？"

"我一个人能行。"西斯托说。

他把铁盖的一拉，铁盖哐当一声砸在旁边的水泥地上。博斯趴在地上露出的圆洞边缘往下看，顺着头顶的灯光望去，看见洞里有把梯子向下方的黑暗延伸。他走到之前发现的放有荧光棒的箱子前，开箱拿出几根荧光棒。身后的西斯托开始大声朝黑洞里叫喊。

"贝拉，你在吗？"

洞底下没有回答。

博斯回到洞边，打开荧光棒包装，开启荧光把它们扔进洞口，然后开始沿着楼梯往下爬。下梯子不到十英尺，他突然一个踩空，差点跌在地上，梯子的最后一节横档不知怎么没有了。站稳以后，他一边猫着腰往前走，一边把手伸从后兜里拿手电筒。他打开手电筒，把灯光打在一间明显仍然在建的小屋的墙上。小屋里有几台铁架和几个为水泥塑形的胶合板模具。临时搭建的脚手架上垂下一块塑料薄膜。里面的空气不足，博斯一时喘不过气，只能大口大口地吸气。这里没有安装空气净化和过滤装置，或者还没开启，仅有的空气来自头顶的铁盖开口处。

他意识到这正是多克韦勒的梦想所在。多克韦勒一直在造一个地下堡垒，等待地震到来、炸弹爆炸、遭受恐怖分子袭击时能够在此躲避。

"有什么发现吗？"西斯托问。

"还在找。"博斯说。

"我这就下来。"

"小心点，梯子上没有最后一节横档。"

博斯绕过建筑垃圾往小屋里走，穿过一道塑料帘后，他发现房间靠内的一侧几乎完工。这里的墙面光滑，地板水平，地上铺着黑色橡胶垫。他把手电筒光投向屋内各处，但屋内空空如也，贝拉不在这里。

博斯拿手电筒扫了一圈，还是什么东西都没有，看来他估计错了。

西斯托推开塑料帘子走过来。

"她不在这儿吗？"

"不在。"

"该死。"

"我们去屋里找找。"

"也许贝拉在他交代的影视基地里。"

博斯拉开帘子，回到屋子的前半部分。走到梯子前时，他意识到梯子没有少一根横档。梯子通到小屋完全建好后地板会在的水平面上。

他转过身，差点撞上西斯托。他把西斯托推到一旁，穿过塑料帘走到屋子整修好的那半部分，他拿手电筒照在地板上，看看地板上有没有缝隙。

"我还以为我们要回到上面去呢。"西斯托说。

"帮我一把，"博斯说，"我想她就在这儿。把垫子拉开。"

他们走到小屋的两头，把塑胶垫扯开。一整张塑胶垫的面积正好与小屋相当。博斯拉开塑胶垫以后，看见下面是木质板材。他在板材上寻找铰链、接缝或是有隐藏暗室的线索，但什么都没找到。

博斯用拳头往板材上敲了几下，发现下面是空的。西斯托也开始敲起来。

"贝拉，你在吗？"

仍然没有回应。博斯快跑到塑料帘处，抓住后把帘子扯了下来，把金属框架也带了下来。

"当心！"西斯托大声喊。

框架的一条边砸在博斯肩上，博斯没感到疼，他正激动着呢！

他回到屋子前边，把手电筒光照在八英寸高的踏板的饰面上，发现饰面和水泥地板的连接处有一道缝隙。他跪下双膝，凑过去想把缝隙扯开，但连指头都伸不进去。"帮我把这个扯开。"他对西斯托大声说。

西斯托跪在博斯身边，想把指甲探进去，但同样没成功。

"当心。"博斯说。

他拿起一块掉落的帘框，把边缘砸进缝隙。帘框嵌进去之后，他慢慢往上撬，缝隙张开了一点。西斯托把手指伸进去，扯开两边的木板。

博斯把帘框哐啷一声扔在地上，把手电打进缝隙下面第二个小房间的狭窄空间。

他看见地毯上有两只光脚，脚踝被绳子绑着。缝隙下的空间很深很大，从地板面积和梯子判断，看不出里面有这么宽敞。

"她在这儿呢！"

博斯把手伸进缝隙，用手抓住毯子两边往外拉。贝拉躺在一块铺在胶合板托盘上的毯子上，从那个黑洞洞的地方滑了出来。她差点被台阶踏板处的豁口卡住。贝拉的四肢被绑着，嘴里塞了东西，浑身是血。她身上完全没穿衣服，不是死了，就是失去了意识。

"贝拉！"西斯托大喊。

"再叫辆急救车过来，"博斯下令道，"让他们用轻便担架把贝拉抬过洞口。"

西斯托掏手机时，博斯回到贝拉身边。他弯下腰，把耳朵凑近贝拉的嘴巴，感觉到一阵微弱的呼吸。贝拉仍然活着。

"这里没信号。"西斯托沮丧地说。

"上去打，"博斯大声回答，"上去打电话叫救护车。"

西斯托跑到梯子旁，开始往上爬。博斯脱下外套，把它盖在贝拉身上。他把胶合板托盘拉向梯子，尽量靠近送气的洞口。

有了更多的空气以后，贝拉渐渐醒了过来。她睁开眼，眼神惶惑而吃惊。这时她的身体开始剧烈地颤抖起来。

"贝拉，"博斯说，"我是哈里。你没事了，我们把你弄出去。"

34

　　博斯整夜都和县治安办公室的调查员在一起，首先他向调查员们讲述了圣费尔南多警察局警探是怎样锁定多克韦勒，并找到多克韦勒家的，然后他又介绍了开枪时的详细情况。之前一年，博斯在西好莱坞办案时开过枪，知道开枪后要接受调查。尽管博斯不喜欢接受调查，但他知道这是例行公事。博斯知道，从窗外朝多克韦勒的后背开枪看上去必须是合理且不可避免的，讲述时必须谨慎。关键是，他得向他们强调，多克韦勒正用枪指着厨房里的三位警官，使用能致命的武器是可以接受的。

　　等弹道学和法医报告出来，再将之与对涉事警官的问询和射击现场示意图整合成调查报告要好几周。之后调查报告会提交给地方检察官办公室的警察射击调查科进行复核，这同样要好几周。调查科的复核完成以后，警局才会在内部宣布开枪是合法的。

　　博斯不担心自己的举动，知道贝拉·卢尔德会成为调查的关键因素。贝拉从多克韦勒家地下建筑物中被营救出来的事实会消除媒体的异议，给地方检察官办公室造成压力。被枪击的男人绑架了一名女警，强奸她以后又把她挟持在地下室，并有明显的长期监禁的意图——从带给她的食物可以看出，在杀她之前多克韦勒还会一遍遍地折磨她。枪击这样的人又怎么会让大家产生异议呢？

调查员们结束问询时已经破晓了。他们让博斯回家好好休息，说未来几天在整理撰写最终的调查报告前，还有进一步的问题要问他。博斯告诉他们随时可以来找他。

博斯在和调查员们的交谈过程中得知，贝拉被送到了圣十字医院的外伤中心。回家时博斯顺便去了次医院，探视贝拉的最新情况。他在外伤中心的等候室碰到了瓦尔德斯，从脸上的疲劳神态来看，瓦尔德斯结束了县治安办公室调查员的问询后整夜都待在这儿。瓦尔德斯正和一个女人坐在一起，博斯在贝拉的隔间墙壁上见过这个女人的照片。

"跟县治安办公室那边完事了吗？"瓦尔德斯问。

"暂时结束了，"博斯说，"他们让我回家。贝拉怎么样了？"

"她睡着呢。医生让塔琳进去看了她几次。"

博斯向塔琳做了自我介绍，塔琳对博斯在营救中所起的主导作用表示感谢。博斯点了下头，相比于为救出贝拉感到欣慰，他更加为自己把贝拉送到多克韦勒的手上感到自责。博斯看着瓦尔德斯，朝走廊方向轻点了下头。他想单独和局长谈谈。瓦尔德斯站起身，跟塔琳说自己要离开一会儿，然后和博斯走到走廊里。

"你有没有和贝拉谈过，问她发生了什么事吗？"博斯问。

"谈过一会儿，"瓦尔德斯说，"她的情绪很糟，我不想让她再去回想那些事情。我是说，现在还不着急问她，你看呢？"

"没错。"

"贝拉说她中午去了市政管理局的工棚，因为是午饭时间那里没人在。她走进小办公室，看见多克韦勒正坐在办公桌前吃饭。贝拉问多克韦勒拿金属探测器，多克韦勒说他可以帮忙搬到车上，开车送过去。"

"因为没有我帮忙，于是贝拉答应了。"

"别责怪自己。你让她带上西斯托了，再说，多克韦勒尽管是个浑蛋，但毕竟以前是警察。贝拉没有理由感到不安全。"

"那他是什么时候抓住她的？"

"他们去萨哈冈家进行搜索。金属探测器很重，多克韦勒把它放在市政管理局的一辆车里开过去，并提出他来操作。你的判断很对。树丛里的确有钥匙。但贝拉不知道钥匙是多克韦勒的。作案前他把车停在车库后面，隐蔽得很好。那时他想性侵的人还没回家，周围也没有人。他让贝拉帮忙把金属探测器放回车上，趁机从后面抓住她，把她掐晕。贝拉昏过去很长时间，想必多克韦勒掐晕她后还给她下过药。她醒的时候已经在地下室里了，多克韦勒正在她身上。多克韦勒实在很粗野……贝拉受了重伤。"

博斯频频摇着头，他很难想象贝拉究竟经历了什么。

"那个浑蛋很变态，"瓦尔德斯说，"他告诉贝拉他会永远把她关在地牢里，让她永远见不到阳光。"

塔琳来走廊找博斯，使博斯不必继续听局长叙述的可怕细节。

"我刚进去告诉她你来了，"塔琳对博斯说，"她很清醒，现在就想见你。"

"她不必这么着急见我，"博斯说，"还是你们家里人先说会儿体己话吧。"

"她想见你，现在就想见你。"

"好吧，我过去。"

塔琳领博斯穿过等候室，进入另一条走廊。塔琳一边走一边苦恼地摇着头。

"她很坚强，"博斯说，"一定能扛过去。"

"不，我不是为这事摇头。"

"那是为什么事？"

"我不敢相信他竟然也在这儿。"

博斯不知道塔琳是什么意思。

"你是说局长吗？"

"不，他们居然把多克韦勒也安排在这家医院。"

博斯这下明白了。

"贝拉知道了吗？"

"应该不知道。"

"那别告诉她。"

"我才不会告诉她！那会把她吓坏的。"

"多克韦勒稳定后就会转院。洛杉矶县有所监狱医院，会让他转院过去。"

"那就好。"

他们走到一扇打开的门前，进入一间单人病房。病床的两侧的护板竖起来了，贝拉躺在床上。她背对门口，看着病房的窗，双手无力地垂在身体两侧。她没翻身看博斯和塔琳，只是叫塔琳出去，表示要和博斯单独谈谈。

塔琳离开病房，博斯站在床前。他只能看见贝拉的左眼，发现她的左眼又青又肿。她的下嘴唇也肿了起来，上面还有道咬痕。

"嘿，贝拉。"博斯叫了一声。

"我想我应该还欠你杯啤酒。"她说。

博斯想起自己对贝拉说过，如果用金属探测器找到关键物证，得让她请自己喝杯啤酒。

"贝拉，我不该把你一个人抛下，"他说，"真是太对不起了。你遭了这么大的罪都是因为我，我把一切都搞砸了。"

"别傻了，"贝拉说，"把事情搞砸的人是我，我不该背对着他。"

贝拉终于转过身来直面着他，眼周都是被掐造成的出血点。她抬起一只手，博斯走近捏了捏这只手，试着传达难以用言辞表达的情谊。

"谢谢你来看我，"她说，"还得谢谢你救了我。局长告诉我你和西斯托救了我。你救我并不意外，西斯托救我倒是个惊喜。"

她试着想笑，博斯对她耸了耸肩。

"你破了这个案子，"他说，"从他手里救了许多女人，记住这点就好。"

她点点头，闭上眼睛。博斯发现她流泪了。

"哈里，我有些事要告诉你。"她说。

"什么事？"他问。

贝拉又抬头看了他一眼。

"他强迫我说出你的事情。他……伤害我，我努力隐瞒，但实在忍受不了他的折磨。他想知道我们是怎么知道钥匙的事的。他还想了解你，想知道你有没有妻子和孩子。哈里，我真不想说的，可最后却不得不说。"

博斯捏住她的手。

"贝拉，别再说话了，"他说，"你做得很好，我们抓住了那个家伙，一切都结束了。这才是最重要的。"

贝拉再次闭上了眼睛。

"我要再睡一会儿。"她说。

"睡吧，"博斯说，"贝拉，我去去就来，你要挺过这一关才好。"

博斯沿着走廊往前走，心想多克韦勒折磨贝拉套取自己的信息，如果昨夜没抓住多克韦勒，天知道还会发生些什么呢！

博斯在等候室里见到了瓦尔德斯，但是没见到塔琳。局长说塔琳回家去拿贝拉的衣服了，等贝拉缓过来后就替她换上。他们谈到"割纱工"的案子，就县治安办公室对博斯开枪所做的调查以及起诉多克韦勒这两件事讨论了一番，看还需要做些什么。他们要在四十八小时内向地方检察官办公室提交嫌疑人的犯罪证据并对他提起诉讼。因为贝拉还在医院，所以这些重任都落在博斯身上。

"哈里，我希望案子能办得无懈可击，"瓦尔德斯说，"尽我们所能击垮他，提交他可能被控诉的每一项罪名。我不想看到他还能从监狱出来。"

"明白，"博斯说，"完全没有问题。我回家大约睡到中午，然后回来处理这个案子。"

瓦尔德斯拍了拍他的上臂以示鼓励。

"有什么需要尽管跟我讲。"他说。

"你留在这儿吗？"博斯问他。

"再留会儿。西斯托发短信说他一会儿过来。我想等他来了再走。这事搞定以后，大家一起出去喝几杯，确保每个人都平安无事。"

"那太好了。"

博斯离开医院，在停车场碰到西斯托。西斯托换了身衣服，看上去像睡过一会儿。

"贝拉怎么样了？"西斯托问。

"我不是很清楚，"博斯说，"她经历了人们想象不到的炼狱。"

"你见过她了吗？"

"见了没几分钟。局长在等候室，他会把大致情况告诉你。"

"太好了，局里见。"

"我得先回家睡会儿觉。"

西斯托点点头走开了。博斯突然想到一些事，叫住西斯托。

"嘿，西斯托！"

西斯托走回博斯身边。

"伙计，我对失去冷静推了你感到抱歉，"博斯说，"我也不该扔你的手机。当时的情况十分紧迫，我一时没控制住自己。"

"哈里，不用道歉，"西斯托说，"你做得没错。我想成为你这样的警探，不想总是犯错。"

博斯对西斯托的夸赞点了点头。

"别担心，"他说，"你一定能成为一名优秀的警探，昨晚你就干得不错。"

"谢谢你。"

"见完贝拉后能干点活吗？"

"要我干什么？"

"去市政管理局，把多克韦勒办公桌上的封条撕掉。我们得彻底搜查他的办公桌。搜查完以后，找到他的主管，把他过去四年所做的检查记录都给调出来，看他检查过多少违章建筑。"

"你觉得他是这样挑选被害人的吗？"

"一定是这样。你把所有记录拿来放在我的办公桌上。我回局里以后，会查看这些记录，以此证明他到受害人所住的街上都做过检查。"

"好主意。这需要搜查证吗？"

"应该不用，这些都是公共记录。"

"哈里，我会去办的，拿到后就放在你的办公桌上。"

博斯跟他碰了碰拳，然后往自己的车走了过去。

35

　　博斯回到家，痛痛快快地洗了个澡，然后钻到床上准备睡四小时，他还拿了块印花手绢放在头和眼睛上遮蔽日光。但他熟睡了不到两小时，就被一阵刺耳的吉他噪声吵醒了。他扯掉印花手绢，试着再小睡一会儿。但博斯马上就清醒过来，意识到这是女儿为他设定的铃声，手机响起俏妞的死亡计程车乐队[1]的《黑色太阳》时，他就知道是女儿打来的。麦迪给自己的手机了做了同样的设置，博斯打给她时也会响起同样的铃声。

　　他把手伸向手机，却把手机从床头柜带到地上。博斯从地上捡起手机接通了。

　　"麦迪，有什么事吗？"

　　"没什么事。你怎么了？你的声音听上去很怪。"

　　"我在睡觉。你怎么了？"

　　"我想我们可以一起吃个午饭。你还在宾馆吗？"

　　"麦迪，对不起，我忘了给你打电话了。我已经到家了，昨晚事情紧急被

---

[1] Death Cab for Cutie，华盛顿的一支四人乐队。

人叫回来了。有个警察被人绑架，我们一整晚都在忙这个事。"

"老天，警察被绑架吗？你们把他找回来了吗？"

"是个女警，我们已经把她找回来了。但我一晚没睡，刚有时间补个觉。我想接下来我得忙上几天。我们这周末或下周初再约顿饭吧？"

"这不着急。但她是怎么被绑架的呢？"

"长话短说，就是她要抓一个嫌疑人，反在抓住嫌疑人前被对方抓住了。好在我们已经把她救出来，嫌疑人也被捕了。案子已经解决了。"

博斯没多做解释，他不想让女儿知道贝拉·卢尔德被掳的细节，也不想让女儿知道自己朝绑架者开了枪。如果解释太多，话就说不完了。

"那就好，接下来该让你多睡会儿觉了。"

"今早你有课吗？"

"心理学和西班牙语。今天的课已经上完了。"

"那就好。"

"爸爸！"

"怎么了？"

"我昨天因为餐馆和其他一些事情就对你耍小性子，我想说声对不起。我不知道你时间很赶就责备你，真是烂透了。真的很对不起。"

"宝贝，没关系。你原本就不知道嘛！"

"那你不怪我吗？"

"当然不怪你。"

"爸爸，我爱你。快去睡吧。"

麦迪笑了。

"怎么了？"

"'爱你，去睡吧'，是我小时候你常对我说的。"

"是啊，我记得很清楚。"

挂断手机以后，博斯重新用印花手绢遮住眼睛，试着再睡一会儿。

但他没有睡着。

博斯尝试着睡了二十来分钟，可俏妞的死亡计程车的吉他声却一直在耳边回荡着，他不再尝试了，索性下了床。他又快速洗了个澡，让自己清醒起来，然后驾车朝北往圣费尔南多开去。

上周，警方开始对"割纱工"的通缉以后，警察局外的媒体车辆就增加了一倍。现在嫌疑人的身份已被警方确认，他绑架了一个警察，而后又被另一个警察射伤，案子的影响力就更大了。博斯和往常一样从边门走入警察局，正好避开了聚集在大堂里的记者们的注意。警察局的新闻官通常是由什么都要管的特雷维里奥警监担任，但博斯觉得特雷维里奥不会在别人是关键角色的案子中做先头兵。他觉得这回的新闻官角色应该落在罗森博格警长头上。罗森博格待人和蔼可亲，在某种程度上更上镜。他的言谈长相更像个警察，应该是媒体所喜闻乐见的。

侦查处办公室没有人，这正合博斯的意。经过昨晚这样的事件以后，人们都有一吐衷肠的愿望。他们会聚集在办公桌旁，从自己的角度畅谈这件事，并听取其他人的看法。谈话会起到一定的治愈作用。但博斯不想谈，他想尽快投入工作。他要写一份先得交给局长审查的冗长而详尽的诉讼报告，这份报告之后将交给地方检察官办公室的几位检察官和辩护律师过目，最后甚至会流转到媒体手里。安静的侦查处办公室正好能让他集中精力。

西斯托不在办公室，但博斯知道他来过了。走到办公桌旁放下车钥匙时，博斯发现桌上整整齐齐地放着四沓违章搭建的检查报告。西斯托顺利完成了任务。

博斯坐下后开始工作，却立刻感到了一阵沉重和疲惫，昨天晚上的事件过去之后他没有休息够。他的胳膊被多克韦勒地下室的塑料帘框砸得生疼，可感觉最坏的却是他的两条腿。在开枪之前，他下坡上坡，跑了一个来回，两条腿又酸又累。他登录电脑，打开一份空白文档，在写报告前，他走出侦查处办公室，经过走廊朝警察局厨房走过去。

经过局长办公室门口时，博斯发现门开着，瓦尔德斯正坐在办公桌后面，耳边放着电话。通过听到的谈话片段来看，局长应该是在和某位记者谈话。局长说局里不准备透露被绑警察的身份，因为被绑的女警是性侵的受害者。博斯心想，对于圣费尔南多这么小的一个警察局，优秀记者只要打几通电话就知道受害者是谁了。除非贝拉住的房子登记在塔琳名下，否则房前的草坪上很快会聚集起一大帮记者。

厨房里刚刚烧了壶咖啡，博斯倒了两杯，两杯都没加糖和奶。走回办公室的路上，他在局长办公室门口停下，举起一杯咖啡问局长要不要喝。瓦尔德斯点点头，用手把话筒遮住和博斯寒暄。

"哈里，你太厉害了！"

博斯走进办公室，把杯子放在桌子上。

"对付他们这种人就得一击致命，局长。"

五分钟以后，博斯回到自己的小隔间，查看起西斯托拿来的报告。他只用了一小时就看完了，熟悉了报告的样式以后，他就只看每份报告上写明的地点了。他只看包括比阿特丽斯·萨哈冈家在内的五起案子发生的街道的检查报告。他发现，在比阿特丽斯·萨哈冈袭击多克韦勒和其他未遂的强奸案发生之前的几个月，多克韦勒去这几条街上检查的时间都对上了。在其中两起案子中，多克韦勒早在动手的九个月前就上门做了检查。

从报告里获得的信息帮助博斯准确地描绘出多克韦勒的作案方式。博斯觉得多克韦勒一定是在检查违章搭建时锁定了受害人，然后跟踪她们一段时间，同时用几周甚至几个月定出最终的袭击方案。作为一个以前干过警察的违章搭建督察，多克韦勒有足够的技能完成这一切。博斯确信，多克韦勒趁受害人在家或睡觉时多次潜入过她们家。

解开了多克韦勒如何熟悉受害人家的疑问以后，博斯开始撰写诉讼报告。他只能用两根手指打字，但打得不慢。他心里很清楚要写些什么，因此写起来非常顺畅。

他不停地打了两小时，视线甚至都没离开过电脑屏幕。打完以后，他喝了口冰黑咖，按下打印按钮，房间另一头的打印机吐出六张纸，文字是单倍行距打出来的，报告从四年前发生的第一起强奸案开始，一直叙述到库尔特·多克韦勒被子弹击中脊柱、脸贴地趴在地上为止。博斯用红笔在纸上校对，然后根据校对的内容在电脑里做修改，重新打印了一份。他带着诉讼报告走到局长办公室，发现局长和另一个记者聊上了。局长用手遮住话筒。

"是《今日美国》的记者打来的，"他说，"消息传到东海岸了。"

"让他们务必把你的名字拼对，"博斯说，"我想让你看看这份诉讼报告，然后给予批准。我明天一早就对多克韦勒提起诉讼。罪名如下：五次强奸、一次未遂强奸、绑架、使用致命武器进行攻击和多次偷窃公共财物。"

"把能用上的罪名都用上，我喜欢这样。"

"批准完以后告诉我一声。我得写一份物证报告，还得补填一份搜查证申请提交给法官。"

博斯想离开，瓦尔德斯却竖起根手指让他先别着急走，然后重新拿起电话。

"唐娜，我得挂电话了，"他说，"你在新闻发布会上能了解案情细节，我再强调一遍，这次我们不会公开任何一位警官的名字。我们把一个坏到根子的家伙绳之以法，并为此自豪。我想说的就是这些。"

尽管记者很快又问了一个问题，局长却挂断了电话。

"一天到晚都是这种电话，"瓦尔德斯说，"从哪儿打来的都有。每个人都问我要地牢的照片，都想同你和贝拉谈谈。"

"我刚才在电话里听到你用了'地牢'这个词，"博斯说，"这样媒体的报道就变味了。那不是地牢，而是个地下避难所。"

"多克韦勒找到律师后可以凭这个起诉我。不说他了，还是说说那些烦人的记者吧……有个记者说关一个犯人平均每年要花三万美元，把下身瘫痪的多克韦勒关起来花费至少要翻倍。我问他，你这么说是什么意思，难道要我们当场击毙他吗？"

"我们的确有机会杀了他。"

"哈里，我会把这话忘了的。我甚至不愿想起昨晚你要对他做的事情。"

"那是为了找到贝拉必须做的。"

"不管怎么说，我们找到她了。"

"我们很幸运。"

"这不是幸运，而是你很出色。另外，你得做好准备。记者们一直试着打探出开枪的警察是谁，一旦知道是你，他们肯定会把去年西好莱坞警察局的事情以及你之前的事联系起来。务必做好准备。"

"我干脆度个假玩消失吧。"

"好主意。报告就这样行了吗？"

他拿起博斯送来的报告。

"你看完告诉我。"博斯说。

"我花十五分钟看完告诉你。"瓦尔德斯说。

"对了，警监在哪儿？去睡觉了吗？"

"他在医院陪贝拉。我想留个人在那儿，一是为了防止媒体的骚扰，二是怕贝拉会有什么需要。"

博斯点点头。这样安排不错。他告诉瓦尔德斯自己会留在局里，如果诉讼报告要改，打电话或发邮件给他都行。

博斯回到侦查处办公室的电脑边，正准备给收集到的物证总结报告做最后润色时，他的手机响了，是米基·哈勒打来的。

"老哥，等不到你的电话我只好打给你了，"博斯的律师弟弟说，"你和他的孙女谈过了吗？"

过去十八小时，博斯完全把万斯的事给忘了。昨天的圣迭戈之行仿佛是一个月前的事。

"没，还没找她谈过。"博斯生活。

"那个叫艾达·帕克斯什么的呢？"哈勒问。

"是艾达·汤·福赛思。没，我也没找她谈过。我的另一份工作出了些紧急状况。"

"老天，你不会是和圣高乐士[1]那个用地牢绑人的家伙扯上关系了吧？"

圣高乐士是圣克拉丽塔的昵称，暗指早先从洛杉矶搬到圣克拉丽塔的许多白人把那儿给净化了。对成长在洛杉矶、崇尚白人特权堡垒——比弗利山庄——的哈勒来说，使用这样的称谓似乎有些不太合适。

"是的，我参与了这个案子。"博斯说。

"对了，那家伙找到律师了没？"哈勒问。

博斯犹豫了下才开口回答。

"你不会想搅进去的。"他说。

"我什么案子都能办，"哈勒说，"案子不嫌多，能接就多接一点。但你说得没错，光这遗嘱的案子就够我忙一阵了。"

"万斯的遗嘱认证做了吗？"

"没有，还得再等等。"

"我明天得空再处理这件案子。我找到他孙女以后，会马上联系你。"

"哈里，把她带来，我想见见她。"

博斯没有回答，他的注意力被电脑屏幕上瓦尔德斯的回信吸引了，局长认可了他对案子的总结，批准了诉讼报告。现在他必须完成物证报告和搜查证的申请，这样他才能安心走。

---

[1] 高乐士是美国一个著名消毒水品牌。

36

　　周三早晨，地方检察官办公室一上班博斯就赶到了那里。因为这是个备受瞩目的案件，因此他事先约好要来这里提交对多克韦勒的诉讼报告。他没把诉讼报告交给负责收件的检察官，而是把对多克韦勒的指控交托给了经验丰富的丹特·科瓦利斯检察官，这样案子就不会被随机分派了。博斯从没和科瓦利斯合作过，但知道他在法庭上被人称为"永不失败的丹特"，科瓦利斯从没在法庭上败过诉。

　　交涉过程很顺利，科瓦利斯只是对报告上博斯的盗窃公物的指控提出了反对。检察官解释说，陪审团要面对多个证人的做证和DNA的分析报告，案子本身已经够复杂了，没必要把准备时间和庭审时间花在多克韦勒盗窃市政管理局的工具、水泥和井盖的事情上。这种小事也许会引起陪审团的反感。

　　"电视里的所有审判都能持续一个多小时，"科瓦利斯说，"但现实中的陪审团很容易不耐烦，因此对一个案子不能诉求过多。最重要的是，我们有足够证据让他牢底坐穿，压根不需要提到这个。因此盗窃井盖就别在诉讼报告里体现了——当然，你可以在给找到贝拉的过程提供证据的时候提到这个，这将是做证时一个非常好的细节。"

博斯同意科瓦利斯的判断。他很高兴案子开启时就找到了地方检察官办公室的得力干将。博斯和科瓦利斯约定每周二开会商议案子的准备进程。

十点时，博斯走出福尔茨刑事司法中心。他没有上车，而是沿着坦普尔街往前走，然后在缅因街穿过 101 号高速公路。走过广场公园林荫道后，他在奥尔韦拉街穿过一个墨西哥市场，这才确信没有被车跟踪。

走到一条两边是货摊的长廊尽头，他转过身，查看有没有人步行尾随。连续几分钟没有发现尾随者后，他又穿过阿拉梅达城区，走进联合车站，继续确认没有被人跟踪。他穿过巨大的候车室，通过一条迂回的小道走到屋顶，然后从皮夹中拿出交通卡，坐上了纽约的金线轻轨 [1]。

在轻轨从联合车站到小东京 [2] 的路上，博斯不断打量着车上的每一个人。他在经停的第一站就下了车，却走到相邻的车门前查看下车的每个人，没发现有可疑的人。他退回车上，看有没有人和他一样回到车内，但还是没有。在开车铃响后车门即将关上的最后时刻，他又下了车。

确定没有人跟踪。

他沿着阿拉梅达城区走了两个街区，然后拐弯走向河边。他拿到的维比亚娜·贝拉克鲁斯的地址在艺术区中心的休伊特路上。他绕了个圈走到休伊特路，多次停下脚步查看周围有没有跟踪者。其间他经过几幢已经或正在被改建成公寓的老式商业大楼。

艺术区不仅仅是个住宅区，更是文艺复兴运动的化身。近四十年前，各个门类的艺术家开始搬进二战前曾兴盛一时、后来被废弃的几百万平方英尺的厂房和水果运输仓库。只要花很少的钱就能在这儿买上一平方英尺的地皮，于是洛杉矶最知名的艺术家纷纷聚集到了这里。洛杉矶的艺术启蒙运动开始于二十世纪初，那时艺术家们在包装水果的板条箱和盒子上画上缤纷的图案，这些板条箱和盒子被运送到全美各地，让一种独特的加利福尼亚风气盛行起来，大家

---

[1] 洛杉矶轻轨有蓝线、绿线、金线和博览馆线四条。

[2] 洛杉矶的日裔聚居地。

都说西海岸的生活很美好。这个因素和其他众多因素合力促成了当时的西迁浪潮，使得加利福尼亚州现在成了全美人口最为稠密的州。

如今艺术区面临着伴随成功而来的许多问题，也就是中产阶级化的迅速蔓延。过去十年，这一区域引来了追求巨额利润的大开发商。一平方英尺的土地所卖的价钱不再是按美分计算，而是按美元计算。许多新来的租客是在中心城区和好莱坞工作的高端人士，根本不知道点彩和用画刷画画有什么区别。这里有了许多拥有名厨的高级餐馆，光是停车给侍者的小费就比原先艺术家们在这里的咖啡馆吃一顿饭要多。艺术区已经远远不是过去那个贫困艺术家的避难所了。

二十世纪七十年代初，博斯作为一名年轻巡警被分到牛顿分局，管辖的区域就包括当时所谓的仓库区。他记得当时的仓库区到处是废弃的空旷大楼和无家可归者的宿营地，街头暴力层出不穷。不过他在文艺复兴运动开始前就被调到了好莱坞分局。走在艺术区，他不禁为这里的巨大改变而啧啧称奇。壁画和涂鸦有所区别。两者可能都称得上艺术，但艺术区的壁画非常美丽，和几天前他在奇卡诺公园看到的那些壁画展现出相似的精细和想象力。

他走过一幢拥有上百年历史、名叫"美国人"的建筑。在实行种族隔离制度期间，这里是黑人们玩乐的旅馆。到了二十世纪七十年代，这里又成了文艺复兴运动和生机勃勃的朋克摇滚兴起的双重地标。

维比亚娜·贝拉克鲁斯在对街原来的纸板厂大楼里工作和生活。许多贴有做加利福尼亚电话卡用的标签的打蜡水果箱就是在这个工厂生产的。大楼有四层，砖墙饰面和仓库的铁框窗依然完好无损。入口旁的铜牌写明了这幢大楼的建造年份是一九〇八年。

门口没有警卫，大门也没上锁。博斯走进一个狭小的前厅，前厅上有块牌子写明了艺术家们的名字和他们的公寓号码。博斯发现贝拉克鲁斯的名字旁写着四楼 D 室。他还看到一块社区公告牌上写着几个就租金稳定问题以及抗议市政厅发放建筑许可证召开租客会议的通知。公告牌下方签了些名字，博斯在其中发现了潦草的"维"字。公告牌旁贴了张宣传单，说周五晚上要在四楼 D 室放映纪录片《年轻的土耳其人》，宣传单上说电影是关于七十年代艺术区是怎么创建的。"看看在陷入贪婪的泥沼之前这个地方是怎样的！"宣传单上鼓动道。看来维比亚娜·贝拉克鲁斯继承了母亲身上的特质，也是个社区活动的积极分子。

博斯的腿仍然因为两个晚上之前那段上坡跑而疼得不行，因此不想走楼梯。他上了一部有下拉门的送货电梯，电梯以龟速把他带上四楼。电梯有他的客厅那么大，他为一个人乘这么大的电梯感到有点难为情，觉得自己耗费了太多的电量。这显然是纸箱厂大楼当初的一大设计元素。

顶楼的大厅旁分出四套生活和工作合一的公寓。四楼 D 室门的下半部分有张明显是小孩搞恶作剧贴的卡通贴纸——博斯觉得这应该是维比亚娜儿子的杰作。贴纸上的牌子上写着维比亚娜·贝拉克鲁斯接待赞助人和作品参观者的时间段。周三的时间段是上午十一点到下午两点，博斯早到了十五分钟。博斯想直接敲门，因为他不是为了看画来的，但博斯希望在决定该如何告诉这个女人她也许是一笔后面带着无数个零的巨额遗产的继承人之前，先对这个女人有一个大概的了解。

他在琢磨该怎么办的时候，听见有人上了电梯井旁边的楼梯。一个女人一手拿着一杯冰咖啡，一手拿着一串钥匙出现在他面前。她穿着套工作服，脸上戴着个包到下巴的大口罩。看到有个男人站在门口等，女人面露惊奇之色。

"你好。"她说。

"嘿，你好。"博斯说。

"有什么要帮忙的吗？"

"呃，你是不是维比亚娜·贝拉克鲁斯？"

他知道对方就是维比亚娜。眼前这个女人和科罗纳多海滩上那张照片里的加芙列拉长得非常像。但他指着门上的牌子，似乎自己是按参观的时间段来访的。

"我就是维比亚娜。"她说。

"我来早了，"博斯说，"我想看些你的作品，但不知道具体的接待时间。"

"没事，时间快到了。我可以带你四处转转。你叫什么名字？"

"哈里·博斯。"

维比亚娜像是认出了这个名字，博斯心想加芙列拉准是违背了不告诉女儿的诺言，事先和女儿取得了联系。

"希罗尼穆斯·博斯是个著名画家的名字。"维比亚娜说。

博斯意识到自己刚才的想法错了。

"我知道，他是个十五世纪的画家，"博斯说，"事实上，这是我的全名。"

维比亚娜用钥匙打开门，接着回头看着他。

"你没在跟我开玩笑吧？"

"当然没有。"

"那你父母一定很怪。"

她打开门。

"进来吧，"她说，"现在这里只有几件作品。我有些作品放在维奥莱特路的画廊里，还有些放在伯格芒车站艺术区。你是怎么知道我的？"

博斯没有事先准备好说辞，但他知道伯格芒车站艺术区是圣莫妮卡一个由废弃的电车总站改造成的艺术区，艺术区里有许多画廊。他从没去过伯格芒电车总站，但却很快拿它做了借口。

"我在伯格芒看到你的作品，"他说，"今天我正好来市中心办事，心想正好顺便来看看你的一些其他作品。"

"你真是个有心人，"维比亚娜说，"你好，我是维比。"

她伸出手，和博斯握了手。她的手很粗糙，手上长满了茧。

公寓里很安静，博斯心想孩子应该还在学校。公寓里有一股指纹采集室的化学品的刺鼻气味，指纹采集人员常用氰基丙烯酸盐黏合剂来采集指纹。

她朝右侧博斯的身后指了指。博斯转过身，发现公寓的前半部分是她的工作室和画廊。她的雕塑非常庞大，博斯这才明白宽大的送货电梯和公寓二十英尺高的天花板给了她充分发挥艺术才能的空间。三座已经完成的雕像被放在有滚轮的货板上，可以轻易运走。雕像运走之后，腾出来的空间就够在周五晚放映纪录片了。

公寓里有个工作区，里面放着两张工作台和几个工具架。有个货板上放着个形似海绵橡胶的东西，像是个正在雕塑的人体形状。

已经完成的雕塑是用纯白色丙烯酸制成的多人组像。三座雕像都包括母亲、父亲和女儿三个人。三座雕像的形式各不相同，但每座雕像中女儿的目光都远离父母，面容也很混沌。女儿的脸上只雕刻了鼻子和眉骨，却没有眼睛和嘴。

一座雕像上的父亲是个背着几个工具包的士兵，但工具包里并没有携带武器。他的眼睛闭着。博斯在他身上看见了照片里多米尼克·圣阿内洛的影子。

博斯指着父亲是士兵的这座雕像问维比亚娜。

"这座雕像是关于什么的？"他问。

"你问这是关于什么的？"维比亚娜说，"这是关于战争和家庭的分崩离析。可我觉得我的作品不需要太多解释。看着它你也许能感受到一些东西，也许感受不到。对艺术不应该进行解释。"

博斯点点头，他感到提的这个问题把局面搞糟了。

"也许你会注意到这座雕像和在伯格芒看到的两座是一组。"维比亚娜说。

博斯比刚才更用力地点头，似乎想极力表现出理解对方的样子。维比亚娜的话让博斯想去伯格芒看看另外两座雕像。

他看着这些雕像，然后往房间里走，从不同的角度观察它们。博斯分辨出三座雕像里的女孩是同一个人，但年龄不尽相同。

"三座雕像里的女孩分别几岁？"他问维比亚娜。

"十一岁，十三岁和十五岁，"维比亚娜说，"你的观察力真棒。"

他猜三座雕像不完整的脸与被遗弃有关，反映了不知自己来自何方的心情，反映着无名的痛楚。博斯很清楚这种心情是什么样的。

"这些雕像很美。"他说。

"谢谢你。"维比亚娜说。

"我没见过我父亲。"博斯说。

话一出口，博斯就被自己吓了一跳。他没想借自己的身世引开话题。雕塑所展现出的力量使他情不自禁地说出来了。

"我很抱歉。"她说。

"我就见过他一次，"博斯说，"那年我二十一岁，刚从越南回来。"

他指着描述战争的那座雕像。

"我找到他，"博斯说，"去了他家。很高兴我去见了他。不久之后他就去世了。"

"很小的时候我应该还见过我爸爸一次，但我不记得了。之后他就死了。他是在你去的越南牺牲的。"

"我为你感到遗憾。"

"不用为我遗憾。我很高兴。我有了个孩子，还有自己的艺术。如果能从那些贪婪人的手里保住这个地方，那一切就完美了。"

"要保住这幢房子吗？这房子要卖吗？"

"已经卖掉了，正等待市里批准改建成住宅。买主想把现在的每间公寓再一分为二，把我们这些艺术家赶走，却把这里称为河边艺术公寓。"

博斯在接话前思考了一阵。维比亚娜给了他改变话题的机会，他可以谈正事了。

"如果告诉你我有个办法能把事情搞定，你会怎么样？"博斯问她。

维比亚娜没有马上回答，博斯转身看着她。这时她说话了。

"你究竟是什么人？"她问。

37

听到博斯的身份和此行的目的以后，维比亚娜·贝拉克鲁斯霎时愣住了。博斯给维比亚娜看了州政府颁发的私人侦探执照。他没有说出惠特尼·万斯的名字，但告诉维比亚娜是通过她父亲找到她的，她和她儿子从血缘关系上来看，有可能是一大笔遗产的继承人。倒是维比亚娜先提起了万斯，她说过去几天在媒体报道里看到了亿万富翁身故的消息。

"你说的是惠特尼·万斯吗？"维比亚娜问。

"涉及具体的名字之前，我希望在基因上确证你们是直系亲属，"博斯说，"如果你同意，我将提取你的唾液样本去实验室做 DNA 测试。测试需要几天，如果确认是直系亲属，你可以请与我合办这件案子的律师或自己请个律师做代理，这是你的自由。"

维比亚娜像完全没弄明白一样摇着头，不知所措地从工作台边拉出一把凳子坐下了。

"太令人难以置信了。"她说。

博斯记起小时候看过的一档电视节目，节目里有个男人走了很远，把一张一百万美元的支票从不知其名的捐助者送到想不到会有如此好运的受助者手中。博斯意识到自己就像那个送支票的男人，只不过那男人送的是一百万，他送的却是好几亿。

"是万斯对吗？"维比亚娜问，"我看你没有否认。"

博斯久久地看着她。

"是谁有什么区别吗？"

她站起身，朝博斯走来，指着群像中有士兵的那座。

"这周我了解了他的一些事，"她说，"他帮军队制造直升机。他的公司制造战争用的武器，亲生儿子却被这些武器杀害了。他的这个儿子就是我从来没有机会了解的父亲。我怎么能拿这笔钱呢？"

博斯点点头。

"我想这要看你如何用这笔钱，"他说，"我的律师说这是一笔能改变世界的钱。"

维比亚娜看着博斯，但博斯知道她在想别的事情，也许他的话让她产生了什么想法吧。

"好，"她说，"帮我提取唾液吧。"

"但你得清楚，"博斯说，"这些财产目前在公司有权势的人手里，他们不会轻易放手，或许会千方百计对遗产继承进行阻挠。被改变的不仅是你的生活，遗产继承手续办理完以前，你还得采取措施保护好自己和儿子。从现在起，你谁都不能信。"

维比亚娜犹豫了，博斯的话显然起到了他想达到的目的。

"会威胁到吉尔伯托吗？"维比亚娜不禁说出自己的想法，然后她把目光转回博斯，"他们知道你来这儿了吗？"

"我路上都在防备着，应该没有人跟踪，"他说，"我会把我的名片给你。如果感到有什么威胁，看到有什么不同寻常的事，你随时可以打电话给我。"

"太不真实了，"她说，"拿着咖啡上台阶时，我还在想没钱买松香呢！我已经七周没有卖出过作品了，我能拿到一份艺术津贴，但这份津贴仅能维持我和儿子的生活。我正在雕刻下一部作品，但没钱去买需要的材料。这时你突然出现在我面前，把这个关于钱和继承的疯狂故事告诉了我。"

博斯点点头。

"现在能提取你的唾液样本了吗？"他问。

"提取吧，"她说，"要我做什么？"

"张开嘴就行。"

"没问题。"

博斯从外套内袋里拿出试管，打开试管盖，拿出棉签走近维比亚娜。他用两根手指捏住棉签，用棉签头上下擦拭着口腔内侧，并不断转动棉签以便充分提取。提取完以后，他把棉签放回试管。

"为以防万一，我们通常提取两次样本，"他说，"你介不介意？"

"不介意，我们继续。"她说。

博斯重复了提取唾液的过程。博斯的手进入维比亚娜的嘴里，让他觉得自己冒犯了对方。但维比亚娜丝毫不为所动。他把第二根棉签放回试管，封住试管盖。

"周一我提取了你母亲的唾液样本，"他说，"分析时同样会用到她的DNA。实验人员想辨认出她的染色体，和你父亲和祖父的区分开。"

"你去过圣迭戈了？"她问。

"是的，我先去了奇卡诺公园，然后去了你妈妈家。你是在那儿长大的吗？"

"是的。她依然住在那里。"

"我给她看了张照片。是你见到你父亲那天照的。照片是你父亲拍的，因此他没在照片里。"

"我很想看看。"

"照片没带在身上，下次再给你看。"

"那她应该知道继承的事情了。她怎么说？"

"她不知道具体的细节。但她把你的住址告诉我，说让你自己做出选择。"

维比亚娜似乎在玩味着母亲的话，半晌没有出声。

"我得走了，"博斯说，"有进展后马上联系你。"

博斯递给维比亚娜一张仅有名字和手机号码的便宜名片，然后向门口走去。

博斯走回去地方检察官办公室前停在法庭附近停车场的车。他边走边不断看着周围，查看有没有人跟踪。确定没人跟踪以后，他走到租来的切诺基那儿。他打开车后盖，掀起里面的垫子，拿起垫子下面放着的备用轮胎盖和工具箱，取出早晨藏在那儿的信封。

他合上车后盖，坐上驾驶座，打开信封。信封里放着标注"H–W"的试管，试管里放有惠特尼·万斯的唾液样本。另两个试管上标注着"J–L"，里面是加芙列拉·利达的唾液样本。他用一支记号笔在两个保存着维比亚娜唾液的试管的管壁上写下"W–W"两个字母。

他把维比亚娜和她母亲的备用样本试管放进外套内袋，把另两支试管放回信封。他把信封放在副驾驶座上，然后打电话给米基·哈勒。

"我取到了他孙女的唾液样本，"他对米基说，"你现在在哪儿？"

"在车上，"哈勒说，"在中国城二龙戏珠门下面。"

"我五分钟后到。我带来了她和她母亲以及万斯的唾液样本，我会把放着样本的包裹给你，你送到实验室去。"

"很好，今天他们就要在帕萨迪纳开始遗嘱认证了。因此 DNA 测试必须抓紧点，拿到结果后我们才能展开下一步行动。"

"我已经上路了。"

星巴克在百老汇街和恺撒·查韦斯街的十字路口。博斯没用五分钟就把车开到了那儿，看见哈勒停在中国城双龙戏珠门门口漆成红色的林肯车。他把车停在哈勒的车后面，打开闪烁的臀灯，然后下了车。他走到前面的车旁，从驾驶座后面的那扇门上了车。哈勒坐在他身旁的车座上，面前的折叠桌上放着一部打开的电脑。博斯知道他正在借用星巴克的无线网。

"他来了，"律师说，"博伊德，去星巴克买点咖啡过来。哈里，你要什么咖啡？"

"我不用。"博斯说。

哈勒把一张二十美元的纸币递到驾驶座，司机一声不响地下车关上门。车上这时只有博斯和哈勒两个人了。博斯把装有试管的包裹递给哈勒。

"尽量保管好。"博斯说。

"放心，我会的，"哈勒说，"我马上就直接送过去。如果你同意，我会送到塞莱特实验室。那里离这儿很近，信誉也不错，通过了美国血库学会的认证。"

"你觉得行就行。接下来怎么办？"

"今天我把这些采样提交给实验室，周五会得到肯定或否定的答案。爷爷和孙女之间有四分之一的染色体是重合的，这意味着实验室有大量的工作要做。"

"多米尼克阁楼上找到的东西呢？"

"那得再等等。我们先看看 DNA 测试的结果如何。"

"好吧。你看过遗嘱认证文件了吗？"

"还没，不过晚上会拿到。据说认证文件写着过世的人没有直系血亲。"

"那我们该怎么办？"

"我们先等塞莱特实验室的验证。确认了血缘关系以后，我们再把证据整合起来，要求法庭颁布一项禁令。"

"什么禁令？"

"让法庭停止对财产进行分配。我们就说：'先等等，我们手头有真正的继承人，有手写的遗嘱，还能证明其真实性。'为其后的反攻做好准备。"

博斯点点头。

"对方马上会进行反击，"哈勒说，"对你、我、惠特尼的继承人进行反击。别犯错，和他们公平竞赛。看着吧，他们会试着抹黑我们，说我们说谎。"

"我提醒过维比亚娜，"博斯说，"但我想她意识不到对手有多么残忍。"

"等 DNA 测试结果出来再说吧。如果正如我们想的那样她就是继承人，那我们就要采取措施保护好她，也许要让她搬家，把她藏起来。"

"她有个孩子。"

"孩子也得藏起来。"

"她的工作要用到很大的地方。"

"工作的事可以缓缓再说。"

"好吧。"

博斯觉得这个方案不一定能顺利实施。

"我把你'改变世界的钱'这个说法告诉她，"博斯说，"她这才改变了初衷。"

"这么说总能奏效。"

哈勒低头望向窗外，查看司机是不是在外面等。司机还没过来。

"我在阿普兰机场听人说你对地牢达人提起了诉讼。"哈勒说。

"别叫他地牢达人，"博斯说，"听起来像开玩笑。我认识被他绑在那儿的女人，克服梦魇她还得经历很长时间。"

"对不起，我只是个没有感情的辩护律师，他找好律师了吗？"

"不知道。但你不会接这个案子的。他是个卑鄙的心理变态者，你才不愿意和这种人为伍呢。"

"你说得没错。"

"要我说，这家伙应该被判死刑。但他没杀过人——至少就我所知没杀过人。"

博斯看见窗外的司机站在咖啡店前。他拿着两个咖啡杯，等待被召回林肯车。在博斯看来，他似乎在看着街对面的什么东西。接着，博斯见他轻微地点了点头。

"他是不是才……"

博斯一边问，一边侧过头望着林肯车的后窗外面，想知道司机究竟在看什么。

"你说什么？"哈勒问。

"我想问你的司机，"博斯说，"你雇他多久了？"

"你是问博伊德吧。大概快两个月了。"

"他是你的某个改造对象吗？"

博斯转过头，观察哈勒身后窗外的情况。哈勒以前常雇客户做司机，以帮助他们偿还律师费。

"我帮他解决过几次车的擦碰事件，"哈勒说，"怎么了？"

"你在他面前提到过塞莱特实验室吗？"博斯问，"他知不知道你要把样本送到那儿？"

博斯根据事实进行推理。早晨他忘了在家里和前面的街上检查有没有监视探头，但他记得和克莱顿在警察局前台争论时克莱顿提到过哈勒。他知道哈勒，这说明他们也监视了哈勒。对手可能会制订出计划，在他们到达塞莱特实验室或样本被提交给实验室之后把样本拦截下来。

"没，我没告诉他我们会要去哪儿，"哈勒说，"我没在车里说过这事。现在我们该怎么办？"

"你可能被监视了，"博斯说，"他可能是监视团队的一员，我刚才看他朝什么人点了点头。"

"妈的，他死定了，我这就把他——"

"等等，我们好好盘算盘算这事。你——"

"等下。"

哈勒举手阻止博斯再把话说下去。接着他拿开手提电脑，收起折叠桌。他直起身体，把手探过车座伸向方向盘。博斯听见后车厢一下被打开了。

哈勒下了车，走到后车厢边上。很快博斯听到后车厢砰的一声关上了，哈勒拿着一个手提包回到车里。他打开手提包，开启里面一个暗格。暗格里藏着台电子设备，哈勒打开电子设备的开关，然后把手提箱放在两人之间的车座上。

"这是台干扰器，"他说，"每次到监狱找客户谈的时候我总会带上它——想偷听律师和犯人间谈话的人多了去了。如果现在有人监听我们的谈话，他们就只能听见一阵白噪声。"

博斯受到了很大的震撼。

"我也刚买了一个，"他说，"但没有放在如此机关精巧的手提包里。"

"这个手提包是以前一个客户当作部分律师费给我的。是个贩毒集团的送货人。入狱以后他就用不上公文包了。说说你的想法吧。"

"还有别的私人实验室可以送样本的吗？"

哈勒点点头。

"伯班克的加利福尼亚解码实验室，"他说，"我找了他们和塞莱特实验室两家，但只有塞莱特实验室肯接这活。"

"把包裹给我，"博斯说，"我负责把试管送到塞莱特实验室。你送一个伪装的包裹到加利福尼亚解码实验室，让对方以为我们在那儿做分析。"

博斯从外套口袋里拿出维比亚娜和加芙列拉的备用样本试管。惠特尼·万斯没有备用试管。针对可能会出现试管落入对方手中的情况，他故意做了些误导，用签字笔改掉标注在试管壁上的首字母。他把 W-W 改成 H-W，又随意地把 J-L 改成 J-E。接着，他拿起装有试管的信封，拿出装着沾有惠特尼、加芙列拉和维比亚娜唾液的棉签的试管，把试管放进大衣口袋。最后，他把两根改写了首字母的试管放进信封，交给哈勒。

"你把信封交到加利福尼亚解码实验室，让他们就这两根试管做个比对，"他说，"别让你的司机和任何其他人知道你觉得自己已经被跟踪了。我这就去塞莱特实验室。"

"好的。但我还是想踹他。你看他在干什么。"

博斯又看了看司机。司机不再望着街对面了。

"之后再对付他不迟。我会帮你的。"

哈勒在拍纸簿上写了些东西。写完以后，他撕下写着字的那页纸递给博斯。

"这是塞莱特公司的地址和联系人姓名，"哈勒说，"他正等着我把包裹带过去。"

博斯知道那个地方。塞莱特实验室在洛杉矶警察局鉴证组所在的加州州立大学附近。开车去那儿只需要十分钟，但要看有没有人跟踪则需花上半小时。

打开车门以后，博斯转身看着哈勒。

"时刻把毒贩送的手提包放在身边。"他说。

"别担心，"哈勒说，"我会的。"

博斯点了点头。

"把样本交到实验室以后我就去找艾达·汤·福赛思。"他说。

"很好，"哈勒说，"希望她能站在我们这一边。"

博斯下车的同时，博伊德正好走到了驾驶座边，博斯什么话都没说。他回到车上，坐在方向盘后面，看着哈勒的林肯车从十字路口沿着恺撒·查韦斯路往西开。通过十字路口的车很多，但博斯没有发现跟踪林肯车的可疑车辆。

38

　　采取了包括绕查韦斯河谷的道奇体育场一圈等防跟踪措施以后，博斯顺利地把样本送到了塞莱特实验室。把三根试管交给哈勒指定的联系人以后，博斯把车开上5号高速公路向北驶去。他在伯班克的马格诺里亚街的出口驶离高速公路，继续跟想象中的跟踪者兜圈子，并在吉美拉快餐买了个巨无霸汉堡。他在车上吃了汉堡，吃汉堡时一直看着停车场上来来往往的车辆。

　　吃完以后，博斯把包装纸放进纸袋，这时他的手机响了，是他以前在洛杉矶警察局的搭档露西娅·索托打来的。

　　"贝拉·卢尔德怎么样了？"她问。

　　即便没有对外公开，这种事在警察局内部也传得很快。

　　"你认识贝拉吗？"博斯问。

　　"在姐妹联合会打过几个照面。"

　　博斯记得露西娅是这个由洛杉矶警察局各分局拉丁裔调查员组成的非正式组织的一员。姐妹联合会的人不是很多，因此会员间的联系比较密切。

　　"她没告诉我她认识你。"博斯说。

　　"她不想让你知道她找我问过你的事情。"露西娅说。

"这次她经历了许多折磨。但她很坚强。我想她能扛过去。"

"希望如此。这事太可怕了。"

露西娅等待博斯告知更多细节，他却保持沉默。露西娅知趣地改变了话题。

"听说今天你对那家伙提起了诉讼，"她说，"希望能将他绳之以法。"

"他死定了。"博斯说。

"听到你这样说就好。哈里，什么时候一起吃饭聚聚吧，我很想见你。"

"不巧，我刚吃过呢。下次进城我就找你一起吃饭——我也挺想见你的。"

"哈里，到时见。"

博斯把车开出停车场，沿着圆弧形的路朝南帕萨迪纳开去。他每三十分钟从阿罗约道上艾达·汤·福赛思的家门口经过一次，每次都记下街上停靠的车辆，查看惠特尼·万斯长久以来的秘书和助手有没有被人盯梢的迹象。艾达的房子应该没被人盯梢，开过艾达家后面的小路几次后，博斯认为去敲门应该没事了。

他把车停在房子侧面的小道上，然后折到阿罗约道，走到房门口。福赛思的家比他在谷歌街景图上看到的要好很多，是一幢精心设计建造的加利福尼亚经典风格的建筑。他走上一个又长又宽的前廊，敲了下方格木门。他不知道艾达这时是在家还是在万斯宅邸继续上班。如果艾达还在上班，他会等她回来。

但他没敲第二下门就开了。他要见的女人打开门，像没见过他似的看着他。

"是福赛思夫人吗？"

"叫我女士。"

"福赛思女士，对不起，你还记得我吗？我是上周去见万斯先生的哈里·博斯。"

艾达这下认出来了。

"哦，是你啊，你为何而来？"

"首先我想对你表达慰问。我知道你和万斯先生一起工作了很长时间。"

"没错。他的死非常令人震惊。我知道他年老多病，但万没想到一个如此有权势、如此有影响力的人会说走就走。博斯先生，有什么需要帮忙的吗？我想万斯先生委托你帮忙的事应该已经无关紧要了吧。"

博斯觉得应该直接把话跟艾达挑明。

"我来这儿是想跟你谈万斯先生上周让你寄给我的那只包裹。"

门口站着的女人应答前怔了一会儿，脸上露出恐惧之色。

"你知道有人在监视我，对吗？"她问。

"这倒不知道，"博斯说，"敲门前我仔细观察过，但没发现有监视的人。如果真有人在监视，那你就更该请我进去了。我把车停在侧面那条路上。一直让我在门口站下去才会让人知道我来了。"

福赛思皱了皱眉，然后退后两步敞开门。

"进来吧。"她说。

"谢谢你。"博斯说。

前厅宽广幽深。艾达领着博斯走过前厅，进入厨房旁边的客厅，客厅里没有朝街道开着的窗。艾达指着一把椅子问博斯。

"博斯先生，你想坐下吗？"

博斯坐了下来，希望这能让她也坐下，但艾达仍然维持着站姿。博斯不希望两人的谈话变得对抗性十足。

"首先，我需要证实我在门口所说的话，"他说，"包裹是你寄来的，对吧？"

艾达这时抱起了胳膊。

"是的，"她说，"万斯先生让我寄的。"

"知道里面放了什么吗？"博斯问。

"当时不知道，但现在知道了。"

博斯立刻担心起来。管理公司的人问过她包裹的事情了吗？

"你是怎么知道的？"博斯问她。

"万斯先生死去，尸体被搬走以后，有人要我看好万斯先生的办公室，"艾达说，"查看时我注意到他的那支金笔不见了。这让我想起了他让我给你寄的那只沉重的包裹。"

博斯如释重负地点点头。艾达知道那支金笔的事情。可如果连她都不知道有份遗嘱，那其他人也都不会知道。这会使哈勒在行动时占得先手。

"将寄给我的包裹交给你时，万斯先生对你说了些什么？"

"他让我放在包里带回家。他要我带到邮局，第二天早晨上班前寄走。我照他说的做了。"

"他事后问过你这事吗？"

"问过，第二天一上班就问了。我告诉他我刚从邮局过来，他听了非常高兴。"

"如果我给你看寄给我的那只信封，你还能认出来吗？"

"也许吧。上面有他的笔迹。我认得他的笔迹。"

"如果我把你说的这些话写进一份宣誓书，你愿意在公证人面前签字确认吗？"

"为什么要我签字？证明那是他的笔吗？如果你想卖了它，我希望能优先从你手里买下。可以高出市场价买。"

"跟笔的事无关。我不会把笔卖了。包裹里有份文件也许会引发争议，我得尽可能证实文件是怎么到我手上的。作为万斯家族的传家宝，金笔也许能从侧面证实我的说法，但如果你能签一份宣誓书，那就更加有说服力了。"

"如果你想说服的是董事会的人，那恕不奉陪。我不想和他们有任何牵扯，那些人都是禽兽。他们会为其中的一份遗产出卖自己的老妈。"

"福赛思女士，你不会比现在牵扯得更深。"

她终于走到另外一把椅子旁坐了下来。

"你这是什么意思？"艾达问，"我跟包裹的事情完全扯不上关系。"

"包裹里的文件是份手写的遗嘱，"博斯说，"遗嘱指定你为他的继承人之一。"

博斯观察着艾达的反应。艾达很吃惊。

"你是说我能拿到钱或别的什么吗？"她问。

"你能继承到一千万美元。"博斯说。

博斯发现，她意识到自己马上能跻身富豪之列后，眼睛眨了一阵子。艾达沉下脸，但博斯看见她的嘴唇颤抖，眼泪流了下来。博斯不知道该如何解读她的这种反应。

"你以为会有更多？"他问道。

过了很久，她才抬头看着博斯，继续与他交谈。

"我什么都没指望，"她说，"我不是他的家人，只是个员工。"

"这周你去过万斯家吗？"博斯问。

"周一以后就没去过。就是他死后的第二天。他们告诉我不需要我这个秘书了。"

"周日万斯先生离世时你在场吗？"

"他打电话给我让我过去。他说他要写几封信。他让我午饭以后去，我照办了。到那儿的时候我发现他倒在办公室里。"

"你可以在没有人护送的情况下直接进他的办公室吗？"

"是的，我不需要专人护送。"

"你叫救护车了吗？"

"没有，因为他明显已经死了。"

"他是在书桌旁死的吗？"

"是的，是在书桌旁死的。他身体往前瘫倒在桌子上，稍稍偏向一侧。看上去走得很快。"

"于是你叫了保安。"

"我打电话给斯隆先生。他来了以后，叫来受过医疗培训的当班保安。他们尝试急救，但没成功。万斯先生已经死了。斯隆先生打电话叫来了警察。"

"你知道斯隆为万斯干了多久吗？"

"很长时间。我想至少有二十五年了。我和他是在那儿干得最长的。"

她用博斯不知从哪儿冒出来的纸巾擦了擦眼睛。

"我跟万斯先生碰面的时候，他给了我一个手机号码，说这个号码直接能找到他，"博斯说，"他说如果调查有进展，就让我打那个号码。你知道那个手机哪儿去了吗？"

艾达立刻摇了摇头。

"手机的事我什么都不知道。"她说。

"我打了这个号码几次，还留了几条口信，"博斯说，"斯隆先生用这个号码给我打过一次电话。万斯先生死后，你见斯隆从办公桌或办公室里其他地方拿走过什么吗？"

"没有，搬走尸体以后他让我看好办公室。我没看见你说的那个手机。"

博斯点了点头。

"你知道万斯先生雇我干什么吗？"博斯问，"他跟你说过吗？"

"没有，他没跟我说过，"她说，"这事没人知道。宅子里的人都很好奇，但他没跟任何人说过你是干什么来的。"

"他雇我去查他有没有继承人。你知道他是否找了人监视我？"

"为何要找人监视你？"

"我不太清楚。但他让你送交给我的遗嘱表明他知道我找到了他活着的后嗣，可我到宅子里造访之后就再没和他谈过。"

福赛思像不明白博斯在说什么似的眯起眼。

"我不明白你在说什么，"她说，"你说你打过他给你的那个号码并留了口信。你告诉了他些什么？"

博斯没有回答艾达的问题。他记得他字斟句酌地留了言给惠特尼，说他找到了詹姆斯·奥尔德里奇，但惠特尼可能理解为博斯帮他找到继承人了。

他决定结束和福赛思的谈话。

"福赛思女士，"他说，"你可以找个律师在继承遗嘱一事上为你出面。遗嘱认证闹上法院可能会变得很复杂。你必须保护你自己。我和一个名叫米基·哈勒的律师共事。你要找律师的话可以联系他。"

"我没有认识的律师。"她说。

"可以找你的朋友或银行的人推荐，银行的从业人员可能常会和遗嘱认证律师打交道。"

"好，我会的。"

"你还没进行过认证宣誓。我今天会起草一份宣誓书，明天带来给你。你看这样行吗？"

"当然可以。"

博斯站起身。

"你发现有人监视你或这幢房子吗？"

"我见到过几辆以前没出现过的汽车，但不确定它们是不是在监视我。"

"能从后门出去吗？"

"那再好不过了。"

"好，我把手机号给你。遇到困难或有人找你提问的话，尽管打电话给我。"

"好的。"

博斯递给艾达一张名片，艾达把他带到后门。

39

从南帕萨迪纳到圣费尔南多非常便捷，经由山脚高速公路向西开，很快就能到。开车时，博斯打了个电话给哈勒，告诉他自己把 DNA 样本送到了塞莱斯实验室，而且已经和艾达·汤·福赛思谈过了。

"我刚离开加利福尼亚解码实验室，"哈勒说，"他们下周会给出结果。"

博斯意识到哈勒的车仍然是博伊德在开，这话是哈勒给博伊德设下的圈套。

"发现有人在监视你吗？"博斯问。

"还没，"哈勒说，"把和艾达交谈的情况告诉我。"

博斯复述了和艾达的谈话，说他待会儿会写份宣誓书，写完以后第二天会拿给艾达签字。

"你有合适的公证人吗？"博斯问。

"我可以帮你找一个，也可以自己当公证人。"哈勒说。

说完再联系以后，博斯挂断了手机。四点不到，他就赶到了圣费尔南多警察局。博斯觉得这个时间侦查处应该没什么人了，但警监办公室虽然关着门，灯却仍然亮着。他把头靠在门框上，想知道特雷维里奥是不是在打电话，但没听到人声。他敲了下门，等了会儿，特雷维里奥突然打开门。

"哈里,有什么事吗?"

"我想告诉你今天我对多克韦勒提起了诉讼。每项罪名的刑期是二十年,如果所有罪名都成立,他总共要坐上六十年牢。"

"那太好了。检察官怎么说?"

"说证据很严密。检察官给了我一份预审前需要准备的材料列表,我想我这就要准备起来了。"

"很好,这么说案子已经分配检察官了吗?"

"是的,一开始就是丹特·科瓦利斯检察官接手。他从没失过手,是这个行业里最棒的。"

"太棒了,准备你的文件去吧,我过会儿就走。"

"贝拉怎么样了?你今天去过医院了吗?"

"我没去,但听说贝拉的状况不错。他们说明天会把她送回家,她因为能这么快回家非常高兴。"

"同塔琳和孩子在一起会对她有益的。"

"是啊!"

两人仍旧站在特雷维里奥的办公室门口,博斯感觉到警监还有话想说,却因为对以往的过节感到尴尬而难以开口。

"那我去写东西了。"

他转身往自己的办公桌走去。

"哈里,"特雷维里奥说,"能进来聊会儿吗?"

"当然可以。"博斯说。

特雷维里奥走进办公室,坐在办公桌后面。他叫博斯坐下,博斯找了把椅子坐了下来。

"是为了用公家电脑上机动车辆管理局网站查询的事情吗?"博斯问。

"当然不是,"特雷维里奥说,"那都是过去的事了。"

他指着桌上的一份文件。

"我正在做侦查处的人员安排表,"他说,"整个处都是我在负责。我们的巡警力量足够，但警探却有缺口。贝拉不在以后，侦查处的人手就更不足了。现在我们不知道她何时能够回来，甚至不知道她还能不能回来。"

博斯点点头。

"在知道她的最终决定之前，我们得有人补缺，"特雷维里奥说，"于是我今天跟局长提了这个问题，他会去市议会提出临时拨款申请。我们想把你升职为全职警探，你觉得怎么样？"

博斯回答前思考了一会儿。他没想到局里会邀请他出任全职警探，更想不到邀约竟然是由一向和他不对付的特雷维里奥发出的。

"你是说我不再是预备警官了吗？你是说警察局会付给我全额工资了吗？"

"是的。三级标准工资。我知道你在洛杉矶警察局时的工资要高一些，但我们现在只能付这么多。"

"侦查处的案子都要我管吗？"

"现在你主要准备多克韦勒的案子，我们也不想让你放掉手里正在处理的那些悬案。但你说得没错，新的刑事案件发生后你就得管，你需要和西斯托一起出现场。"

博斯点点头。被人需要是件好事，但他还没准备好全职在圣费尔南多警察局工作。最近这段时间，惠特尼交办的事情以及惠特尼遗嘱执行人的角色将占用他很大一部分时间，遗嘱认证也许就够他忙了。

见博斯一直不说话，特雷维里奥以为他对侦查处的人际关系心有芥蒂。

"我知道你和西斯托在市政管理局有过争执，"他说，"但我想那只是一时之气。之后你们一起找到并救出了贝拉，合作得似乎很不错。我说得没错吧。"

"不关西斯托的事，"博斯说，"他想做一名出色的警探，并具备成为一名好警探的重要条件。你呢？你没想过因为那天晚上我的一时爆发而解雇我吗？"

特雷维里奥举起双手做投降状。

"哈里，开始我的确对安排你当预备警探官不是很乐意，"他说，"可我现在要说：我完全错了。就'割纱工'的案子而言，因为你的工作我们才抓住了他，我对这一点心知肚明。至少就我而言，我们俩继续相处下去完全没有问题。我还想让你知道，雇你做全职警探不是局长提出的。是我找他的，向他提出让你当全职警探。"

"我很感激。这意味着我再也不能接私活了，是吗？"

"你想私下继续接活的话，我们可以去和局长谈。你看怎么样？"

"那县治安办公室关于我开枪的调查呢？我们要不要等县警局公布结论再说？弄不好这事还会提交给地方检察官办公室呢！"

"拜托，我们都知道那你开枪合理合法。我们可以就当时可以采取的战术战略展开探讨，但在开不开枪的问题上，没有人可以提出质疑。最重要的是，大家都理解贝拉不在后，我们会人手紧张。这也是局长的意思。"

博斯点点头。他感觉无论对特雷维里奥提什么样的要求，警监都会给予他满意的答复。

"警监，能不能让我晚上好好想想，明天再给你答复？"

"哈里，当然可以。别忘了把你的决定告诉我。"

"我会的。"

博斯离开警监办公室，关上门，走进自己的小隔间。博斯来局里的真正目的是写好艾达的宣誓书后用打印机打印，但不想在警监走出办公室时被发现，因此他没有马上开始写，而是检查起早上和丹特·科瓦利斯会面时记下的待办事宜来。

待办事宜中的一项是检察官希望拿到所有已知受害人签名后的最新报告书。检察官在报告书里加入了他需要得到答复的问题。这些会进入多克韦勒的初审听证记录，受害人不必亲自出庭做证。在初审听证会上，检察官只需表明所有指控都证据确凿就可以了。至于对合理的怀疑进行答辩后，证明被告人有罪则是开庭以后的事了。初审听证的压力主要集中在博斯身上，他要在听证中证明对多克韦勒调查的合法性。科瓦利斯说，除非必要，他不希望看见强奸受害人在初审听证时站在证人席上，避免当时的恐惧再次刺激她们。他只需要在能起到作用的时候把她们带上证人席，那就是法庭审判的时候。

特雷维里奥关灯锁门离开办公室时，博斯准备让受害人回答的问题正好写了一半。

"哈里，我得走了。"

"晚安，回去好好休息。"

"明天你来不来？"

"现在还不确定，不来的话，我会打电话告知你的。"

"很好。"

特雷维里奥走到告示板前，写下下班时间。这时博斯颇为紧张地看着小隔间的墙壁，但警监并没对他没有写下签到时间提出质疑。

警监走了以后，侦查处办公室就剩博斯一个人了。他放下给证人的问题，在电脑上新建了个空白文档。文档是这样起头的："我，艾达·汤·福赛思……"

不到一小时，他就用基本事实凑够了两页文字。基于多年和证人及律师打交道的经验，他知道文件中牵涉到的事实越少，对方律师能提出反驳的面就越窄。

他打印了两份宣誓书准备拿给艾达签字，一份提交给法庭，一份准备放在保存所有重要案情资料复件的文件夹里。

走到打印机前，他看见部门告示板上贴了张签名纸，通过举行保龄球赛为受伤休假的同事征集捐款。接受捐款的警官被称为"戴维十一"，博斯知道这是贝拉·卢尔德的无线电呼号。签名纸上说，贝拉养伤期间虽然能拿到全额工资，但她的许多花费靠薪酬和警察局最近被削减过的医疗保险是无法覆盖的。博斯猜测这指的是心理治疗费用，警局保险不再包含这类费用了。从周五晚上开始的保龄球赛将尽可能长久地持续下去，建议捐赠人每局球赛捐助一美元——每人每小时捐四美元。

博斯在参加保龄球赛的一支队伍里看到了西斯托的名字。他从口袋里拿出一支笔，在特雷维里奥的名字下面签上了自己的名字。警监把自己的名字写在每局五美元的那一列上，博斯和他一样。

回到办公桌旁以后，博斯打电话给哈勒。和平时一样，哈勒坐在林肯车后座，被司机带到洛杉矶的某个角落。

"我准备好了宣誓书，等你找好公证人就可以办宣誓书的公证手续了。"他说。

"很好，"哈勒说，"我想见艾达，明天我们也许都会过去，你看早上十点怎么样？"

博斯意识到自己忘了跟艾达要手机号，不知该怎么跟她约时间。艾达为世界上最离群索居的男人工作，应该没有在黄页上登记过电话号码。

"没问题，"博斯说，"明天十点在她家里碰面。我会早点去，去看看她是否出门了。你把公证人带上。"

"好的，"哈勒说，"把她家的地址发邮件给我。"

"得空发。还有件事，收到包裹里的文件原件怎么办？明天带上还是上法庭的时候带？"

"都不用，只要能保证安全，把文件放在你现在藏的地方就好。"

"现在保存的地方很安全。"

"很好，等法庭让我们交出原件的时候再拿。"

"明白。"

两人结束了通话。博斯的活干完了，他从打印机托盘里拿出福赛思的宣誓书，离开警察局。他驾车驶往伯班克的飞机场，觉得万斯一案在走到似乎最关键的步骤时最好再变换一下交通工具。

他把切诺基开进赫兹租车行的还车通道，拿上包括干扰器在内的个人物品，把车还了。他决定把伪装彻底做好，到借车中心的阿维斯柜台去借另一辆车。排队等待时，他想到了艾达及她对他拜访惠特尼之后几天发生的事做出的叙述。艾达对圣拉斐尔路宅邸里发生的事情了如指掌，能从别人所不具备的角度看问题，博斯决定再准备些问题，第二天问她。

车到伍德罗·威尔逊道的时候天已经黑了。绕完最后一个弯时，他看见有辆车停在房前的人行道旁，博斯座驾的车头灯照到车内等待的两个人身上。车辆交会时，博斯试着认出车内人的身份，想弄明白他们为何不介意暴露自己的位置，直接把车停在房前。他马上得出了结论。

"肯定是警察！"

他猜测来人一定是县治安办公室的警察，想问他关于射伤多克韦勒的后续问题。他在穆赫兰道的下一个十字路口掉头，把车开回自己的房前，毫不犹豫地把租来的福特金牛开进车库。锁上车以后，他走到街前，去信箱拿信——并借机看一眼路旁停车的车牌号。车上两个人此时已经下了车。

信箱里没有信。

"是哈里·博斯吗？"

博斯转过身，发现前几天晚上在多克韦勒被枪击的现场都没见过这两个人，他们应该不是县治安办公室枪击组的人。

"是我。伙计们，找我有什么事？"

两人一齐拿出警察证，证件上的警徽在头顶路灯的照耀下闪闪发亮。两人都是四十岁出头的白人男性，身上穿着警服，显然是搭档过来执行任务的。

博斯注意到其中一位警察的腋下夹着本黑色的文件夹。迹象虽小，却能说明一些事情。博斯知道县治安办公室用的文件夹是绿色的，洛杉矶警察局用的是蓝色的。

"我们来自帕萨迪纳警察局，"一位警察说，"我是普瓦德拉警官，他是弗兰克斯警官。"

"你们是帕萨迪纳警察局的吗？"博斯问。

"是的，先生，"普瓦德拉说，"我们正在调查一起杀人案，想问你几个问题。"

"不介意的话，能否进去说话？"弗兰克斯问。

杀人案。让人吃惊的事真是一件连一件。艾达·汤·福赛思说自己被人跟踪时恐惧的表情从博斯的脑海中一闪而过。他停下脚步，看着来访的两位警察。

"谁被杀了？"他问。

"死者是惠特尼·万斯。"

40.

博斯让两位警官在餐厅的桌子边坐下，自己坐在他们对面。他没有请他们喝水、咖啡或其他饮料。带文件夹来的是弗兰克斯警官，弗兰克斯把文件夹放在桌子的一边。

两位警官年龄相仿，博斯还没从他们身上看到主副之分——谁是资格老的那个，是两个人中的老大。

博斯猜测头儿的应该是普瓦德拉警官。普瓦德拉先开口，车也是他开的。弗兰克斯虽然拿着文件夹，但前两个事实表明他应该是普瓦德拉的副手。另外一处说明问题的地方是弗兰克斯两种色调的脸。他的前额跟吸血鬼一样苍白，但脸的下半部分却是红褐色，两种色调有着明确的分界，博斯知道这说明他不是经常打垒球就是经常打高尔夫球。弗兰克斯四十多岁，他经常打的应该是高尔夫球。高尔夫球在警探中很流行，因为这项运动具有警探所需要的偏执特质。博斯发现，有时警探们对高尔夫球的执念会比对探案工作更深。那些脸上呈两种颜色、一贯听命于人的家伙总是在纠结下一局的情况，纠结谁能把他们带到另一个高尔夫球场。

多年前，博斯有个叫杰里·埃德加的搭档。因为痴迷于高尔夫球，杰里常把博斯一个人落下。有一次，为了侦破一起案子，两人出差去芝加哥找到并逮捕一名谋杀嫌疑人。博斯到达洛杉矶国际机场时，发现埃德加正站在行李柜台前查看高尔夫球俱乐部的情况。埃德加说他准备在芝加哥多待一天，因为那边有个能带他去梅迪那高尔夫的家伙。博斯觉得梅迪那应该是个高尔夫球场。接下来两天，在寻找嫌疑人的同时，他们开着租来的小货车去了芝加哥的多处高尔夫球场。

博斯坐在来自帕萨迪纳的两位警察对面，断定普瓦德拉应该是管事的那一位，便一直盯着普瓦德拉。

博斯趁他们还没开口说话抛出了自己的问题。

"惠特尼是如何被杀的？"他问。

普瓦德拉露出不自在的笑容。

"我们到这儿是问你问题的，"他说，"没打算反过来回答你的提问。"

弗兰克斯拿起一本从口袋里掏出的笔记本，似乎在表示他准备把听到的回答记录下来。

"但要想从我这里得到答案，你们也得给我答案，"博斯说，"我们应该做笔交易，不是吗？"

博斯把一只手放在双方之间的桌子上来回挥了几下，表示平等和自由交易。

"不，我们不做交易，"弗兰克斯说，"我们打个电话到萨克拉门托，就能以违反职业道德为由吊销你的侦探执照。一旦我们打这个电话，你会怎么样呢？"

博斯把手伸到腰带上，拿下圣费尔南多警察局的警徽。他把警徽扔在弗兰克斯面前的桌上。

"打就打，"他说，"我还有另一份工作。"

弗兰克斯凑近低头看着警徽，然后露出得意的笑容。

"只是个预备警官，"他说，"带着这种警徽到星巴克喝咖啡，他们多半还会管你要钱呢！"

"今天刚有人要我当全职警官，"博斯说，"明天就能拿到正式警官的警徽。警徽上面写了什么其实并不重要。"

"我真为你感到高兴。"弗兰克斯说。

"打电话到萨克拉门托吧，"博斯说，"看看你们能做些什么。"

"我们不要再互相斗气了好不好，"普瓦德拉说，"博斯，你的一切我们都知道。我们知道你在洛杉矶警察局的过往，知道前几天晚上在圣克拉丽塔发生的事情。我们还知道上周你跟惠特尼·万斯一起待了一小时。我们过来是想知道那时你们在干什么。惠特尼的确垂垂将死，但有人提前了一点时间把他送入了天国。我们要知道凶手是谁，动机又是什么。"

博斯没有回话，而是看了普瓦德拉一会儿。他确认普瓦德拉是搭档里管事并且能够做主的那位。

"我是嫌疑人吗？"他问。

弗兰克斯丧气地把身体缩了回去，对博斯摇了摇头。

"又开始对我们提问了。"他说。

"博斯，你知道侦查的套路，"普瓦德拉说，"破案之前每个人都有嫌疑。"

"我可以打电话叫律师，让他来摆平。"博斯说。

"想叫的话当然可以，"普瓦德拉说，"但这恰恰说明你想瞒着什么。"

普瓦德拉盯着博斯，想知道接下来博斯会怎么反应。博斯知道普瓦德拉在依靠自己的使命感干活。博斯做过多年普瓦德拉和弗兰克斯干的警探工作，知道他们面对着什么样的局面。

"我和惠特尼签了保密协议。"博斯说。

"惠特尼已经死了，"弗兰克斯说，"他才管不了这么多呢！"

再次开口时博斯故意一直看着普瓦德拉。

"他雇我，"博斯说，"花一万美元让我帮他找人。"

"找谁？"

"即便他死了，"博斯说，"我也能对此保密，这点你们应该很清楚。"

"我们可以因为在谋杀案调查中知情不报把你关进监狱，"弗兰克斯说，"自然你很快就能出来。但在那之前你会在号子里待上多久？肯定得一两天吧。你想就蹲大牢吗？"

博斯把视线从弗兰克斯转到普瓦德拉那里。

"普瓦德拉，"他说，"我只想跟你谈。让你的搭档回车里坐着。让他离开这儿，我会跟你谈，并回答你的一切问题。我没什么可隐瞒的。"

"我哪儿都不会去。"弗兰克斯说。

"那你们来的目的就达不到了。"博斯说。

"丹尼。"普瓦德拉叫了声搭档的名字。

然后把头朝门那边歪了歪。

"你是在侮辱我。"弗兰克斯对博斯说。

"去抽根烟，"普瓦德拉说，"休息一会儿。"

弗兰克斯气冲冲地站起来。他故意重重地合上笔记本，然后拿起文件夹便要走。

"最好把文件夹留下，"博斯说，"说不定我能指认出犯罪现场的一些状况呢！"

弗兰克斯看了眼普瓦德拉，普瓦德拉轻轻对他点了点头。弗兰克斯像是扔放射性物质一样把文件夹扔在桌上。他从前门走出去，故意重重摔上了门。

博斯把视线从门那边转到普瓦德拉身上。

"如果要论一个扮白脸一个扮黑脸的伎俩，你们是我见过玩得最溜的一对。"博斯说。

"多谢夸奖，"普瓦德拉说，"但我们没和你玩花招，他只是脾气暴躁而已。"

"水平也差一点吧？"

"何止一点啊！所以他才动不动就生气。不谈他了，我们还是抓紧时间谈案子上的事吧。惠特尼雇你找的是谁？"

博斯停顿了一会儿。他知道话说出去就会传得很快。对警察说的话马上就会传进其他人的耳朵。但惠特尼遇害的事实改变了一切，为了得到有用的信息，他决定在有限的范围内，向警察提供一部分信息。

"他想知道自己是否有继承人，"博斯缓缓说道，"他告诉我一九五〇年他在南加州大学让一个女孩怀孕了。在家里的压力下，他遗弃了那个女孩。他这辈子都在负罪感中度过，现在他想知道那女孩是否生下了孩子，自己有没有后代。他告诉我他快要死了，是时候还旧账了。他说如果有证据证明他已经当上了父亲，他想在死之前挽回以前犯下的错。"

"你帮他找到后代了吗？"

"我们不是说好做交易了吗？你问个问题，下一个由我来问。"

他希望普瓦德拉做出聪明的判断。

"问你的问题吧。"

"惠特尼的死因是什么？"

"不能外传！"

"我保证。"

"我们觉得他是被办公室沙发上的靠垫憋死的。被人发现时，他瘫软在书桌旁，看上去像是自然死亡。死在书桌旁的老人，这种事以前上演过无数次。但尸检办公室的卡普尔却想在媒体面前出风头，说会对死者进行尸检。卡普尔亲自做尸检，在皮下发现了点状出血。出血很轻微，脸上更是什么都看不到，仅仅是结膜下有几个出血点而已。"

普瓦德拉指着左侧的眼角示意。博斯在许多案子中见识过结膜下面的出血点。中断氧气供给会使毛细血管爆裂。挣扎程度和受害者的健康程度决定了出血的程度。

"你准备如何阻止卡普尔召开新闻发布会？"博斯问，"他不会放过任何一次出风头的机会。发现被看作自然死亡的人其实是被谋杀的，这对他来说极好，能让人觉得他的工作能力非常出色。"

"我们达成了个交易，"普瓦德拉说，"他对尸检的结果保密，让我们继续开展工作。等我们在新闻发布会上揭示案情真相时，再给他个露脸的机会，让他看上去像个英雄。"

博斯赞许地点了点头。换了他，他也会这么干。

"因此案子又回到了我和弗兰克斯这里，"普瓦德拉说，"信不信由你，我和弗兰克斯是局里的骨干搭档。我们又去了那幢房子，没对任何人说这是谋杀。我们说我们来做跟踪调查，对一些细节进行完善，把案子办得尽善尽美。我们拍了些照片，做了些测量，让人相信我们的确只是去做后续补漏工作的。我们检查了沙发上的坐垫，在坐垫上找到了形似干燥唾液的物质。我们提取了干燥唾液的样本，对样本里的 DNA 和惠特尼的 DNA 做了比较，找到了杀害惠特尼的手法。有人拿了沙发上的坐垫，绕到书桌前座椅上的惠特尼身后，把坐垫扣在他脸上。"

"惠特尼这样的老人做不了太多的挣扎。"博斯说。

"所以出血点不是很多，可怜的老人像小猫那样立刻昏死过去了。"

听到普瓦德拉说惠特尼可怜，博斯差点笑了。

"但这不像事先计划好的，是吗？"博斯说。

普瓦德拉没有回答。

"该我问了，"普瓦德拉说，"你找到他的后代了吗？"

"找到了，"博斯说。"南加州大学的那个女孩生下了孩子——是个男孩，男孩很快就被人收养了。我追查收养的线索，很快找到了孩子的下落。但他在二十岁前的一个月便死在了越南的一次直升机事故中。"

"妈的，你告诉惠特尼了吗？"

"没机会告诉他了。周日谁能进他的办公室？"

"大多数是保安，还有主厨和管家。有个护士进去给他拿过一次药。我们对这些人都进行了审查。他打电话给秘书，让秘书来为他写信。秘书来以后发现他已经死了。除了惠特尼本人，谁还知道他雇你是干什么的？"

博斯知道普瓦德拉在想什么。惠特尼正在寻找后代。如果惠特尼没有后代，能从惠特尼的遗嘱中受益的人可能会希望他快点死。从另一方面来说，他的后代为了早点继承遗产，也有可能会动杀心。好在维比亚娜·贝拉克鲁斯在惠特尼死亡前还没被认作可能的遗产继承人。这在博斯看来是个强有力的不在场证明。

"根据惠特尼的讲述，应该没人知道他雇我是干什么的，"博斯说，"我们是单独见面的，他说没人会知道他让我干什么。见面后一天我开始为他找人，他的一个保安到我家，想知道我干得怎么样了。他表现得好像是惠特尼派来的。我把他晾一边去了。"

"是戴维·斯隆吗？"

"我不知道叫什么名字，但确实姓斯隆。他是三叉戟安保公司的人吗？"

"斯隆不是三叉戟的人，他跟了惠特尼好多年了。三叉戟安保公司被引入后，他仍然负责惠特尼的个人警卫以及和三叉戟公司的联络协调。他独自去过你家吗？"

"是的，他登门见我了，说惠特尼让他来查看我的进展怎样。但惠特尼告诉我除他本人之外，不能和任何人谈这件事。因此我什么都没跟他讲。"

接着博斯给普瓦德拉看了惠特尼给他的写有手机号的名片。他告诉普瓦德拉他打过这个号码几次，并留了几条言。惠特尼死后，他打了这个号码，却是斯隆接的。普瓦德拉点头记下了博斯告诉他的信息，把这些信息和案子的其他线索放在一起进行考虑。他没对博斯表示警察是否拿到了那部秘密手机，是否调查过手机的拨出和来电记录，没有问博斯是否认可就直接把这张名片放进了自己的衬衫口袋。

博斯同样把普瓦德拉告诉他的信息和已知的线索放在一起考虑。迄今为止博斯觉得自己得到的线索比告诉普瓦德拉的线索要多一些。但在把新线索和原先的线索对照梳理时，他却感到了不安。有些线索似乎对不上。他说不上哪里对不上，但肯定有什么地方不对劲，这让他很担忧。

"你们调查过公司方面吗？"为了在思考线索的同时让谈话继续下去，博斯随口问了句。

"我告诉过你，我们已经调查过了所有人，"普瓦德拉说，"董事会的一些人多年来一直在质疑惠特尼的能力，试图赶走他，但他总能在投票中取胜。因此对公司里的一些人来说惠特尼的死没什么可惜的。反对他的人以乔舒亚·巴特勒为首，巴特勒很可能成为董事会主席。案子总是和谁能得利以及谁得利最多有关，因此我们去找他谈了。"

那时他们把巴特勒作为可能的嫌疑人。他们不认为巴特勒会亲自出手闷死惠特尼，而是判断他有可能幕后操纵了杀人案。

"这不是董事会失和造成的第一起案件。"博斯说。

"肯定不是。"普瓦德拉说。

"遗嘱的事怎么样了？听说今天开启了认证过程。"

博斯希望问得尽量随意些，像是公司内部作案话题的自然延伸。

"今天开始的是公司律师一九九二年起草的遗嘱的认证工作，"普瓦德拉说，"这是记录上最近的一份遗嘱。那时惠特尼癌症第一次发作，为了确保权力让渡比较明晰，所以让公司律师起草了一份遗嘱。在那份遗嘱里，他的所有财产在他死后都归公司所有。这份遗嘱有项附加条款——我想也可以称为附录，这项一年后补充的附加条款考虑到了找到后代的情形。但如果没有后代，他的遗产都将归公司所有，由董事会控制。遗产包括董事们的补偿金和红利支出。董事会现在有十八个人，他们将控制大约十八亿美元的遗产。博斯，你应该知道这意味着什么。"

"你们有十八位嫌疑对象。"博斯说。

"是的。这十八个人都很有钱，而且很难接触到。去找他们要经过律师和层层大墙的阻拦。"

博斯很想知道那份遗嘱中涉及后代的附录里说了些什么，又担心如果问的问题太过明确，会让对方怀疑自己除了追查到死在越南的多米尼克外，还追查到别的后代的线索。他觉得哈勒也许能拿到一九九二年那份遗嘱的副本，查到附录里说了些什么。

"你去找惠特尼时，艾达·福赛思正好也在那座宅子里吗？"普瓦德拉问他。

普瓦德拉偏转了话题方向，不谈嫌疑人在公司董事会的事情了。博斯意识到他拥有好的审讯者的特质，好的审讯者从不直来直去，而是精于旁侧敲击。

"她在，"博斯回答说，"我和惠特尼交谈时她并不在场，但把我领回办公室的人是她。"

"真是个有趣的女人，"普瓦德拉说，"她和惠特尼在一起的时间比斯隆还长。"

博斯只是点了点头。

"那天以后你有没有再和她聊过？"普瓦德拉问。

博斯停顿下来，思考着普瓦德拉提出的问题。优秀的审讯者都会在问题中设下陷阱。他想到艾达·福赛思提到被人监视的事情，又想到自己刚去艾达家找她，普瓦德拉和弗兰克斯就出现在自己家门口这一事实。

"你知道这个问题的答案，"博斯说，"你们或你们的人应该看见我今天去了她家。"

普瓦德拉隐藏住笑容，对博斯点了点头。博斯避开了普瓦德拉所设的陷阱。

"是的，我们看见你去了，"他说，"我们想知道你为什么去。"

博斯耸肩以争取时间。他知道他们可能在他走后不久就去敲了艾达家的门，艾达可能把他对遗嘱所说的那番话告知了他们。但博斯心想，如果是那样，普瓦德拉会从一个完全不同的角度进行提问。

"我只是觉得她是个非常好的老太太，"他说，"她失去了长久以来的上司，我想问候她。我还想知道她对发生的事知道些什么。"

普瓦德拉停顿了一会儿，琢磨博斯是否在撒谎。

"你确定只说了这些吗？"他紧逼不放，"你站在她家门口的时候，她看到你似乎不是很高兴。"

"因为她觉得被人监视了，"博斯说，"事实证明，她的感觉没错。"

"我说了，在证明不是嫌疑人之前，每个人都有嫌疑。死者是她发现的，她自然也在嫌疑人之列。尽管惠特尼死亡的后果只是让她失去现在的工作。"

博斯点点头。这时他知道自己对普瓦德拉隐瞒住了一条重大线索——普瓦德拉还不知道随包裹寄来的那份遗嘱。但一下子来的信息量太大了，他想在揭示出事实之前再争取些时间。他改变了话题。

"读过那些信了吗？"博斯说。

"什么信？"普瓦德拉问。

"你不是说惠特尼周日叫艾达过去帮他写信嘛！"

"信没写成。她去了以后，就发现惠特尼死在书桌前了。但每周日下午，当惠特尼觉得有信要写的时候，都会让艾达过来替他写信。"

"哪种类型的信？工作上的还是私人交往的信？"

"我想应该是私人信件。他是个老派人，喜欢寄信而不是发电子邮件。事实上写信远比发电邮要好得多。他在书桌上准备了纸和笔，随时都可以写信。"

"这么说艾达要为惠特尼手写几封信吗？"

"我没有详细问。但信纸和他那支漂亮的笔都在，随时可以写信。我觉得他原本的确打算写信。博斯，这事你有没有什么头绪？"

"你说有支漂亮的笔是吗？"

普瓦德拉审视了博斯好长一段时间。

"是的，你没见过吗？在书桌笔筒里，挺贵的。"

博斯伸出手，在黑色的文件夹上弹了弹手指。

"你们在那儿拍了照片没有？"他问。

"我也许拍过，"普瓦德拉说，"那支笔有什么特别的吗？"

"我想知道是不是他给我看过的那一支。他告诉我那支笔是用他曾祖父挖出来的金子打造的。"

普瓦德拉打开文件夹，翻到一个放着些八厘米乘十厘米的彩色照片的塑料封套。他翻看着这些彩色照片，不一会儿就翻到了他想找的那一张，然后拿给博斯看。照片中惠特尼·万斯的尸体躺在书桌和轮椅旁边的地上。惠特尼的衬衫没扣扣子，露出苍白的胸膛，显然照片是心脏复苏失败后拍摄的。

"看那里。"普瓦德拉说。

他用手指弹了下照片左上方的背景里的那张书桌。桌子上放着一沓和博斯包裹里收到的信完全一样的浅黄色信纸。笔筒里放着的金笔和包裹里放着的那支笔也非常像。

博斯把身体往后靠，远离文件夹。照片里的金笔说明不了什么问题，包裹里的笔是照片拍摄前寄给他的。

"博斯，有什么发现吗？"普瓦德拉问。

博斯尝试进行掩饰。

"没有，"他说，"只是看到老头死成这样感到吃惊而已……还有那把空空的轮椅。"

普瓦德拉把文件夹翻转过来，自己看着照片。

"万斯家有个常驻医生，"他说，"但周日不在，只有个受过急救训练的安保，那位安保进行了心脏紧急复苏，但是没有奏效。"

博斯点点头，试图显得平静。

"你说尸检后你们又去过那幢宅子，以拍照测量作为办案的掩饰，"他说，"你们拍的照片在哪儿？把它们放进案件卷宗里了吗？"

博斯把手伸向案件卷宗，普瓦德拉连忙收回卷宗。

"别着急，"他说，"都在文件夹里。按先后次序放在文件夹的后面几页。"

他又翻了几页文件夹，翻到另外一组照片。这组照片和前几张照片几乎是从相同的角度拍的，但地上没有惠特尼·万斯的照片。博斯让普瓦德拉停在翻到的第二张照片那儿。照片展示出桌面的全貌。桌子上有个笔筒，但笔筒里没放笔。

博斯向普瓦德拉指出这一事实。

"那支笔不见了。"他说。

普瓦德拉翻转过文件夹，想看得更清晰一点，接着又翻回第一张照片以确认。

"你说得对。"普瓦德拉说。

"那支笔哪儿去了？"博斯问。

"谁知道啊？警察没有拿那支笔。在尸体搬走后，我们甚至没封存现场。也许你的朋友艾达知道那支笔去哪儿了。"

博斯没有告诉普瓦德拉他的猜测非常接近真相。他伸出手，把文件夹拉过桌面，想再好好看看死亡现场。

钢笔在两组图片中的出现与消失的确很反常。但吸引他注意力的却是那把没有坐人的轮椅，这把轮椅解开了盘踞在他心头的疑惑。

41

第二天早晨九点半，博斯的车停在阿罗约道上。他已经打电话给哈勒，跟哈勒长谈了一阵。他已经去过了圣费尔南多警察局的证据库。他还去了星巴克一趟，发现比阿特丽斯·萨哈冈又在咖啡机后面忙活起来了。

他坐在车里，监视着艾达·汤·福赛思的家，等待哈勒把公证人带来。艾达家的车库门关着，家里没有任何动静。博斯不知道敲门后家里有没有人。他的眼睛时不时看一眼后视镜，却没在附近看见警方监视人员的踪影。

九点四十五分，博斯在后视镜里看见了哈勒的林肯城市车。驾车的是哈勒本人。先前在电话中哈勒告诉博斯，他已经开除了博伊德，暂时不再用司机了。

哈勒下了车，坐进博斯车里，手里拿着杯咖啡。

"动作很快嘛，"博斯说，"你已经去过法院，让他们给你看遗嘱认证文件了吗？"

"事实上我上了网，"哈勒说，"网上关于案件的文书每二十四小时更新一次。科技的确能创造出奇迹。我的办公室以后也不用放在车里了，有个电脑在哪儿办公都行。洛杉矶县有一半法庭都因为经费裁减关掉了，大部分时候我都在网上寻找需要知道的信息。"

"那你说说，一九九二年那份遗嘱的附录说了些什么？"

"你那些帕萨迪纳警察局的朋友说得没错，那份遗嘱的确在次年做了修订和增补。增补条文写明找到的直系后代也将有继承权。"

"没有其他遗嘱出现了吗？"

"没了。"

"那维比亚娜也将有继承权。"

"没错，但还有个问题。"

"什么问题？"

"增补条文中写明直系后代将具有继承权，但没有明确指出能继承到些什么或继承多少金额的财产。在增补条目时，惠特尼和律师显然觉得不太可能找到他的直系后代，增加这条附录只是为了以防万一。"

"有时不太可能发生的事会变成现实。"

"如果法庭认可这份遗嘱，那我们就得宣布维比亚娜是他的直系后代，开启法庭上的唇枪舌剑。因为遗嘱上没有明确表明直系亲属能继承什么，那辩论一定会很艰难。我们一定要像强盗一样声称所有遗产都归维比亚娜所有，然后在此基础上和对方讨价还价。"

"就得这样。今天早上我给维比亚娜打了个电话，把事情告诉了她。她说她还没有做好面对如此状况的准备。"

"她会改变心意的。兄弟，这就像中了彩票一样。发现自己突然获得了一笔用不完的巨额财产，任何人都会变的。"

"我想你说得没错。她绝对没想过会拿到这么多钱。你看过那些中了彩票，人生却被毁了的人的报道吗？他们无法适应拥有巨额财富以后的生活，走到哪儿都会有人跟他们要钱。她是个艺术家，只有贫穷才能激发出艺术家的上进心。"

"这就是胡说了。那只是为了压制艺术家而捏造出的一种谬论而已。艺术拥有无限的力量，如果具备这种力量的艺术家突然有了钱，他们会变得非常危险。好了，还是不谈这个了。维比亚娜是我们的客户，并且最终决定权在她手上。我们的工作是要确保她能做出自己的决定。"

博斯点点头。

"你说得对，"他说，"所以你准备推进我们之前指定的那套方案吗？"

"我已经准备好了，"哈勒说，"我们这就着手干吧。"

博斯拿起手机打给帕萨迪纳警察局，说要和普瓦德拉警官说话，将近一分钟后电话才被接通。

"我是博斯。"

"我正在想你的事呢！"

"想我什么事？"

"我在想我知道你有事瞒着我。昨天我透露给你许多情报，却没有从你那儿得到相应的情报，这种事不会再有了。"

"我没想问你更多的事情了。今天上午还忙吗？"

"为了你，我早就忙开了。有什么事吗？"

"半小时后在艾达·福赛思家见我，你会收获很大的。"

博斯看到哈勒正冲他不断向前转着手指。显然哈勒希望把时间再后延一点。

"一小时后见吧。"他对着话筒说。

"那就一小时，"普瓦德拉说，"你不是在戏弄我吧？"

"当然不是戏弄你。到艾达家去，记得把搭档带上。"

博斯终止了通话，并看着哈勒点了点头。普瓦德拉一小时后能来。

哈勒朝博斯眨了眨眼。

"这违背了我的准则，"他说，"我一点也不想帮警察。"

哈勒发现博斯正瞪着自己。

"除你以外。"他连忙更正说。

"进展顺利的话，你不仅能得到一个新客户，还能代理一起备受瞩目的案子，"博斯说，"我们进去吧。"

两人一起下了福特车，穿过街道走向艾达家的房子，博斯手里拿着前一天打印的宣誓书。走到门前时，博斯觉得窗后有块帘子晃了晃。

没等敲门，艾达就为他们开了门。

"先生们，"艾达说，"没想到你们这么快就来了。"

"福赛思女士，我们来的时间不合适吗？"博斯问。

"没那回事，"艾达说，"快请进吧。"

艾达领他们走到前厅。博斯告诉艾达，哈勒是代表惠特尼·万斯直系后代和继承人的律师。

"你带来宣誓书了吗？"艾达问。

博斯拿出备好的宣誓书。

"女士，"哈勒说，"坐下好好看下这份宣誓书吧。知晓并同意宣誓书上的所有内容再签字不迟。"

艾达把誓言书拿到沙发旁，坐下开始细看。博斯和哈勒坐在和她隔着一张咖啡桌的椅子上看着她。哈勒听见一声嗡嗡响，伸手去口袋里拿手机。他看到条短信，然后把手机递给博斯。短信来自一个叫洛娜的人。

加利福尼亚解码实验室打来电话，说需要新的样本。昨天晚上实验室被一场火灾摧毁了。

博斯大为震惊。他确信哈勒昨天在去解码实验室的路上被人跟踪了，火灾是对手为了不让惠特尼的直系后代通过 DNA 认证继承遗产所策划的阴谋。他把手机还给哈勒，哈勒露出杀手的笑容，表示他的想法和博斯完全一样。

"在我看来写得没错，"艾达把兄弟俩的注意力吸引回去，"但你们说还需要个公证人。我本身就是个公证人，但无法公正自己的签名。"

"没关系，"哈勒说，"我是有公证人资格的法庭相关人员，博斯可以当第二证人。"

"我这里有笔。"博斯说。

他把手伸进外套内袋，从口袋里拿出惠特尼·万斯的金笔。艾达拿过笔，认出这支笔属于自己的前上司，此时博斯一直注视着艾达。

他们默默地看着艾达用草体字签名，她没意识到自己何等熟练地运用这支年代已久的金笔被他们看在眼里。艾达把笔帽盖上，把文件收进文件袋，然后把笔和文件袋交还给博斯。

"用这支笔签名感觉怪怪的。"她说。

"是吗？"博斯问，"我以为你已经用惯了呢！"

"完全没有，"她说，"那是他的笔，对他有很特殊的意义。"

博斯打开文件袋，检查了文件和签名页。博斯看文件时，哈勒一声不吭地盯着艾达，场面颇为尴尬。过了一会儿，艾达先开了口。

"你们准备什么时候把遗嘱递交给法庭认证？"她问。

"你是想知道什么时候才能拿到那一千万美元吗？"哈勒反问道。

"我没这意思，"她说，佯装受到了伤害，"我只是对这个过程感兴趣，另外还想知道何时需要找个代理律师。"

哈勒看着博斯，等着他来回答。

"我们不会递交那份遗嘱，"博斯说，"你也许现在就得请个律师，但不是你想请的那一类。"

艾达惊呆了。

"你在说什么？"她问，"那你找到的那位继承人该怎么办？"

博斯用沉稳的语调应对艾达突然飙升的嗓音。

"我们不担心继承人的问题，"他说，"原先那份遗嘱也谈到了后代的继承权。我们不把这份遗嘱交给法庭是因为这份遗嘱不是惠特尼·万斯写的，而是你写的。"

"太荒谬了。"她说。

"我来说给你听，"他说，"万斯这些年没写过任何东西。他是右撇子——我见过他在自己的书上为拉里·金签名的照片——但他的右手显然已经不行了。他不再和人握手，轮椅上的控制器都设在左侧的扶手上。"

他故意顿了顿，想等福赛思提出反对，但她什么都没说。

"隐瞒右手不行的事对惠特尼很重要，"他说，"董事会成员的担忧正是由于他的身体引起的。董事会有一小撮人经常找理由想赶走他。惠特尼只好利用你为他写东西。你学会模仿他的笔迹，并在不太会有人在的周日过去为他写信签文件。因此你觉得冒充他写遗嘱是件轻而易举的事情。即便有人质疑要求法庭做笔迹比对，你也没什么可怕的，用来比对的都是你写的东西。"

"听上去非常合理，"福赛思说，"可你什么都证明不了。"

"也许的确证明不了。但艾达，那支金笔也许会给你惹麻烦。它会让你在监狱里待上很长很长的时间。"

"你这根本是在胡说八道。我想让你们马上离开这儿。"

"真正的金笔——并非眼下你用来签字的这支笔——在你发现惠特尼尸体时应该就在我家的信箱里。但死亡现场的照片显示，那时书桌上放着一支笔。你意识到这也许会是个问题，所以从犯罪现场拿走了它。警察第二次带相机去时那支笔就不见了。"

和先前计划的一样，哈勒开始扮起了黑脸。

"这表明谋杀是有预谋的，"他说，"需要复制一支笔，这很耗时间，并且要有精心的谋划。这表明谋杀是蓄意的，罪犯将会被判终身监禁，永远得不到假释。这意味着你的余生都会在监狱里。"

"你们弄错了，"艾达说喊道，"你们把所有事都弄错了，你们现在都给我出去！"

她站起身，手指着通向外门的过道。可博斯和哈勒都没有动身。

"艾达，把发生的事告诉我们，"博斯说，"也许我们能帮你。"

"你得明白，"哈勒说，"遗嘱上的一千万你一分都拿不到。这是法律规定。杀人犯无法从受害者的遗产中继承到任何东西。"

"我不是什么杀人犯，"艾达说，"你们不走的话，那只能我走了。"

她绕过咖啡桌，从摆放的几把椅子前朝过道那儿走，作势要出门离开。

"你用沙发上的坐垫把他闷死了。"博斯说。

艾达停下脚步，但没有转身。她想知道博斯接下来会说些什么，于是博斯继续向她施压。

"警察也已经知道了，"他说，"他们在外面等着你。"

她仍旧没有动。这时哈勒插话进来。

"出了那扇门，我们就帮不上你了，"他说，"但有个办法能避免这个局面。博斯调查员为我做调查。如果让我做你的律师，我们在这里讨论的一切都将成为机密信息。我们可以先制订方案，然后再去找警察和检察官，争取找到最优的解决办法。"

"办法？说得好听，"艾达大声喊。"你是说达成认罪协议吗？让我和你们达成认罪协议以后再去坐牢吗？你们简直是在异想天开！"

艾达突然转过身，急匆匆地走到窗户前。她拨开窗帘，朝街上看了看。与普瓦德拉和弗兰克斯约定的时间还没到，但博斯觉得他们也许已经到了，想知道博斯葫芦里究竟卖的是什么药。

他听见一声剧烈的吸气声，心想两位警探果然已经把车停在了艾达的家门口，约定时间一到就准备过来敲门呢！

"艾达，回来坐下，"博斯说，"和我们谈谈。"

博斯等待着艾达的回答。艾达站在博斯身后的窗户前，博斯看不见她，只能看着正盯着艾达的哈勒。发现哈勒的视线向右移去，他知道艾达正在往回走，他们制定的策略奏效了。

艾达在博斯面前出现了，她走回沙发，坐在刚才的位置，看上去心烦意乱。

"你们全都弄错了，"坐下之后她说，"没有计划，更不是什么预谋，一切只是个可怕的错误而已。"

42

"地球上最有势力最有钱的人怎么会是那么个小气又没良心的王八蛋呢？"

艾达·福赛思带着茫然的眼神说出这句话。博斯看不出她在回首过去还是在远眺惨淡的未来。可艾达正是以这种姿态开始了自己的诉说。她说博斯拜访惠特尼·万斯的第二天，这位老迈的亿万富翁告诉她他快要死了。

"他一夜之间就病了，"艾达说，"看上去很可怕，甚至连衣服都没换。中午他穿着睡袍走进办公室，说需要让我写点东西。说话声细微得几乎听不清。他说内里似乎有什么东西关上了，他快要死了，需要写份新的遗嘱。"

"艾达，我告诉过你，我会当你的律师，"哈勒说，"所以没必要对我撒谎，在我面前撒谎的话，我就马上退出。"

"我没在撒谎，"她说，"这都是事实。"

博斯举起手，示意哈勒停止对艾达施压。哈勒半信半疑，但博斯觉得艾达是在讲述事实——至少从她的角度来说，博斯想好好听一听艾达是怎么说的。

"继续往下讲。"博斯说。

"我们单独在办公室里，"她说，"他向我口述了遗嘱的条款，我握着他的手写下遗嘱。之后又告知我遗嘱的处置方法。他把金笔给了我，让我把遗嘱和金笔都寄给你。只是……只是他遗漏了一点东西。"

"关于你的东西。"哈勒说。

"我为他工作了这么多年，"她说，"他让我干什么我就干什么，我为他费尽了心力。付出这么多年他却什么都没给我留下。"

"于是你又重写了一份遗嘱。"哈勒说。

"笔在我手里，"她说，"我带了些信纸回家，做了正确和应当的事情。重写遗嘱是为了维持公平。相对于全部遗产，我得到的非常微小。在我看……"

艾达的声音渐渐微弱，没能把话说完。博斯认真观察着她。他知道贪婪是相对的。为一个身价六十亿美元的亿万富翁辛辛苦苦地工作了三十五年，想从中拿到一千万遗产算得上贪婪吗？有人或许会将这一千万美元称作九牛一毛，但为了这九牛一毛剥夺老人的最后几个月生命就说不过去了。博斯想起维比亚娜·贝拉克鲁斯在大楼前厅为纪录片张贴的传单。"看看在陷入贪婪的泥沼之前这地方是怎样的！"刹那间，他很想知道艾达在决定把一千万美元作为对自己的犒劳之前是个什么样的人。

"他说他收到了你留的言，"艾达似乎开始讲述起事件的另外一条分支，"你说你有了他在寻找的信息。他说这意味着他有个孩子，有了继承财产的后代。他说他会欣然死去，之后就回房去了。我相信了他的话，心想再也见不到他了。"

艾达重新写了份遗嘱，把自己包括进去，依照指令打包寄给博斯。她说之后两天去宅子上班时，她一次也没见到惠特尼。惠特尼待在房间里，只有他的医生和护士才被允许进去。圣拉斐尔路万斯家的宅邸沉浸在肃穆的氛围之中。

"每个人都很悲伤，"她说，"很显然一切都要结束了。他很快就要死了，没多久就要见上帝了。"

博斯偷偷地看了下表。门外的警探再过十分钟就会敲门。他希望他们别操之过急，搅了艾达的自白。

"他却在周日给你打电话。"哈勒试着引导话题的走向。

"打电话叫我的是斯隆，"艾达说，"万斯先生让他打电话叫我过去。我过去的时候，他坐在书桌前，像根本没生病似的。他的声音和平时一样，语气也还是那么公事公办。接着我看见了桌子上放着支笔，他要我用来帮他写信的笔。"

"这支笔是从哪儿来的？"博斯问。

"我问了他，"她说，"他说是从他曾祖父那里继承的。我说这怎么可能？不是已经寄给博斯侦探了吗？他说桌子上这支才是原件，交给我和遗嘱一起寄出的是复制品。是原件还是复制品其实没太大关系，真正起作用的是墨水。从墨水可以断定遗嘱的真伪。他说可以从墨水的原产地来验证遗嘱的真实性。"

艾达不再盯着闪闪发亮的咖啡桌桌面，抬起头直视着博斯。

"他告诉我，他想联系你，废除那份遗嘱，"艾达说，"他说他的情况好了些，想撤回遗嘱，请律师正式进行起草。我知道如果把遗嘱交还给他，他一定会发现我做的改动，那我也就完了。我说不清……不知道这一切是如何发生的。只知道心里有什么破碎了。我拿起坐垫走到他身后……"

说到这里她没再说下去，显然不想重复杀人的细节。像杀手刻意蒙上被害者脸的行为一样，这是种否认。博斯不知道该把她的自白照单全收，还是有所怀疑。艾达可能事先编造了一个让人同情的理由。艾达也可能隐瞒了她的真实目的——找律师重新起草遗嘱意味着一千万美元的遗产就突然打了水漂。

惠特尼死在书桌前使她仍然有机会拿到一千万。

"他死后你为何把笔拿走了？"博斯问。

这是他百思不得其解的一处细节。

"我只希望一支笔存在，"她说，"我想如果有两支笔，你所上交的那份遗嘱一定会引发很多争议。因此等人们都走以后，我就潜入办公室拿走了那支笔。"

"那支笔现在在哪儿？"博斯问。

"在我的保险箱里。"她说。

一阵难耐的沉默。博斯希望帕萨迪纳警察局警探的到来能打破这段沉默。他们该过来敲门了。但这时艾达却更像是自言自语地说话了。

"我没想杀他，"她说，"我为他服务了三十五年，他也很照顾我。我不是去杀人……"

哈勒看着博斯点点头，示意接下去的事情由他接手。

"艾达，"哈勒说，"我喜欢跟人做交易。我可以用你刚才说的这些到法庭上去做交易。我们合作，到法庭以过失杀人为名进行抗辩，然后以你的年龄和理由赢得法官的同情。"

"我不能当庭承认我杀了他。"艾达说。

"你刚刚就承认了，"哈勒说，"但从程序上讲在法庭上你只需做无罪请求——对所有罪名都说'不做抗辩'。其他法子应该都行不通。"

"说暂时性精神失常怎么样？"艾达问，"我意识到他会发现我做了什么的时候失去了理智。就说当时我的脑子一片空白。"

艾达的语调里有股探讨的意味。但哈勒摇了摇头。

"这不管用，"他坦率地说，"重写遗嘱又拿走金笔——疯子不会做这些事。担心惠特尼会发现你做了什么而突然心智失常，你觉得有人会信吗？法庭上的确什么都能说，但陪审团不是什么都会信。"

他停顿了一会儿，看有没有让艾达听明白，然后进一步向她施压。

"我们要认清现状，"他说，"在你这个年龄，我们要尽力使你坐牢的年份变得最少，无罪请求便能达到这个目的。但如何选择就要看你了。你想在接受审问时说自己暂时性精神失常，那我们就这样做。但这么做不对。"

哈勒的话没说完，街上传来两声车门关上的声音。普瓦德拉和弗兰克斯下车过来了。

"警察朝这里过来了。"博斯说。

"艾达，你想怎么办？"哈勒问。

艾达慢慢站起身。哈勒同时站了起来。

"请他们进来。"艾达说。

二十分钟后，博斯和哈勒站在阿罗约道旁，看着普瓦德拉和弗兰克斯驾车离开，艾达坐在警车的后座上。

"无功受禄还挑三拣四的，"哈勒说，"我们帮他们破了案，他们却像是受到了屈辱似的，这两个忘恩负义的王八蛋。"

"他们从一开始就慢了半拍，"博斯说，"他们脸色这么难看，是因为在新闻发布会上，他们得向人解释，嫌疑人自首的时候，他们还不知道她就是嫌疑人。"

"他们会自圆其说，"哈勒说，"这毫无疑问。"

博斯点头表示同意。

"又有件好事情。"哈勒说。

"怎么了？"博斯问。

"在艾达家的时候，我收到了洛娜发来的短信。"

博斯知道洛娜是哈勒的专案经理。

"加利福尼亚解码实验室有进一步的消息了吗？"

"没，她收到了塞莱特实验室打来的电话。他们说惠特尼·万斯和维比亚娜·贝拉克鲁斯在基因上是匹配的。维比亚娜是惠特尼的后代，如果她想要，就能得到一大笔钱。"

博斯点了点头。

"我会告诉她，"他说，"看看她想怎么办。"

"换了我，我很清楚自己该怎么做。"哈勒说。

博斯笑了。

"我知道你会怎么做。"他说。

"告诉她我们会在材料上把她写成无名氏，"哈勒说，"最终我们必须在法庭和对方当事人面前揭示她的身份，但开始我们可以隐去她的名字。"

"我会这样告诉她。"

"你还有一条路可以走，去找公司的法律顾问，向他展示我们的发现——DNA证据和你找到的血缘关系链，告诉他如果必须打官司，我们将拿到全部遗产。之后我们可以和对方协商一个友好的解决方案，让他们定夺如何分配钱和公司。"

"这是条路，在我看来是条明路。老哥，我看你真能把冰块卖给因纽特人呢！"

"当然能。董事会成员会马上接受这个提案。你快去跟她说，我再对这个方案做一番仔细的考量。"

穿过马路走向各自的车之前，两人看了看街道两边。

"这么说，你愿意和我一起为艾达辩护了？"哈勒问。

"你没说'为我，'而是说'和我一起'，听上去真让人舒服，但这点恐怕做不到了，"博斯说，"我想我已经不再是这个案子的私人侦探了，我刚在圣费尔南多警察局接受了一份全职工作。"

"你确定吗？"

"是的，我非常确定。"

"我同父异母的兄弟，那我们在其他事情上保持联系吧。"

"没问题。"

两人在路中间分别了。

43

　　博斯不喜欢正在开的这辆福特。在用车的问题上使了几天诈以后，他觉得是时候去洛杉矶国际机场取回自己的车了。他在南帕萨迪纳开上 110 号高速公路，经过市中心的高楼大厦，经过维比亚娜·杜阿尔特短暂生命中所住的南加州大学附近，最后转向世纪高速公路往西直达机场。博斯把信用卡递给车库管理员支付巨额停车费时，他的手机响了，屏幕上显示的区号为二一三，他以前没见过的手机号。他接通了手机。

　　"我是博斯。"

　　"我是维比亚娜。"

　　她的声音很轻，但近乎癫狂。

　　"怎么了？"

　　"有个人在盯着这儿。他已经来了一天了。"

　　"在你公寓吗？

　　"不是，在街上。我从窗户后面看见他一直在那儿。他在监视这幢楼。"

　　"你声音为何这样轻？"

　　"我不想让吉尔伯特听见，不想把他吓着。"

"维比亚娜，如果他一直在那儿，就不会上楼进你的公寓。只要不出去，你就不会有麻烦。"

"好的。你能过来吗？"

博斯从管理员手里抓过信用卡和发票。

"我这就来。但现在我在机场，去你那儿得一会儿。你待在家，我去之前别给任何人开门。"

停车库的门还没开。博斯用手捂住手机对橱窗另一边的管理员大嚷。

"快开门！让我出去！"

门终于开始上升。他加速通过出口时，继续和维比亚娜通话。

"那家伙在哪个方位？"

"他在到处走动。我每次往外看时，他都在不同的方位。我第一次见他时，他站在'美国人'大楼的门前，接着又开始沿街往前走。"

"好，试着观察他行走的路线。我到那儿以后，会打电话给你，你把他的方位告诉我。他看上去怎么样？穿着什么样的衣服？"

"呃，他穿着牛仔裤和灰色连帽衫，戴着副太阳眼镜，是个白人，他年纪不小，装成个小混混显得很别扭。"

"好，你觉得他有没有同伴？没看见其他人吗？"

"我能看到的只有他一个，但楼的另一侧也许还会有其他人。"

"到你那儿时我再好好看看。维比亚娜，静观事态的发展即可，一定会没事的。万一在我到那儿之前发生了什么事，打电话报警即可。"

"好吧。"

"顺便提一句，DNA 检测结果出来了。结果是匹配的。你是惠特尼·万斯的孙女。"

维比亚娜没有说话。手机中一片死寂。

"到那儿再谈吧。"博斯说。博斯挂断手机。他本可以和维比亚娜一直保持通话状态，但他希望两只手都用来操纵方向盘。他沿着来时的路线往回走，先上世纪高速公路，然后又转入了 110 号高速公路。中午的车流量不大，他很快便开到了市中心的高楼大厦之间。联邦银行大厦在这些大厦中鹤立鸡群，博斯不禁想，监视维比亚娜·贝拉克鲁斯的人多半是这幢大楼五十九层的人派去的。

博斯在市区的第六街把车开下高速公路，朝艺术区驶去。他打电话给维比亚娜，告诉她自己已经开到附近了。维比亚娜说她正看着窗户外面，看见监视者正站在对面最近刚刚封闭、正在维修的大楼外的脚手架下方。她说脚手架给监视者提供了许多便于监视的方位。

"没事，"博斯说，"对他有利的地方对我也会有利。"

他说情况解决以后再打电话给她。

博斯在河边找到了一个停车位，然后徒步走向维比亚娜住的大楼。他看到了维比亚娜所说的那幢被脚手架包围的大楼，从边门走了进去。边门旁几个建筑工人正坐在几堆石膏板上歇息。经过时有个人告诉博斯他所在的区域需要佩戴安全帽。

"这我知道。"他说。

博斯沿着走廊走向前门。一楼准备做商用，每个单元都有个车库门大小的出口。门和窗都还没装。在第三个单元他看见了那个穿牛仔裤和灰色连帽衫的男人。他靠在门前出口的右侧墙壁上，头顶正好是脚手架。从外面看不太好发现这个位置，但对楼内的博斯来说，男人背对着自己，很好攻击。博斯悄悄从枪套里拔出枪，开始朝他移步过去。上层的电锯声盖住了博斯接近他的脚步声。博斯顺利地走到监视者背后，抓住对方肩膀扳了过身来。他把监视者推到墙上，把枪管压住脖子。

监视者是斯隆。博斯还没来得及说话，斯隆已经扬起手臂把枪挡开，将博斯推向墙边。斯隆抽出自己的枪，把枪管同样抵在博斯颈部。斯隆用双肘摁住博斯的胳膊，把他按在墙上。"博斯，你他妈到底怎么回事？"

博斯紧盯着斯隆。他张开右手手掌以示投降，让枪慢慢落下，等到枪管落到掌心的位置再把枪一把抓住。

"我正想问你完全一样的问题呢！"博斯说。

"和你一样，"斯隆说，"我也在给她戒备呢！"他往后退了两步，收起枪，把枪甩回身后，收到枪套里。博斯这下占了先手，但他知道这时不须动粗。博斯同样收起了自己的枪。

"斯隆，怎么回事？你不是那边的人吗？"

"我不是那边的，我为老家伙干活。给我工资的人变了，可我一直都在为
他干活，连现在也是。"

"那天你去我家真是他派去的吗？"

"是的。他病得很重，没法说话和打电话。他觉得自己快要死了，想知道
你找到了谁或发现了什么。"

"你早就知道我在干什么了吗？"

"是的。你找到她的事我也同样知道。"斯隆朝维比亚娜所住的大楼努了努头。

"你怎么知道的？"

"他们一直在紧盯着你们，你和你的律师。他们跟踪你们的手机，跟踪你
们的汽车。你们的防跟踪技巧太过时了。你们只知道不让人跟踪，却从不抬头
看一眼。"

博斯意识到哈勒的猜测是对的。对方确实用无人机进行了跟踪。

"你是他们中的一员吗？"博斯问。

"我假装是他们中的一分子，"斯隆说，"万斯先生死后，他们让我继续帮
他们干。昨天晚上烧毁 DNA 实验室前，我从中脱离了。现在我的任务是保护
好她。老头肯定希望我这么干，这是我欠他的。"

博斯打量着斯隆。斯隆很可能是三叉戟保安公司或万斯的公司派来的奸
细，但也可能说的是真心话。博斯回想着最近收集到的斯隆的信息。斯隆跟着
惠特尼二十五年了；惠特尼死后斯隆仍然想把他救活；确认没法救活后没有
回避调查，而是打电话报警。博斯觉得这些情况可以表明斯隆说的完全是真
心话。"如果你想看护她，"博斯说，"就别鬼鬼祟祟的。跟我走。"

他们穿过打开的门，从脚手架下面走到街上。博斯抬起头，望着四楼公寓
的窗，看见维比亚娜正往下张望着。他一边朝维比亚娜所住大楼的入口处走，
一边拿出手机给维比亚娜打电话。维比亚娜省略了寒暄。"这人是谁？"她问。

"是个朋友，"博斯说，"他为你祖父干活。我们这就上来。"

44

把维比亚娜托付给可以信赖的斯隆以后，博斯开车向北朝圣克拉丽塔山谷驶去。博斯答应特雷维里奥警监在这天下班之前就是否愿意出任全职警官一事给他个答复。如同告诉哈勒的一样，他准备接下这个职位。一想到又能当上全职警察，他就非常兴奋。对博斯来说，辖区大小并不重要。只要有案子可接，只要永远能站在正义的一面就好。在圣费尔南多警察局这两点都能做到，因此局里想要他干多久，他就愿意在那干上多久。

但在接受邀请之前，他得跟贝拉讲清楚，他不是接替她的职位，而是在她回来之前暂代她。下午四点，他把车开到圣十字医院，希望赶在贝拉出院前见上她一面。博斯知道办出院手续有时得花上一天，他很有可能在贝拉出院前赶到那儿。

到了医院以后，他沿着上次来时走的路线走到外伤科。他找到贝拉的单人病房，发现病房里没人，但床没整理好。柜子上仍然放着束花。他看了看壁橱，在壁橱底板上发现了一件浅绿色的病号服。壁橱的托架上放着两个没挂衣服的金属晾衣架，晾衣架上之前也许挂过塔琳带给贝拉穿回家的衣服。

博斯不知道贝拉是被带去做医疗测试，还是去做出院前的最后一项治疗了。他沿走廊走到护士站询问情况。

"她还没出院，"一个护士告诉博斯，"等医生在出院许可通知单签完以后，她就能出院了。"

"那她在哪儿？"博斯问。

"在单人病房里等着。"

"她不在病房里。附近有咖啡吧吗？"

"只有一楼有。"

博斯乘电梯到一楼，往几乎没人的小咖啡吧里看了看，贝拉不在咖啡吧里。

博斯知道很可能和贝拉走岔了，他乘电梯下楼时贝拉很可能正乘电梯上楼。

可他的心头却闪过一丝不安。他记得塔琳曾对把贝拉和对贝拉施暴的强奸犯安置在同一所医院大发雷霆，觉得受到了侮辱。那时博斯告诉塔琳等多克韦勒的情况稳定以后就会把他转到医院的监狱病房，然后再把他转到监狱医院。但他知道多克韦勒的情况还很危险，目前并没安排将他转院。如果多克韦勒的身体状况还很危急，不能在病床边提审，那转院的事就更无从谈起了。

他不知道是塔琳告诉了贝拉她和多克韦勒身处同一家医院，还是贝拉自己猜出来了。博斯走到医院大厅咖啡吧外的问询处，询问脊椎损伤的病员有没有特殊病房。工作人员告诉他脊椎损伤的患者都被安排在三楼。博斯重新乘上电梯往楼上去了。

电梯门开了，三楼病房区被布置成 H 形，护士站坐落在中间位置。博斯看见一个穿着警服的警员正靠在柜台上，和当班护士聊天。他的焦虑又增添了几分。

"这里是脊髓损伤中心吗？"他问。

"是的，"护士回答说，"有什么需要——"

"库尔特·多克韦勒仍然在这儿治疗吗？"他的视线偷偷地移向把身体站直的值勤警员。博斯从腰带上拿出警徽出示给值勤警员。"我是圣费尔南多警察局的博斯警探，正在办多克韦勒的案子。他人在哪儿？请带我过去。"

"跟我来。"值勤警员说。

两人顺着一条走廊往前走。博斯看见隔着几扇门的一个房间外有把空椅子。

"你在护士站待了多久？"他问。

"没多久，"警员说，"这家伙哪儿都去不了。"

"我不担心那个。你有没有看见一个女人下电梯？"

"我不知道，来来往往的人很多。你在说什么时候的事？"

"你说是什么时候？我指的就是这会儿。"

警员还来不及争辩，两人已经走到了单人病房门外，博斯把手伸向左边，把警员挡在身后。他发现贝拉·卢尔德站在多克韦勒病床的床脚。

"待在这儿别进去。"博斯对值勤警员说。

博斯慢慢走进病房。贝拉像是没注意到他。她正注视着躺在抬高的病床上、周围环绕着各种医疗设备和插管的多克韦勒。一个呼吸器顺着多克韦勒的喉咙而下，让他的肺保持呼吸。多克韦勒的眼睛睁开着，同样注视着贝拉。博斯轻易便能读懂他的眼神，他的眼神中写满了恐惧。"贝拉！"

贝拉朝声音传来的地方转过身，看见博斯以后，挤出笑容来。"哈里！"

博斯想知道贝拉有没有带武器，但没在贝拉手上看到任何东西。"贝拉，你在这里干吗？"

贝拉回头看着多克韦勒。"我想看着他，面对他。"

"你不该来这儿的。"

"我知道。但我必须来这儿。今天我就要离开这儿回家。我想在走之前见他一面，让他知道我没有像他所说的那样被他打败。"

博斯点点头。

"你是不是觉得我是来伤害他或者杀了他的？"贝拉问。

"我不知道该怎么想。"博斯说。

"我不用杀他，他已经是死人一个了。你是不是觉得有点讽刺？"

"这话怎么讲？"

"被你的子弹打穿脊柱以后，他这个强奸犯就再也不能对女人为所欲为了，难道这不够讽刺吗？"

博斯点点头。"我送你回房吧,"他说,"护士说医生在签发出院通知单之前还要再见你一面。"

退回走廊后,博斯抢在值勤警员之前先发话了。

"没发生过任何事,"他说,"你要是写报告,我就写报告说你擅离职守。"

"是的,这里没发生过任何事。"值勤警员说。

值勤警员站在椅子旁边,看着博斯和贝拉沿着过道往前走。

送贝拉回病房的时候,博斯把特雷维里奥的邀约告诉了贝拉。他说只有得到贝拉的同意他才会接受邀请。等贝拉回来以后,他会继续做他的预备警官。

贝拉毫不犹豫地同意了。

"你很适合这份工作,"她说,"也许你得一直做下去。我不知道将来会怎样。兴许永远不回去了。"

博斯知道贝拉一定会考虑从压力巨大的警探职业中退出。她可以拿到全额工资,远离世界的阴暗面,和自己的家人去过另一种生活。这将是个艰难的选择,但多克韦勒这头怪兽的阴影将促使她做出这一选择。永远不回警局的话,贝拉还会被这层阴影所笼罩吗?这是不是多克韦勒在她身上施加的终极力量呢?

"贝拉,我想你会回去的,"他说,"贝拉,你是个优秀的警探,你会怀念那里的美好时光的。看看我,这个年纪还拼着老命争取能当上警探。这是骨子里的东西。你生来就具有警探的基因。"

贝拉笑着点点头。"我真心希望你说得对。"

两人在贝拉病房所处楼层的护士站前相互拥抱,并答应保持联系。而后博斯便离开了医院。

博斯驾车沿着 5 号高速公路向圣费尔南多驶去,准备告诉特雷维里奥自己答应当全职警探——至少在贝拉回来之前。

路上他一直在想着对贝拉说的警探基因的事情。他真相信有所谓的警探基因。他知道在自己内心深处,有着像古代洞穴壁画似的用神秘语言蚀刻的神圣使命,这种使命感引导他,赋予他的生命以意义。这种使命感不会改变,永远引导他走在正确的路上。

尾 声

春天的一个周日下午。一群人聚集在特拉克森大街、罗斯街和第三街围成的三角地上。这个多年的停车场现在成了艺术区的第一个公共公园。一座二十英尺高的雕塑前放置着成排的折叠椅,雕塑外面裹着层巨大的白布,从白布的外观大略可以知道雕塑的形状和主题。一根钢缆从白布连接到安放雕塑时所用的起重机上。白布被夸张地揭开以后,这座雕像将作为公园的主题装饰物。

大多数折叠椅上都坐着人,当地的两个新闻频道正在拍摄仪式的盛况。大多数参加者都知道这座雕塑的作者是谁。有些人是第一次见到她,即便是和她有家族关系的来宾——如果没有血缘关系的话。

博斯和女儿坐在后排。博斯看见加芙列拉·利达和奥利维娅·麦克唐纳坐在他们的前面三排。年幼的吉尔伯托·贝拉克鲁斯坐在加芙列拉和奥利维娅中间,正在玩一款掌上电子游戏。奥利维娅的成年子女坐在她右边的座位上。

预定的揭幕时间快到的时候,一个穿着西服的男人走到雕塑前面的讲台,调整了一下麦克风的音量。

"感谢大家在这个明朗的春日来到这里。我叫米凯尔·哈勒,是水果箱基金会的法律顾问，想必大家在过去的几个月已经通过媒体知道这家基金会的存在。水果箱基金会源于已故的惠特尼·万斯先生的慷慨捐赠，今天我们向艺术区捐献这座公园以纪念他。另外，我们还计划购买并修复艺术区里的四幢历史建筑。这些建筑将使洛杉矶的艺术家有能力租上住房和工作室。水果箱基金会——"

面前椅子上的人群中爆发出震耳欲聋的掌声，哈勒不得不中断演讲。他笑着点点头，然后继续讲话。

"水果箱基金会另外还制订了增补计划。我们将在艺术区里建造更多艺术家们能租得起的住房和工作室，建造更多的公园和寄售画廊。既然人们把这里称为艺术区，那么水果箱基金会——'水果箱'的名字本身就和这个区域的创造性历史有关——就将持续致力于使这里成为一个艺术家生活和展示公共艺术的活力社区。"

人群中爆发出更热烈的掌声，哈勒在继续演讲前不得不停下了一会儿。

"说到艺术家和公共艺术，今天我们骄傲地将水果箱基金会艺术指导维比亚娜·贝拉克鲁斯所创作的雕塑的揭幕式献给这座新建的公园。艺术所表达的不言自明。事不宜迟，现在我就为这座名为《错误的告别》的雕塑揭幕。"

起重机以戏剧性的方式揭开白布，展示出一座闪光的白色雕塑。这座雕像很像博斯前一年在维比亚娜公寓看到的立体模型，由呈不同角度的群像构成。雕像的底座是一架直升机支离破碎的机身，一片断了的旋翼桨叶像墓碑似的突兀地插着。直升机打开的机舱门旁闪现着一双双手和一张张脸庞，士兵们一边向外张望，一边伸手呼唤着救援。一个士兵身体腾起在其他人上方，全身穿过机舱门，像是被上帝看不见的手扯出飞机残骸似的。一个士兵伸出五指指向上天。博斯从这个角度看不见士兵的脸，但他知道此人是谁。

一个双臂抱着婴儿的妇女站在直升机残骸旁边。没有雕塑孩子的脸部，但博斯认出那个女人正是加芙列拉·利达，母亲抱着婴儿的姿势取自那张在科罗纳多海滩拍的照片。

雕塑的揭幕式又引来了一阵长时间的鼓掌声，但女雕塑家并没有立刻出现在台上。不一会儿，博斯突然感觉有人拍了拍他的肩膀，他转过身，发现维比亚娜正从他身边经过往台上走。

走到中间过道上以后，维比亚娜转过头对博斯笑了笑。这时，博斯意识到这是第一次看到她笑，但他以前见过这种一侧嘴角上扬的笑容。

鸣　谢

所有小说都是探索和体验的产物，其中一些尤其需要做深入的研究。这本小说的完成倚重于许多人的帮助。作者对他们的贡献以及分享表示深深的谢意。

我要感谢前海军陆战队医务兵约翰·霍顿，他和科妮·斯蒂文斯在"避难所"号上的经历在小说中转化成博斯的经历，并成为小说的情感主线。感谢丹尼斯·沃伊切霍夫斯基，他是作者的研究员，同时也是位越南战场的老兵。

和以往一样，"蓝之队"这次同样给予我无与伦比的帮助。里克·杰克森调查员从一开始就给予作者全力的支持，用二十五年以上的追踪杀人犯的经验给作者以宝贵的指点。洛杉矶警察局离职和在职的警探米兹·罗伯茨、蒂姆·马西亚和戴维·兰布金也对这部小说助益良多。

圣费尔南多警察局给予作者许多方便，作者对安东尼·巴雷拉局长和欧文·罗森博格深表谢意。作者希望他们能对这本小说引以为傲（哈里·博斯希望在续作中回归圣费尔南多警察局）。

感谢阅读初稿的特里尔·李·兰克福德、亨里克·巴斯廷、简·戴维斯和希瑟·里佐，他们向作者提供了许多宝贵的建议。

律师丹尼尔·达利、摄影师盖伊·克劳迪和海军犯罪调查局的调查员加里·麦金太尔在小说的写作过程中也给作者提供了大量的帮助。作者同样真心地感谢香农·伯恩、帕梅拉·威尔逊和艺术家斯蒂芬·泽迈尔，他们多年来拍摄了许多反映洛杉矶艺术区的纪录片，包括《年轻的土耳其人》和《美国人的故事》。

最后我要感谢把这部小说雕琢为成品的编辑们。阿斯亚·穆克尼克和比尔·马西对每位作者都有求必应。版权编辑帕梅拉·马歇尔比作者更了解博斯，帮助作者订正了小说中的许多错漏。

对这部小说有所贡献的人，作者都深表谢意。

The Wrong Side of Goodbye by Michael Connelly

Copyright © 2016 Michael Connelly

This edition published by arrangement with Little, Brown and Company, New York, New York, USA through Bardon Chinese Media Agency.

All rights reserved.

著作权合同登记号：图字 18-2020-020

图书在版编目（CIP）数据

错误的告别 /（美）迈克尔·康奈利（Michael Connelly）著；陈杰译 . —长沙：湖南文艺出版社，2020.5

书名原文：The Wrong Side of Goodbye

ISBN 978-7-5404-6407-3

Ⅰ.①错… Ⅱ.①迈…②陈… Ⅲ.①侦探小说—美国—现代 Ⅳ.① I712.45

中国版本图书馆 CIP 数据核字（2020）第 028122 号

上架建议：外国文学·悬疑惊悚

CUOWU DE GAOBIE
错误的告别

作　　者：[美]迈克尔·康奈利
译　　者：陈　杰
出 版 人：曾赛丰
责任编辑：刘诗哲
监　　制：吴文娟
策划编辑：黄　琰
特约编辑：刘　君
版权支持：姚珊珊
营销编辑：刘晓晨
封面设计：潘雪琴
版式设计：李　洁
出　　版：湖南文艺出版社
　　　　　（长沙市雨花区东二环一段 508 号　邮编：410014）
网　　址：www.hnwy.net
印　　刷：北京天宇万达印刷有限公司
经　　销：新华书店
开　　本：875mm×1270mm　1/32
字　　数：294 千字
印　　张：10
版　　次：2020 年 5 月第 1 版
印　　次：2020 年 5 月第 1 次印刷
书　　号：ISBN 978-7-5404-6407-3
定　　价：49.00 元

若有质量问题，请致电质量监督电话：010-59096394
团购电话：010-59320018